经典探案故事

亚森·罗宾探案集

[法]勒布朗　著

叁壹　编译

陕西新华出版
太白文艺出版社·西安

图书在版编目（CIP）数据

　　亚森·罗宾探案集／（法）勒布朗著；叁壹编译
. -- 西安：太白文艺出版社，2011.7（2024.5 重印）
（经典探案故事）
ISBN 978-7-5513-0020-9

　　Ⅰ．①亚… Ⅱ．①勒… ②叁… Ⅲ．①侦探小说－法
国－现代 Ⅳ．①I565.45

　　中国版本图书馆 CIP 数据核字（2011）第 150737 号

亚森·罗宾探案集
YASEN·LUOBIN TAN'AN JI

原　　著　　[法]勒布朗
编　　译　　叁　壹
责任编辑　　荆红娟　李丹　张晨蕾
封面设计　　佳图堂设计工坊
版式设计　　刘兴福
出版发行　　太白文艺出版社
经　　销　　新华书店
印　　刷　　三河市嵩川印刷有限公司
开　　本　　700mm×960mm　1/16
字　　数　　210千字
印　　张　　17
版　　次　　2011年7月第1版
印　　次　　2024年5月第4次印刷
书　　号　　ISBN 978-7-5513-0020-9
定　　价　　59.80元

前　言

　　《语文课程标准》明确提出："培养学生广泛的阅读兴趣，扩大阅读面，增加阅读量；提倡少做题，多读书，好读书，读好书，读整本书。"

　　由于青少年受到知识、阅历以及阅读欣赏爱好的限制，他们对于读物的选择往往倾向于趣味性、故事性。因此，历险、科幻、探案类读物在多次中小学生阅读情况调查中，都被大多数青少年列为自己最感兴趣、最爱看的图书之一。

　　历险、科幻、探案类故事有着极其曲折的故事情节，极其丰富的想象力，因此，对青少年有着十分强烈的吸引力。阅读此类读物中的经典作品，可以极大地提升青少年的勇气与智慧，培养他们正直、勇敢和坚强的良好品德。

　　例如，英国作家柯南·道尔所著、风靡世界一百多年的"福尔摩斯探案"系列作品，故事曲折、情节紧凑，既不血腥，又很有趣，十分适合青少年阅读；而主人公福尔摩斯具有正义、坚强、机智的品德和敏锐的观察力、准确的判断力、严谨的分析和逻辑推理能力，备受青少年推崇，成为各个时代、各个国家青少年心目中不朽的英雄。

　　同样具有广泛影响力，被翻译成多国文字出版，受到世界各地读者热烈欢迎的法国著名作家儒勒·凡尔纳的系列科幻、历险作品，则将探险和科学完美地结合起来，书中不仅有曲折动人的故事情节，还包含大量各类学科的知识，犹如一本百科全书，令读者爱不释手。凡尔纳在他的作品中，不遗余力地歌颂了人类在科学领域孜孜不倦的探索精神和临危不惧、百折不挠、患难与共的高尚品质。

而美国作家马克·吐温的许多青少年题材作品，则更符合少年儿童的阅读口味。这些作品多以儿童为主角，以对比的手法描述了儿童世界与成人世界对待财富、宗教等事物态度上的区别，从儿童本位的价值观出发，肯定和赞美了孩子的生命活力和天真纯洁的本质，并从儿童的视角，抨击了自私、残忍、冷酷等人性的丑恶面，歌颂了勤劳、勇敢、正直等优秀的品德，对青少年有很大的教育和启迪意义。

青少年是国家和民族的未来。一本好书就像一盏明灯，会照亮他们将来的人生道路。经典文学作品中包含着人类长期思考所积淀下来的精神文明的精髓，承载着作家的道德品质和道德理想，是人类文化的宝库。青少年正处在一个认识世界、了解人生的关键阶段，这些历经时间考验的经典作品可以帮助青少年建立正确的世界观、人生观、价值观，可以丰富他们的人生经验，充实他们的课外生活，犹如最好的导师和朋友，伴随他们一同成长。

目 录

侠盗亚森·罗宾

亚森·罗宾智斗福尔摩斯

侠盗亚森·罗宾

一、亚森·罗宾被捕

这是一次有趣的旅行，而且一开始就十分美好！我们乘坐的"普罗旺斯"号是一艘横渡大西洋的游轮，航速快，设施齐全，十分舒适。船长和蔼可亲，乘客们也都是上流社会的人。在这条船上，大家都觉得自己似乎来到了一个陌生的小岛上，远离尘世，因而不得不彼此接近。

在上船之前大家还互不相识，现在却犹如多年好友一般，头顶蓝天、脚踏大海，亲密地在一起共同生活，共同奔向汹涌的波涛，与那暗藏危机的深海搏斗。这就像是生活的缩影，就像是狂风暴雨、波涛汹涌、平淡无奇、绚丽多姿生活的缩影！人们乐于兴奋而匆忙地品尝这种从一开始就能够预见到结束的短暂旅行的快乐，原因也许就在于此。

近年来的新发明使得横渡大洋的旅程变得更加激动人心了。在这个漂流的小岛上，人们自以为脱离了尘世，事实上却仍然和那个世界保持着联系。虽然是在茫茫大海之上，与陆地渐渐断了联系，但因为这个发明，这种联系又渐渐地恢复了。这就是无线电报！

通过它，人们能够神奇地接到另一个世界发出的呼唤。谁能想象得到，这信息竟然是用几个金属线圈来传递的？只有用风的翅膀来解释这新的奇迹，才说得过去。从一开始，这种遥远的声音就伴随着我们，保护着我们。它不时地对我们中的某一位说几句话，传达那边的消息。有

1

两位朋友曾经通过无线电与我联系，还有十几、二十个人通过天空向我们中的某个人送来或忧或喜的音讯。

起航后的第二天，我们离法国海岸已经有五百海里远了，游轮正冒着风雨在波涛中行驶，这时船上收到了一封无线电报，报务员在纸上做着记录：

亚森·罗宾在你们船上的头等舱内，金发，右前臂有伤，独自一人，化名 R……

正收到这里，一声霹雳打断了电波，通讯受到了干扰，报务员再没有收到下文。只知道亚森·罗宾用了一个第一个字母为"R"的化名混在我们中间。报务员、乘警和船长对此严格保密，但这个惊人的消息终究还是传播了开来，所有的人在当天就知道了那个大名鼎鼎的亚森·罗宾就在船上，尽管谁都不知道消息是怎么传出来的。

几个月来，各家报纸都在谈论这个著名的亚森·罗宾！报纸用了大量的篇幅记载了他的事迹。法兰西最优秀的侦探，那位老戈尼玛发誓要把这个神秘的盗贼捉拿归案，却总是功亏一篑。亚森·罗宾这个神秘的侠盗总是挑有钱人的城堡和沙龙下手。有一次他潜入肖尔曼男爵家，却只是放下一张自己的名片，然后空手离去。名片上写着：当你的收藏都换成真品后，亚森·罗宾再来拜访。

亚森·罗宾善于伪装。司机、男高音歌手、赛马场投注登记员、花花公子、英俊小生、白发老人、马赛的推销员、俄罗斯的医生、西班牙的斗牛士都曾是他的化身。如今他就在这艘横渡大西洋的客轮里，就在头等舱中出没！我们大家随时都可能与他擦肩而过，餐厅、客厅、吸烟室等地方都有可能！也许那边的那位先生就是亚森·罗宾，也许是这边的这位……也许是我的邻桌，也许是我的同舱……

"这心神不宁的日子还要整整五天啊！"第二天，内莉·安德道恩小姐叫道，"我实在受不了！真希望立刻就把他捉住。"

她对我说道：

"喂，唐德莱齐先生，你跟船长很熟，有什么新的消息吗？"

我真希望自己能知道些什么来博取内莉小姐的欢心！有那么一些美人，只要她们一出现，立即就会成为人群的焦点。她们的美貌与她们的财富一样使人着迷,她们总是被一群殷勤的追求者、热情的崇拜者和热烈的拥护者所包围。内莉小姐就是这样的美人中的一个。她在巴黎长大,一直和母亲住在一起,这次是去芝加哥探望她的父亲——著名的富豪安德道恩。她的朋友娇兰女士陪她前往。从一开始,我就成了殷勤的追求者中的一员。很快,我们就变得亲密起来。她的魅力使我神魂颠倒,每当我们目光相接时,她美丽的双眸总是使我激动不已。她对我似乎也有着某种好感,我的笑话总会逗得她展开笑颜,而我说的奇闻轶事也总会让她深感有趣。

船上只有一个竞争者使我感到威胁。那是一个非常英俊的小伙子,穿着优雅、性格沉稳。他那沉默寡言的性格似乎更能吸引她,比起我那典型的巴黎人招摇的性格似乎高明不少。

在内莉小姐问我上面那个问题的时候,我们几个人正坐在甲板上的躺椅中,他也是包围着内莉小姐的众多仰慕者中的一个。暴风雨早已过去,现在的天空风和日丽,大海波澜不惊,真是一个美妙的午后。

"没什么新的消息,小姐,"我回答道,"不过,我认为我们可以模仿亚森·罗宾劲敌戈尼玛,来进行一番调查,一次精彩的调查。"

"嘀!嘀!看来你很自信啊!"

"这有什么困难?难道问题很复杂吗?"

"非常复杂。"

"你恐怕忘了,我们已经掌握了线索。"

"什么线索?"

"第一,亚森·罗宾的化名的第一个字母是'R'。"

"这也太宽泛了!"

"第二,他是一个人旅行。"

"但愿你能用这点线索找到他。"

"第三,他有一头金发。"

"你打算怎么利用这三个线索呢?"

"我们只要查看头等舱的旅客名单,把符合条件的人找出来就行了。"

我口袋里就有这份名单,便拿出来浏览了一遍。

"我发现,只有十三个人姓名的首字母是'R'。"

3

"只有十三个？"

"在头等舱，是的。在这十三位'R'先生中，有九位都有妻子、孩子或者仆人同行。剩下的四位独行者有：德·拉费尔登侯爵……"

"我认识他，"内莉小姐打断我的话说，"他是大使馆的秘书。"

"劳森少校……"

"他是我叔叔。"旁边有人接口说。

"利奥塔先生……"

"到。"我们中一个人应道。他是个意大利人，蓄着一脸漂亮的黑胡须，把脸都遮住了。

内莉小姐咯咯地笑了起来：

"这位先生可不是金发。"

"那么，"我又说，"我只好说最后一个人就是亚森·罗宾了。"

"最后一个人是谁？"

"就是罗泽内先生。谁认识罗泽内先生？"

没有人回答。

于是内莉小姐转向坐在她旁边的那个沉默寡言的青年——就是我刚才提到的那个使我感到威胁的竞争者——对他说：

"怎么，罗泽内先生，你为什么不回答？"

大家一同望向他。他长着一头金发。我承认，我觉得心往下一沉。看得出来，其他人也都紧张得透不过气来。不过他在船上的行为没有丝毫令人怀疑的地方，这个结论太荒谬了。

"怎么说呢，"他说，"起先我也做过了类似的调查，我发现我的名字，我独自一人旅行，还有我头发的颜色，这些都使我得出了和你们一样的结论。因此我同意把我抓起来。"

他说这些话的时候表情有点奇怪，两片薄薄的嘴唇抿在一起，毫无血色，活像两条横线，眼睛布满了血丝。他的话当然是在开玩笑。可是他的面容和神态给我们留下了深刻印象。

内莉小姐天真地问道：

"不过，你的手臂上有伤吗？"

"哦！的确！伤口不知道去哪儿了。"他卷起袖子，露出手臂。

我和内莉小姐交换了一下眼色：他伸出的是左臂！我正要指出这一

点时，内莉小姐的朋友——娇兰女士急匆匆地跑过来，转移了我们的注意力。

她惊慌失措的神色使大家停下话题，纷纷迎了上去。她紧张得说不出话来，喘息了一会儿才断断续续地说：

"我的首饰，我的珠宝……全都丢了！"

大家急忙赶去现场，她的首饰并没有全部丢失，那个小偷仔细地进行了选择，他毁坏了钻石戒指、红宝石耳坠、项链和手镯，把上面的宝石偷走，丢失的宝石不是最大的，而是最精美最有价值的，也就是说，是最贵重又最不占地方的宝石。那些被挖掉宝石的托座被扔在桌子上，犹如一朵朵被扯掉花瓣后的鲜花。这桩盗窃案发生在光天化日之下，那个小偷趁娇兰女士去喝下午茶的时候撬开舱门，找出藏在帽盒最底下的小首饰盒，毫不客气地打开来挑挑选选，然后从容不迫地带着宝石离开。

所有知道这桩盗窃案的人都认为是亚森·罗宾干的。这正是他一贯的作案方式：计划周密、过程离奇，令人难以想象，然而却合乎逻辑。假如拿走全部首饰的话，便会占去不少地方，给隐藏赃物带来困难，而只拿走诸如珍珠、翡翠、蓝宝石之类的珠宝，麻烦就会小得多。

晚饭时，没有人去坐罗泽内身边的座位。傍晚时，船长派人把他叫去了。

大家议论纷纷，都认为他会被捕。亚森·罗宾被抓住了！因此所有的人都显得如释重负。当天晚上，大家在客厅中打牌、跳舞，气氛十分活跃。内莉小姐更是显得愉快可爱，起先让她喜欢的罗泽内的那种殷勤，她现在已经全部遗忘了。她的魅力彻底征服了我。在午夜皎洁的月光下，我向她倾诉了我的爱慕，而她也并没有表现出为难的样子。

第二天，罗泽内因证据不足而获释，知道这个消息的人都大吃一惊。他说自己是波尔多一个富商的儿子，他所携带的各种证件也都证明了这点，而且他的两只胳膊上没有任何伤疤。

坚信罗泽内就是亚森·罗宾的人对船长释放他表示不满，他们说：

"身份证明啦，出生证明啦，你想要什么证件，亚森·罗宾都可以一下给你拿出十个来！至于那伤，要么是他根本没受过伤，要么就是他想办法把伤口藏起来了！"

也有反对的人提出异议：有人证明，盗窃案发生的时候，罗泽内正在甲板上散步。于是那些人又反驳说：

"亚森·罗宾还用得着亲自动手吗?"

不过，有一点是确信无疑的。除了罗泽内，船上再没有一个人符合单独旅行、金发、姓名的第一个字母是 R 了。如果罗泽内不是亚森·罗宾，那电报指的又能是谁呢?

午餐开始前几分钟，当看到罗泽内从容不迫地向我们走来时，内莉小姐和娇兰女士起身离开了。她们感到害怕，不光她们，别的旅客见到罗泽内也同样是胆战心惊。一个小时之后，一张便条在船员、水手和各等舱的旅客中传阅：路易·罗泽内先生悬赏一万法郎，用以奖励找出真正的亚森·罗宾或发现失窃宝石的人。

"要是没有人愿意帮我，"罗泽内对船长说，"那我就亲自动手和这个恶棍战斗!"

罗泽内对亚森·罗宾，或者按照有些人的说法，亚森·罗宾对亚森·罗宾，这场战斗一定十分有趣!

这场战斗持续了两天。罗泽内不停地寻找线索，向船上的船员和水手询问、打听，直到深夜还有人看见他在甲板上转悠。同时，船长也采取了积极措施。"普罗旺斯"号的所有角落都被搜了个遍，每个舱房都被仔细搜查。这么做的理由十分充分：失物不一定藏在罪犯的舱房里，任何地方都有可能。

"总会发现什么，不是吗?"内莉小姐问我，"即使他再神通广大，也不可能把珠宝变得无影无踪啊。"

"对，珠宝不可能凭空消失，"我回答说，"可是要想发现什么，恐怕要仔细检查所有人的帽子、衣服衬里和身上的一切。"

在说这些话的同时，我拿着一架五英寸长、四英寸宽的柯达相机，不停地给她照相，拍下她各种迷人的情影。我指着相机说：

"想想看，一架这么大的相机就能藏下娇兰女士的全部珠宝，有谁会产生怀疑呢?"

"但我听说，任何一个小偷在作案时都会留下蛛丝马迹。"

"有一个例外，就是亚森·罗宾。"

"为什么?"

"为什么？因为他是一个很精明的人，方方面面他都考虑得十分周到。"

"那么，你认为……"

"我的意思是，这么搜查是白费时间。"

果然，搜查毫无结果，也许说事与愿违更加恰当。因为在搜查过程中，船长放在口袋里的表又被偷走了。船长十分愤怒，对罗泽内加以严密监视，还盘问了他好几次。结果第二天这块表竟在大副的硬领里出现了。这真是绝妙的嘲弄，这带有一丝神奇色彩的事件，是典型的亚森·罗宾式的幽默。他是个窃贼不错，但他是个好开玩笑的窃贼。他作案全凭兴趣和爱好，同时也是为了好玩。他就像一个编剧，亲手布置了一出戏，看着台上的演员们按照自己构思的奇妙情节行动，站在后台的他一定忍俊不禁。

他显然称得上是自成一家的艺术大师。每当我看到罗泽内那忧郁而执拗的脸，想到这个家伙也许是在扮演着两个角色时，就由衷地感到某种钦佩。

在抵达新大陆的前一天夜里，值班的水手听到甲板上最黑暗的地方传来呻吟声。他走过去，看见一个头上裹着一条厚厚的灰色披肩的人躺在那里，双手被反绑着。

水手连忙给他松绑，扶着他坐起来，给他喝了几口水。这个不幸的人正是被大家怀疑是亚森·罗宾的罗泽内。他说自己在甲板上闲逛时，突然被人打倒，身上的财物也被抢去了。在他衣服上用别针别着一张名片，上面写着：

兹收到罗泽内先生一万法郎，谨此致谢。亚森·罗宾。

事实上，罗泽内的皮夹里一共有二十张一千法郎的钞票。

有人说罗泽内是自编自演了一出自己袭击自己的闹剧。但是，一个人是绝对没有办法将自己结结实实捆成这样的。另外，名片上的笔迹与罗泽内的笔迹也不同，反而与船上找到的一份旧报纸上刊印的亚森·罗宾的字迹十分相似。

这样看来，罗泽内并非亚森·罗宾。罗泽内就是罗泽内，波尔多富商的儿子！毫无疑问，亚森·罗宾就在船上，这事再次得到了肯定。

　　船上一片惊慌不安。没有人敢独自待在舱内，更别说一个人去船上的僻静之处了。大家都谨慎地与一些熟悉可靠的人在一起，并且在很熟悉的人中，也出现了暗中的猜疑和防备。以前大家认为威胁来自罗泽内，说真的，那样倒还好些。现在，谁都可能是亚森·罗宾。我们丰富的想象力赋予了他无限的能力。人们认为他能够随时扮演各种角色，一会儿是可敬的劳森少校，一会儿是高贵的拉费尔登侯爵。人们不再局限于那姓名的第一个字母，甚至开始怀疑那些和妻子、孩子或者仆人一同旅行的人。

　　不知是无线电报没有新的消息，还是船长有意守口如瓶，总之，我们没有听到任何新的消息。在船上的最后一天是如此漫长，因为大家都认为亚森·罗宾不会满足于前两次的小小收获，他一定会进行第三次行动，也许这一次就不是盗窃和偷袭，而可能是谋杀了。大家惶惶不安地等待大祸来临，船上的人拿他毫无办法。他是轮船的绝对主人，只要愿意，他可以为所欲为，支配船上的一切财富和生命。

　　对我来说，虽然我也和大家一样感到恐怖和焦虑，但我还是认为，这段时光对我来说充满了甜蜜。我赢得了内莉小姐的信任，经历了这么多可怕的事件，内莉小姐十分害怕，于是主动地寻求我的保护，我当然不会拒绝为她提供安全保障。我沉醉在爱情之中，不禁在心里为亚森·罗宾祝福。正是由于他，我才能够如此接近内莉小姐；正是由于他，我才有可能做这最美的梦啊！

　　美洲大陆的海岸线隐隐出现在天边时，我们二人正并肩倚在栏杆上。船上的搜查早就停止了，船上所有的人，从头等舱到大统舱，人人都在等着真相大白的时刻到来。谁是亚森·罗宾？这位大名鼎鼎的亚森·罗宾到底用的是什么名字，戴的是什么面具？这最后的时刻终于到了。即使再过上一百年，我也不会忘记那时的情景。

　　"内莉小姐，你的脸色十分苍白。"我对无力地靠在我肩上的女伴说道。

　　"而你呢？"她答，"啊！你整个模样都变了！"

　　"这一刻真是激动人心，能在你身旁度过这一刻，我感到非常愉快，内莉小姐。你以后是否还能想起……"

　　内莉十分紧张激动，她没有听到我说的话。船靠岸了，舷梯也放下了。旅客们还没有上岸，一些海关人员、警察、邮差已经上了船。

内莉小姐低声嘟囔着对我说：

"要是有人发现亚森·罗宾在途中就已经逃跑了，我想我也不会吃惊的。"

"也许他宁愿葬身大西洋，也不愿意被抓去坐牢。"

"你现在还有心情说笑话！"她娇嗔地说。

我抬头一看，猛地一惊。

我对内莉说：

"你瞧站在舷梯那头的那个小老头……"

"穿着橄榄绿外套，拿着一把雨伞的那个？"

"对。他就是戈尼玛。"

"戈尼玛？"

"是的，那个有名的侦探，就是那个发誓要亲手活捉亚森·罗宾的人。啊！我明白了，后来我们在船上没有收到这方面的消息，是因为戈尼玛。他不希望别人插手他的事。"

"那么，他是得到了线索，亲自来逮捕亚森·罗宾的了？"

"这可不好说。戈尼玛似乎也没有见过亚森·罗宾的真面目。也许他知道亚森·罗宾在船上的化名……"

"啊！"内莉带着女人那种冷酷的好奇心说，"要是我能亲眼看见亚森·罗宾被逮捕该多好啊！"

"不会太久的。亚森·罗宾一定也看到了他的对头，他一定会等到最后，等那老头累得眼花了再下船。"

旅客们开始下船了。戈尼玛面无表情地双手拄着雨伞站在那里，似乎并不注意上岸的旅客。不过我看到有一名高级船员站在他的身后，不时地在他耳边嘀咕着什么，可能是向他报告旅客们的姓名。

德·拉费尔登侯爵，劳森少校，意大利人利奥塔，一个个都走过去了，还有许多其他的人也都过去了。可怜的罗泽内也走上了舷梯，他的表情十分颓丧，似乎完全没有从打击中恢复过来。

"说不定还是他，"内莉小姐对我说，"你认为呢？"

"我在想，要是给戈尼玛和罗泽内照上一张相，应该是挺有意思的一件事。你能帮我拿着这架相机吗？我的行李太多了。"

我把相机递给了她。

但是来不及了。罗泽内已经走过了舷梯。那个船员在戈尼玛的耳边低声说了什么，戈尼玛只是微微耸了耸肩膀，罗泽内走过去了。

上帝啊，究竟谁是亚森·罗宾？

内莉也失声说道：

"到底谁是亚森·罗宾呢？"

这时又有二十来个人走下了舷梯。内莉惶恐地观察着剩下的人，猜想着这些人中谁是真正的亚森·罗宾。

我对她说：

"我们不能再等了。"

她向前走去，我跟在后面。但是，我们还没有走上十步，戈尼玛就拦住了我们的去路。

"喂，这是什么意思？"我高声说道。

"请等一下，先生，有人在催你吗？"

"我在陪伴这位小姐。"

"等一下。"他更威严地重复着，并用锐利的目光盯着我的眼睛说，"亚森·罗宾先生？"

我笑着说：

"不，我是贝尔纳·德·唐德莱齐。"

"贝尔纳·德·唐德莱齐在三年前就死在马其顿了。"

"如果贝尔纳·德·唐德莱齐已经死了，那么站在这里的是谁？请看我的证件。"

"这是唐德莱齐的证件。你愿意让我告诉你，你是如何把它弄到手的吗？"

"你疯了！船上的人都知道，亚森·罗宾的化名的第一个字母是'R'！"

"是的，这不过是你的又一个诡计，你故意扔出一条假线索，转移人们的注意力。啊！你真精明，小伙子。可是这一次你的运气没了。亚森·罗宾，像个绅士那样老老实实认输吧。"

我犹豫了一下。突然，他狠狠地在我的右前臂上来了一下，打在我还未愈合的伤口上，我忍不住叫了起来。电报中曾经提到这点。于是我只好承认失败。我回头看看内莉小姐。她一直在听着我和戈尼玛的这场对话，她美丽的脸庞一片苍白，身体不停地颤抖着。

她的目光与我的目光一接触，她就立刻低头看着我交给她的那架柯达相机。她突然做了个手势。此时，我确信她明白了一切。是的，正是在这架相机里，在黑色摩洛哥皮的外壳里，在那小机器里的狭窄空间中，放着罗泽内的两万法郎和娇兰女士的珠宝。我在被捕之前，把照相机交给了她。

我发誓，在这个紧要关头，当戈尼玛和他的两个手下将我包围的时候；当旁边充满敌意的旅客对我冷嘲热讽的时候，虽然我觉得非常难堪，但我不在乎，我现在只关心一件事：内莉小姐将怎样处置我交给她的东西。

如果是其他的人掌握了这决定性的物证，一定会立即用来指控我。内莉小姐会交出这个证据吗？她会出卖我吗？她会成为我的敌人，还是念及一路上的缠绵，忘记对我的轻视，而报以宽容和不由自主的同情呢？只要看这一刹那她的行为就可以知道了。

她从我前面走过。我默然无语，只深深地向她鞠了一个躬。我目送着她手拿我的柯达，夹在旅客中间，向着舷桥走去。也许她不敢当众拿出来，过一会儿，最多过一个钟头，这架相机总会摆在法官面前的。

但是，当她走到舷桥中间时，她一失手将相机掉进了码头和客轮之间的海中。我知道她是故意这么做的。我带着感激的目光看着她走远，她美丽的身影在人流中忽隐忽现，最后终于不见了。结束了，我甜蜜的爱情。

我呆立了一阵，不由得长叹一声，对戈尼玛说了一句令他大为吃惊的话：

"唉！我没能成为一个正派人，真是可惜呀……"

在一个冬天的晚上，亚森·罗宾向我讲述了上面这些他被捕的经过。我是因为一些意外的事件而与亚森·罗宾成为好友的，有机会的话，我会将我们结识的经过写下来。我们的友情十分深厚，亚森·罗宾时常突然出现在我安静的书房中，使我的书房充满了生气。

至于他的面貌，我至今仍然无法描述。我见到过他至少二十次，但每次他的相貌都不一样。每一个形象的面貌、表情、动作、身材和性格都各不相同。

"连我自己都忘记了自己的真面目了，"他对我说，"有时当我照镜子时，都认不出镜子里的人是谁。"

这当然是俏皮话，但对于和他打过交道，又知道他有天赋和耐心，能够神奇地改变脸部比例、调整轮廓形状的人来说，这倒是事实。

"为什么要有一个固定不变的样子呢?"他又说，"总是保持单一的面貌会增加危险。我的行为，就足以让别人知道我是谁了。"

接着，他又骄傲地说:

"要是他们永远不能确定谁是亚森·罗宾，那就太好了。重要的是，他们一看到我办事的风格，就能断定这是亚森·罗宾干的。"

在几个冬夜里，在我安静的书房里，亚森·罗宾向我吐露了自己的冒险故事。我试着根据他的讲述，把他经历的几个冒险故事写下来。

二、亚森·罗宾在狱中

如果你曾经在塞纳河两岸游历，朱米埃泽遗址与圣旺德里勒遗址之间的那座马拉基古堡是否曾经引起过你的注意？这座城堡不大，建造在河中央一块孤岛似的巨石之上，一座吊桥将城堡与河岸上的大路连接起来。古堡基部与支撑它的花岗岩浑然一体，十分壮丽。这块巨石不知是什么时候，从哪座山上，被可怕的地质剧变抛出，丢在这里的。河水环绕着这块巨石，静静地在芦苇间流淌。一些鹬鸰站在浅水处的碎石上歇脚，颤抖着的身体一副惊恐胆怯的样子。

马拉基的历史令人惊心动魄，战争、围困、偷袭、掠夺和屠杀，这些在它的历史中屡见不鲜。这个地区的人们晚上聊天时，谈起那里发生的故事仍不寒而栗。在人们传说的种种有关马拉基的神秘故事中，有一条著名的地道。据说它一直通到朱米埃泽修道院和查理七世的女友阿涅斯·索雷尔的小城堡里。

这个从前英雄和盗匪辈出的地方，现在属于南锡·加奥尔男爵所有。人们称他为撒旦男爵，他通过投机发了财，用极低的价钱从马拉基的破产领主手中买下了这座城堡，将自己收藏的家具、油画、釉陶以及木雕等古董全都放在古堡里。他没有家室，只雇了三个老仆人伺候他的起居。没人进入过这座城堡，也没人欣赏过那些古老的房间里的珍藏：三幅鲁本斯的作品、两幅华托的作品、让·古戎的扶手椅，还有其他许许多多不惜代价在拍卖行中最富有的常客手中夺过来的奇珍异宝。

这位撒旦男爵过的是提心吊胆的日子。他倒不是为自己的性命担心，而是为了他辛辛苦苦搜罗来的珍宝。男爵是一位极有鉴赏力的业余收藏家，最狡猾的古玩商也骗不了他。古堡中陈列的宝物，是他怀着满腔热情坚持不懈地收集起来的。他爱这些珍宝，就像守财奴对金钱的贪婪，痴心人对自己情人的爱恋一般爱着这些珍宝。

每天黄昏的时候，吊桥两端的四扇铁门以及庭院大门就会关闭并上

13

门闩，如果有人碰一下大门，报警的电铃声就会响成一片。至于被塞纳河环绕的其他地方，则用不着担心，没有人能爬得上那高高突出水面的岩石。

九月的一个星期五，邮差照例出现在桥头。像平常一样，男爵亲自去给邮差开门。他仔细地打量着邮差，就像是在打量多年未见的老朋友一样。邮差笑着说：

"是我本人，男爵先生。绝不是穿了我的工作服，戴着我的帽子来欺骗你的什么人。"

"谁知道呢？"加奥尔男爵低声说。

邮差递给他一叠报纸，又说：

"男爵先生，今天有点特别的东西。"

"特别的东西？"

"是一封信……一封挂号信。"

男爵一向离群索居，无亲无友，更没有人对他表示过关心，他从没有收到过什么信件。他觉得这不是个好兆头，立即变得不安起来。难道是有什么人恶作剧，故意寄了一封挂号信来和这个孤独的男爵开玩笑吗？

"男爵先生，请你签收。"

男爵嘟嘟囔囔地拿起信签了字，看着邮差走远后，在桥上来回踱了几步，然后靠在桥栏杆上撕开信封。信封里只有一页信笺，上面印着：巴黎森特监狱。信的末尾签着：亚森·罗宾。

他颤抖着从头读起：

男爵先生：

连接你两个客厅的那条走廊里挂着一幅菲利普·德·尚佩涅的油画，极为出色，我十分喜欢。还有那三幅鲁本斯的作品和华托的那幅小画。右面客厅里，路易十三时代的餐橱，博韦的壁橱，有雅各布签名的帝国时期的独脚小圆桌和文艺复兴时期的书橱；左面客厅，陈列在玻璃柜里的珠宝首饰和小巧精致艺术品，这些我都注意到了。

我只要上述物品，我相信，它们很容易卖个好价钱。因此，麻烦你细心包装好，在八天内寄往巴蒂格诺尔站，并付清运费。收货人写我本人就可以了。否则，我将于九月二十七日星期三至二十八日星期四的晚上登门自取。当然，如果那样的话，我自然不会仅仅满足于上述物品。

请原谅这小小的打扰，并请接受我崇高的敬意。

亚森·罗宾

另外：请不要把大的那幅华托的作品寄来。尽管你用了三万法郎拍下它，但它只是一件赝品。原作早在第一共和国时期的一个狂欢节之夜被巴拉焚毁了。此事在巴拉未出版的回忆录中有详细记载。还有那副路易十五时期的大粒饰珠，我觉得它不像真品。

加奥尔男爵越读越是惊慌。这样的信，即使签名换成了其他人，也会使他惊慌失措，何况这签名是亚森·罗宾呢！他每天都看报，对各地发生的种种新闻都有所了解，他知道亚森·罗宾已在美国被戈尼玛逮捕，并投入了监狱，也知道官方花了大力气对他进行预审。但他更知道亚森·罗宾无所不能，这才是最可怕的。亚森·罗宾对城堡的房间和陈设了如指掌，可是这里从来没有外人来过，他是怎么知道的呢？

男爵抬起头望着马拉基城堡坚固的塔楼、陡峭的基座以及环绕四周的深水，耸了耸肩膀。何必无谓地担心呢。没有人能进入他收藏珍品的圣地。可是，他转念又一想，但是亚森·罗宾呢？难道大门、吊桥和坚固的城墙就能阻止他的进入吗？只要是他想要的，就是最困难的障碍，最谨慎的防范措施都形同虚设。

当天晚上，他给里昂的检察官写了一封信，并将这封恐吓信一同寄去，请求政府给他提供援助和保护。检察官很快就回信：亚森·罗宾现被严密羁押在森特监狱，绝不可能避开看守写信，这封信只可能是一个喜欢搞恶作剧的家伙写的。为了谨慎起见，他们还委托一位专家对笔迹进行鉴定。专家认为，信的笔迹与在押犯的字迹虽有某些相似之处，但并不是出自一人之手。

"虽有某些相似之处"，这几个可怕的字令男爵印象深刻，他从中发现那位专家未能说出的怀疑。在他看来，单凭这一点，司法当局就有足够的理由有所行动了。他反复地读着那信："我将登门自取。"越读越感到害怕。特别是念到信上那明确的日期：九月二十七日星期三至二十八日星期四的晚上！

他疑神疑鬼，把这些事都憋在肚子里，不敢告诉仆人。他已经无法相信仆人的忠诚了。这么多年来，他是第一次希望有人能和他聊聊，希望有人能为他提供一点意见。他无法指望马拉基城堡能够阻止亚森·罗宾，既然本地的司法当局放任不理，那么还是去巴黎雇佣几个退休的侦探帮忙好了。第三天男爵在《科德贝克复兴报》上看到了这样一则消息：

本报记者高兴地获悉：著名的戈尼玛先生计划来本地逗留三个星期。擒获亚森·罗宾这最新的功绩使戈尼玛先生享誉欧洲。戈尼玛先生今来本地，是想借由垂钓来消除长期的劳累。

戈尼玛！加奥尔男爵兴奋得浑身发抖。这正是理想中的人选啊！要打败亚森·罗宾，谁还能比戈尼玛更有把握呢？马拉基城堡距离小城科德贝克只有六公里，男爵毫不犹豫立即动身。戈尼玛在此，一切烦恼都烟消云散了！他精神振奋、步履轻快地走完了这段路程。他到处打听侦探的住址，但一无所获，于是便到位于沿河马路中段的科德贝克复兴报社，找发布那条消息的编辑打听。

这位编辑走到窗前，对男爵说道：

"戈尼玛？恐怕你走过来的时候已经碰见过他了。手拿钓竿坐在河岸边的就是他。我们就是在那里认识的，我偶然认出了钓鱼竿上刻的名字。喏，公园树底下的那个小老头就是。"

"穿着长礼服，头戴草帽的那个人吗？"

"没错！他是个少言寡语、性格古怪的家伙。"

五分钟后，男爵便在这位大名鼎鼎的侦探身边进行自我介绍了。可是戈尼玛态度冷淡，对他毫不理睬。于是男爵只得直接进入正题，将罗宾的来信告诉戈尼玛。戈尼玛面无表情地听着，锐利的目光仍然盯着水面，用同情的口气对男爵说道：

"先生，盗贼行窃之前通常是不会预先给事主下通知书的。亚森·罗宾也不可能这么做。"

"然而……"

"先生，你要知道，如果能够再一次让可爱的亚森·罗宾自投罗网，这种快乐对我来说胜过一切。可是我对此事表示怀疑，因为这个年轻人现在正在监狱中呢！"

"要是他越狱了呢？"

"没人能从森特监狱逃出来。"

"但他……"

"他不比别人厉害多少。"

"可是……"

"他要是真的越狱了，那我再把他抓回来就是了。放心回家睡觉吧，别把这条欧鲌鱼吓跑了。"

到此谈话就结束了。戈尼玛毫不在乎的样子使男爵不那么担心了。他回到马拉基城堡，仔细检查了所有的门锁，接着暗中观察仆人们的行动。两天后，男爵也越来越相信这是一场恶作剧。显然，就像戈尼玛说的，没有哪个小偷会在行窃之前预先通知事主的。信中所说的日子就要到了。

二十六日，星期二。上午没有发生任何特殊的事情。下午三点时，有个孩子送来了一封电报：

没有收到你的包裹。请在明日夜晚之前做好准备。

这封电报又一次使男爵感到不安，他甚至开始考虑是否应该满足亚森·罗宾的要求。他又一次来到科德贝克，在老地方找到了戈尼玛，戈尼玛还是像上次一样，坐在一把折叠椅上，等着鱼儿上钩。男爵一言不发，直接将电报递给戈尼玛。

"这能说明什么？"侦探问。

"能说明什么？明天就是二十七日了！"

"那又怎么样？"

"亚森·罗宾明天要来偷我的收藏品！"

戈尼玛不耐烦地放下鱼竿，将双臂抱在胸前，转过头来看着男爵叫道：

"你以为我会去理会这么愚蠢的事情吗？"

"请你在九月二十七日当晚来我的城堡过夜，我需要付多少钱？"

"你一个铜子都不用付，让我清净点吧！"

"你随意开价吧，我有足够的钱支付你的报酬，我非常富有。"

这种暴发户的口气令戈尼玛非常反感，但他还是克制住自己，平静地说：

17

"我来这里的目的是度假，当地的案件我无权……"

"没人会知道的。无论发生了什么事，我都不会告诉别人，我发誓。"

"哈！不会发生任何事情的！"

"无所谓，我出三千法郎，你看怎么样？"

侦探从口袋里掏出一个鼻烟壶，吸了一撮鼻烟，又将鼻烟壶放进口袋里，想了想说：

"好吧。不过我要告诉你，你这是白花钱。"

"我不在乎。"

"既然这样……不过，谁能预料到亚森·罗宾这幽灵一般的家伙打算做什么呢？他手下可能有一个团体……你的仆人们可靠吗？"

"说真的……"

"那么，最好不要相信他们吧。我会用电报通知两个朋友赶来，这样就万无一失了……现在你最好快点离开，不要让别人看到我们。我会在明晚九点左右到达。"

第二天，也就是亚森·罗宾信中确定的日子，加奥尔男爵准备好武器，然后在周围仔细巡视了一圈，但没有任何可疑之处。晚上八点半，他把仆人们打发回住处——城堡朝向大路那一面角落里的房间。他独自一人悄悄打开城堡入口处的四道大门。不一会儿，他就听到越来越近的脚步声。戈尼玛来了，还带来了两名健壮的青年做助手。

进入城堡后，戈尼玛向男爵提了几个问题，了解了城堡的内部结构之后，他走进亚森·罗宾信中提到过的房间开始检查，甚至连墙上的每一张挂毯都揭开来看看，然后便小心地关上所有的门并上了锁。

戈尼玛命令两个助手待在客厅之间的走廊中，并说：

"要提高警惕，知道吗？你们不是来这里睡觉的。听到任何动静都要通知我，打开朝着院子的窗户喊一声我就能听到。另外，注意靠水的那一面，十米高的岩壁是挡不住他们那群魔鬼的。"

他把两个人反锁在走廊里，并将钥匙装进自己的口袋，然后对男爵说：

"到我们的岗位去吧。"

戈尼玛挑了一个小房间作为他们守夜的地点。这个房间建在城堡厚厚的外墙中，是古时守夜人站岗的地方。房间内有两个小窗口，一个对着吊桥，另一个对着院子。在房间的一个角落里，还有一口井。

"男爵先生，你刚才说，这口井是地道的唯一入口，但是它已经完全被堵死了，对吧？"

"是的。"

"那么，我们大可放心了。除非还有一个只有亚森·罗宾知道的地道入口。不过这种可能性非常小。"

戈尼玛把三把椅子排成一排，然后躺在上面抽起烟斗来。他叹了口气说：

"男爵先生，我真想为这个小屋加盖一层房间，以便我担任如此重要的一份工作，在这里度过我的余生。日后当我将这段经历告诉好朋友亚森·罗宾时，他一定会乐得哈哈大笑。"

这句俏皮话并没有让男爵发笑，深夜的寂静反而使他越来越不安。他仔细听着可能出现的任何声音，还不时地向井口深处张望。十一点和十二点的钟声相继响起，然后是一点。

突然，他一把抓住戈尼玛的手臂，侦探惊醒了。

"听到什么了吗？"

"听到了。"

"什么？"

"我打呼噜的声音。"

"不！你仔细听……"

"哦！那个，是汽车喇叭声。"

"发生什么事了吗？"

"不，这没什么。男爵先生，亚森·罗宾不可能用汽车当作攻城锤来进攻你的城堡的。回到你的座位上去吧。我要接着睡了。晚安。"

这是当天夜里唯一的声音。戈尼玛又睡着了。除了他响亮的呼噜声，男爵没有听到任何其他的声音。

天一亮，他们就走出小房间。周围一片寂静，空气中带着清晨的河畔那种特有的清新。加奥尔男爵紧张了一夜，现在终于轻松了，显得非常愉快，而戈尼玛则自始至终不慌不忙。

他们走上楼梯。城堡里没有任何声音，也没有任何可疑之处。

"男爵先生，我说什么来着？我不该同意的……真是惭愧……"

他取出钥匙打开门，走进了走廊。两个助手正蜷缩在两把椅子上呼呼大睡。

"该死的！"侦探骂道。

与此同时，男爵大叫道：

"油画！餐橱！"他气急败坏地指着空荡荡的房间和墙壁上挂画用的钉子，张口结舌。

华托的油画丢了！鲁本斯的油画也被偷走了！挂毯也没有了！收藏柜里的珠宝首饰一件不剩！

"路易十六时期的枝形烛台！摄政王时期的小烛台！十二世纪的圣母像！"

男爵慌慌张张地从这个房间跑到那个房间，悲痛欲绝地回忆着购买这些古董的价钱，嘴里颠三倒四地嘟囔着，计算自己的损失。他捶胸顿足，气得疯疯癫癫，心疼得浑身颤抖，表情犹如一个用手枪对准了自己脑袋的破产者。唯一能让他感到平衡的是戈尼玛那副目瞪口呆的样子。

那位侦探呆呆地站在那里，目光茫然地环视四周。窗户紧紧地关着，门没有被撬的痕迹，天花板和地板也都没有洞。除了丢失的物品之外，房间里其他的东西一点都没有被动过的痕迹，可见窃贼作案时是多么周密而从容。

"亚森·罗宾，亚森·罗宾。"他垂头丧气地嘟囔着。

突然，他冲向两个助手，用力摇晃着他们，嘴里大骂着。可是他们仍然闭着眼睛！

"见鬼！"戈尼玛弯下腰查看两人的情况，他们的确是睡着了，但不对头。

他对男爵说：

"有人对他们动了手脚。"

"谁？"

"当然是亚森·罗宾！不然就是他那个团伙的什么人。这的确是他干的，非常明显。"

"这样的话，完了，没有希望了。"

"没办法。"

"可恶！卑鄙！"

"去报案吧。"

"那又有什么用呢？"

"总是要试一试的……也许司法当局有什么办法……"

"司法当局？你很清楚他们的本事！你现在就可以检查现场、寻找线索，可你却什么也不做！"

"寻找亚森·罗宾的线索！老兄，亚森·罗宾从来没有留下过任何线索！他从没有出过一丁点意外！我甚至在想，他是不是故意让我在美国抓住他的！"

"那么，我只能放弃我的收藏了吗？丢的都是最珍贵的东西！啊！要是能找到它们，花多少钱都行！要是没有其他办法，那就让他开价吧！"

戈尼玛看着他说：

"有道理，你不会反悔吧？"

"不，不。为什么要反悔？"

"那么，我有一个办法。"

"什么办法？"

"如果调查没有结果的话再说吧……不过，如果你想办成这事的话，就不要向任何人提到我。"

他又咬着牙说了一句：

"而且，我也没什么可说的。"

那两个助手渐渐醒过来，但仍然像被催眠了一样发着愣。他们惊讶地四处打量着，想弄明白现在的状况。戈尼玛询问他们发生了什么，但是他们什么也想不起来。

"你们看到什么人了吗？"

"没有。"

"好好想一想！"

"真的什么都想不起来。"

"你们喝了什么没有？"

他们想了想，其中一个说：

"是的，我喝了点水。"

21

"是这个瓶子里的水吗?"

"是的。"

另外一个助手说:

"我也喝了。"

戈尼玛拿起水瓶闻了闻,又尝了一点瓶里的水,但什么也没发现。

"我们走吧,"他说,"这是浪费时间。想立即解决亚森·罗宾出的难题,是不可能的。但是,该死的,我发誓要重新捉住他。虽然第二次交手他胜利了,但是最后的胜利者一定是我!"

当天,加奥尔男爵就向当局起诉森特监狱的在押犯人亚森·罗宾犯有重大盗窃罪。不过,当男爵眼看着警察、检察官、预审法官、记者以及猎奇者在他的城堡里四处乱窜,任何地方都要钻进去看一看的时候,他开始感到后悔了。

这一案件吸引了舆论的注意。独特的作案现场和亚森·罗宾的名字激起了公众无穷无尽的想象,各种各样荒谬的猜测填满了所有报纸的版面,而公众都信以为真。

亚森·罗宾的那封信的原文发表在《法兰西回声报》上。而且没人知道记者是如何将它弄到手的。这封信产生了极大反响,立即引起了不少想当然的解释,人们纷纷谈论那些传说中著名的暗道。官方也受到了这些说法的影响,开始着手向这个方向进行调查。侦探们搜查了城堡所有的角落,每一块砖、每一块护壁板、每一个壁炉、每一个镜框、每一块天花板、每一根梁柱都被仔细地检查过了。马拉基城堡的历代主人用来储藏弹药和食品的所有地窖被一一搜查,甚至连峭壁也进行了探测,但这一切努力毫无收获,没有发现任何地道或者秘密通道。但是家具、油画是不会自己消失的,既然没有密,那么就一定是从门窗运出去的,窃贼也一定是由门窗进出的。窃贼到底是什么人?他们是怎么进来,又是怎么出去的呢?

里昂警方无法破案,便请求巴黎警察的帮助。警察局局长迪杜伊先生派来了最优秀的警探,他本人也亲自前来,在马拉基城堡进行了两天的调查,但仍然一无所获。

于是,他请戈尼玛出马。戈尼玛默默听完上司的介绍,摇摇头说:

"我们目前探索的方向不对,不应该将精力用在搜索城堡上,我们应该从别处寻找答案。"

"从哪儿?"

"从亚森·罗宾那里。"

"亚森·罗宾!这等于我们承认是他干的。"

"我估计是他干的,甚至可以肯定是他干的。"

"得了吧,戈尼玛,这太荒谬了。亚森·罗宾在监狱里呢。"

"不错,亚森·罗宾是在监狱里,而且被严密看守着。但是,即使他被结结实实地捆起来,并且堵着嘴,我也会坚持自己的看法。"

"你为什么坚持是他干的呢?"

"因为只有他才能成功策划如此规模的行动。"

"这太夸张了,戈尼玛!"

"事实就是如此。不要再去搜寻地道,寻找一块会转动的石头,或者诸如此类的无聊东西了。我们的对手是不会按常理出牌的,他不是这个时代的人。确切地说,他走在这个时代的前面。"

"你打算……"

"请批准我和他谈一个小时。"

"在他的单人牢房里?"

"是的。在我们从美国返回,横渡大西洋的途中,我们相处得很好。我认为他对有本事捉到他的人抱有一定的好感。在不连累自己的情况下,如果他能为我提供一些线索的话,我想他是不会让我白跑一趟的。"

十二点一过,戈尼玛来到亚森·罗宾的牢房中。亚森·罗宾正躺在床上,他抬头看到戈尼玛,高兴地叫道:

"啊!真是没想到,是亲爱的戈尼玛吗?"

"正是。"

"我在这个安静地方想到了很多事……不过最希望的还是能够见到你。"

"你太客气了。"

"不,不,我对你非常尊敬。"

"你过于抬爱了。"

"我一直认为你是最优秀的侦探,可以与歇洛克·福尔摩斯相比。你知道,我说话一向比较直接。很抱歉我只能让你坐在这个矮凳上,而且没有任何饮料来招待你！请原谅，这里只是我的临时住所。"

戈尼玛微笑着坐了下来。能够和人聊聊天，这让亚森·罗宾十分高兴，他又说：

"老天，能够在这里见到一个绅士，是多么高兴的事啊！那些间谍、密探的孔让我腻烦透了，为了知道我是不是准备越狱，他们一天要来检查十次，搜查所有的口袋，检查这间小小的牢房。真见鬼，政府给我的待遇就是这样！"

"政府有理由……"

"不，不！其实我十分乐意生活在这个小角落里！"

"坐享别人的财产。"

"哦？那倒很简单！也许我说得太多了，讲了不少傻话。你也许有急事找我吧。说正事吧，戈尼玛！你来这里干什么？"

"加奥尔男爵的城堡被盗案。"戈尼玛干脆地说。

"等一下！等一下……我做过那么多案子！让我想一想，看看我的记忆里有没有加奥尔的资料……噢！是的。加奥尔男爵、马拉基城堡、下塞纳河、三幅鲁本斯的画、一幅华托的画，还有其他一些小东西。"

"小东西！"

"是啊！值不了多少。有比这更好的东西，不过这些也值得干一次了……说吧，戈尼玛。"

"要不要向你介绍一下目前的情况？"

"不必了。我看过报纸了，冒昧地说一句，你们进展不快。"

"我就是为这个来的。"

"我完全听你吩咐。"

"首先，请回答我，这件事是不是你指挥干的？"

"从头至尾都是。"

"那封信呢？电报呢？"

"都是我写的。而且我还保存着邮局的收据。"

亚森·罗宾打开小桌的抽屉，从里面拿出两张纸片，递给戈尼玛。

"啊！"戈尼玛叫道，"你说自己被严密监视，时常遭到搜查！可是你不但能看到报纸，还能保存邮局的收据……"

"这些人都是笨蛋！他们拆开我的衣服，检查我的鞋底，甚至敲打墙壁，可就是没有想过，亚森·罗宾是多么愚蠢，在这么显眼的地方藏东西。我全指望这个了。"

戈尼玛笑着说：

"叫我怎么说你才好！滑稽的小伙子。好吧，把这事说给我听听吧。"

"哦！哦！你在想什么！要掌握我的秘密，拆穿我的小把戏……这不成。"

"我以为你的好意是真的，难道我错了？"

"不，戈尼玛，既然你坚持……"亚森·罗宾在牢房里来回走了几圈，然后停下来说，"你是怎么看我给男爵写信这件事的？"

"我认为那是一个恶作剧，是在哗众取宠。"

"啊，哗众取宠！戈尼玛，我一直以为你会更聪明点。我！亚森·罗宾！难道会做这种无聊的事？如果我不写这封信就能得到男爵的收藏，我怎么会写这封信呢？你和所有的人都不明白，这是一开始就必须做的，就像提供一台机器运转所必需的动力一样。我们看一下整个事情的发展过程吧。如果你同意，我们一起来进行马拉基城堡行窃的准备工作。"

"我听着呢。"

"好，加奥尔男爵的城堡戒备森严，可是我会因此而放弃我看上的那些收藏品吗？"

"当然不会。"

"那么我还能像古时候那样，召集一群亡命之徒去正面进攻它吗？"

"这太幼稚了！"

"那么找机会溜进去呢？"

"这不可能。"

"那么，现在只剩下一个办法，我认为唯一的办法，就是让城堡的主人邀请我们进去。"

"这个办法可真是高明啊。"

"而且非常容易！假设有一天，城堡的主人收到一封信，信上告诉他著名的大盗亚森·罗宾盯上了他的珍宝，他会怎么做？"

"他会给检察官写信。"

25

"然后这位检察官会告诉他，亚森·罗宾正在坐牢。因此这位先生惶恐不安，会向任何他见到的人求援，对吧?"

"这是肯定的。"

"如果他这时在一份报纸上看到有位著名的侦探正在附近度假的话……"

"他一定会去请求这位侦探的帮助。"

"换了是你也会这么干的。那么，如果亚森·罗宾料到对方一定会这么做的话，他就会找一位能干的朋友去科德贝克，冒充那个著名的侦探，并有意让男爵订阅的报纸——《科德贝克复兴报》的记者得知他的名字，结果会怎么样?"

"这个记者会在《科德贝克复兴报》上刊登这位侦探莅临科德贝克的新闻。"

"很好。接下来的情况只有两种：如果加奥尔男爵没有上钩，那么什么事都没有；如果——这也是最可能发生的情况——他立即向这位侦探求援，那么加奥尔男爵就是请我的朋友帮忙来对付我!"

"越来越高明了。"

"当然，那冒牌侦探首先要拒绝他。于是亚森·罗宾又发了一封电报。男爵更加紧张，于是再次来恳求我的朋友，并开出高额报酬。这次我的朋友同意了，和我的两个手下一同前往城堡。夜里，当加奥尔男爵和他请来的侦探在一起的时候，这两个人就将那些东西从窗户递出来，用绳子吊着放到一艘租来的小汽艇上。就这么简单，就像亚森·罗宾本人一样。"

"真是妙极了，"戈尼玛叫道，"任何形容词都无法给予这大胆的计划和巧妙的行动足够的赞美。不过，是哪位著名侦探能对男爵有这么大的诱惑呢?"

"有一位，只有一位。"

"谁?"

"就是那最著名的侦探，亚森·罗宾的天敌——侦探戈尼玛。"

"我!"

"正是。这是最妙的地方。如果是你办这件案子，如果男爵将这事说出来，那么你会发现，你将逮捕你自己，就像你在美国逮捕我一样。

哈！这是喜剧式的报复——戈尼玛去逮捕戈尼玛！”

亚森·罗宾满面笑容，而侦探则气愤地咬着嘴唇。他可不觉得这个玩笑有什么可笑的。

这时来了一个看守，戈尼玛恢复了正常的表情。那人是来送饭的。亚森·罗宾享受着特殊的待遇，他可以向附近的餐厅订饭。看守把托盘放在桌上便离开了。亚森·罗宾坐下来，掰下一块面包吃了几口又接着说：

“不过，亲爱的戈尼玛，请你放心，你不必去那里。我要告诉你一件会让你大吃一惊的事：加奥尔案件就要结束了。”

“什么？”

“我说，就要结束了。”

“不可能，我刚从警察局局长的办公室出来。”

“那又如何？难道迪杜伊先生比我自己还清楚我的事吗？你知道，戈尼玛——对不起——那个冒牌的戈尼玛和男爵的关系不错，男爵没有对别人提起全部案情的原因是，他委托冒牌的戈尼玛进行了一件非常微妙的事情：和我商量用一笔钱买回他那批珍品，之后他将撤回起诉。所以，不再有失窃案了。检察院一定会撤案。”

戈尼玛惊讶地看着这个犯人：“你是怎么知道这些的？”

“我刚刚收到一封电报。我一直在等它。”

“你刚收到一封电报？”

“就是现在，亲爱的朋友。出于礼貌，我没有当着你的面看。如果你同意……”

“你是在戏弄我！亚森·罗宾。”

“亲爱的朋友，请剥开这个鸡蛋，你会看到我并不是在戏弄你。”

戈尼玛用餐刀敲开蛋壳，惊叫了一声。蛋壳里没有鸡蛋，只有一张蓝色纸片。亚森·罗宾请他拿出来看。果真是一封电报，上面写着：

达成协议。已交十万子弹。一切顺利。

“十万子弹？”

“就是十万法郎。不多，现在日子不好过啊……我的费用很高！要是你知道我的预算……简直比得上一个大城市的预算！”

戈尼玛站起身来。他已经没有任何不快了。他想了一会儿，仔细思考了整件事，试图找到其中的漏洞。然后，他钦佩地说：

"幸好，你这样的人只有一个，要不然我们的饭碗就都保不住了。"

亚森·罗宾谦虚地答道：

"哦！只是给自己找点乐子，消磨一下时间而已……而且我正在蹲监狱，这事只能成功，不能失败。"

"怎么！"戈尼玛叫道，"诉讼、辩护、审判，这些事情还不够你头痛的？"

"不够，因为我决定不出庭。"

"哈！哈！"

亚森·罗宾严肃地重复了一遍：

"我不出庭。"

"当真？"

"嗨，亲爱的朋友，你觉得我会甘愿在这堆潮湿的稻草上发霉吗？这是对我的侮辱。亚森·罗宾只是自己愿意才在监狱里待几天，否则他一分钟也不会多待。"

"你该更谨慎些，压根就不要进来。"探长讽刺地说。

"啊！你是在开玩笑吗？你还记得是怎么抓住我的吧？尊敬的朋友，你要知道，要不是一件重要的事在关键时候占据了我的思想，任何人，包括你，都别想抓住我。"

"我不信。"

"那时有一个女人在看着我，我爱她。戈尼玛，被一个心爱的女人注视是什么感觉，你知道吗？我发誓，对我来说别的都不算什么了。这就是我被关进监狱的原因。"

"请允许我指出，你一直是这样。"

"首先，我想忘记这件事。你不要笑，这段经历是迷人的，我依然保留着温馨的回忆……其次，我有点神经衰弱。在这个时代，生活是多么紧张狂乱啊！有些时候，人们必须隔离疗养一段时间。这里再合适不过了，这里严格实行森特疗法。"

"亚森·罗宾！你在嘲笑我。"

"戈尼玛，"亚森·罗宾肯定地说，"今天是星期五。下星期三下午四点，我将在佩尔戈莱兹街你的府上抽我的雪茄。"

"亚森·罗宾，恭候你到时光临。"

他们像是两个好朋友一样握手告别。

老侦探向门口走去。

"戈尼玛!"侦探转过身来。

"什么事?"

"戈尼玛，你忘了拿你的表。"

"我的表!"

"是的，它跑到我的口袋里来了。"

亚森·罗宾一脸抱歉的样子，把表还给侦探。

"请原谅，这是个坏习惯。但并不是因为他们没收了我的表的缘故。再说我有一块表，不应该抱怨。这块表足够我用了。"

他从抽屉里拿出一块又厚又重的金表，上面还系着一条粗大的金链。

"这是谁的来着?"

亚森·罗宾瞟了一眼金表上刻的缩写字母说:

"J. B……谁知道是哪个家伙……哦! 我想起来了，于连·伯瓦尔，我的预审法官，一个可爱的家伙……"

三、亚森·罗宾越狱

吃完饭，亚森·罗宾拿出一支套着金圈的雪茄，心满意足地看着。这时响起开门声。他连忙把雪茄丢进抽屉，站了起来。看守进来了，放风的时间到了。

"亲爱的朋友，我正等着你呢!"亚森·罗宾高兴地大声说。

他们走出牢房，刚拐过走廊，两个侦探就走进了牢房，进行仔细地搜查。两个都是便衣警察：一个叫迪约齐，另一个叫福朗方。

官方希望阻止亚森·罗宾与外界的秘密联系。前一天的报纸上发表了亚森·罗宾写给该报司法专栏撰稿人的信：

先生：

在你前些天发表的文章中，有关我的一些言论是毫无依据的。在我的案子开庭的前几天，我将与你对此进行讨论。

致以崇高敬意!

亚森·罗宾

这封信是亚森·罗宾的笔迹。在监狱中，他寄过信，也收过信。他还宣称将要越狱，因此，他一定在进行越狱的准备工作。这是让人无法容忍的，因此必须阻止他的企图。警察局局长迪杜伊来到森特监狱，命令监狱长采取有效措施。他一到就派了两名侦探搜查亚森·罗宾的牢房。他们撬起了地上的所有石板，拆开了床铺，检查了所有可能藏东西的角落，但是什么也没有发现。

就在他们准备放弃的时候，一个看守急匆匆地跑来说：

"看看桌子抽屉。我进来时，他似乎正在把抽屉推上。"

他们打开一看，迪约齐叫道：

"老天，这下可把他逮住了。"

福朗方拦住他说：

"别动，伙计，局长要我们列出清单。"

"可是这高级雪茄……"

"把雪茄放下,去告诉局长。"

两分钟之后,迪杜伊先生亲自检查了亚森·罗宾的抽屉。他先是看到一叠有关亚森·罗宾的剪报,都是《新闻信息报》上的报道。接着他又看到了一个烟丝袋、一个烟斗、一些薄纸,还有两本书。一本是英文版的卡莱尔的《英雄崇拜》,还有一本是1634年荷兰莱顿出版的德文版《爱比克泰德手册》,小十二开精装本。这两本书每一页都有折过的痕迹,有的地方还画了线并且写了一些批注。这是一些暗号,还是亚森·罗宾真的在认真读书呢?

"拿回去仔细检查。"迪杜伊先生说。他检查了烟丝包和烟斗,然后拿起那支高级雪茄。

"嗬,这位老兄过得不错啊,竟然能抽到亨利·克莱!"

他像一个雪茄鉴赏家那样下意识地把雪茄拿到耳边捏捏,然后发出了惊讶的叫声。手指上传来的感觉很软。他仔细观察着,发现烟叶中夹着一点白色的东西。他拿起一根别针,从雪茄中剔出一个牙签粗的纸卷来。这是一个女人的娟秀笔迹写成的便条:

篮子已替换。十分之八准备就绪。用外面的脚使劲踩,板子便向下翻转。H－P将在每天十二至十六等候。去何地?请速见告。朋友会照看你的,请放心。

迪杜伊先生想了一下说:

"这很明显,篮子应该是指运送囚犯的囚车……那车一共能坐十个囚犯,十分之八一定是说第八个座位有什么……十二至十六,就是说十二点到下午四点……"

"'H－P'是什么呢?"

"'H－P'应该是horse power,是汽车发动机的功率,这样猜测对吧?"

他站起身来问:

"犯人吃过午饭了吗?"

"吃过了。"

"这雪茄没有动过的痕迹,他应该还没有看过这张便条。很有可能是刚收到不久。"

"这雪茄是怎么送进来的呢?"

"可能是藏在食物里,比如塞在面包或者土豆之类的东西里面。"

"这不可能。我们已经想到他有可能通过这种方式送信,才同意他在外面订餐,从而将计就计,截获他的情报,但是我们没有搜出任何东西。"

"我们今天晚上来找亚森·罗宾的回信吧。现在暂时不要让他回来。我要把这个便条给预审法官看看,如果他同意,我就让人把它翻拍下来。只要一个小时你们就可以将它放回原处,一定要找一支一模一样的雪茄,把便条原样放进去。其他的东西也要放回原处,不要让他发现我们动过这些东西。"

晚上,迪杜伊和迪约齐再次来到森特监狱。在监狱长办公室一个角落里,火炉上放着三个盘子,里面盛着一些吃剩下的食物。

"他吃过啦?"

"是的。"监狱长回答。

"迪约齐,你把这些通心粉一段段切开,再把圆面包掰开看看……发现什么了吗?"

"什么也没有。"

于是迪杜伊开始检查餐具。他依次仔细检查了盘子、餐叉、餐勺,最后是餐刀,这是一把完全符合要求的没有开刃的餐刀。他握住刀柄来回转了转,发现刀柄可以向右旋开,里面是空心的,塞了一张纸条。

"哼!"他轻蔑地说,"亚森·罗宾也不怎么精明嘛。不过我们要抓紧时间了。迪约齐,你去调查一下那家饭馆。"

迪杜伊把那张纸条上的字读了出来:

"我信赖你。让 H-P 每天远远跟着。我会迎上去的。我们不久就会见面了,可敬可爱的女友。"

"这么看来,"迪杜伊满意地搓着双手说,"我看这回咱们的方向没错。我们暗中给他点机会,让他逃出去,然后我们连他的同谋一起捉回来。"

"要是我们弄巧成拙了怎么办?"监狱长说。

"我们把所有能够调动的人都调动起来,无论他耍什么花招,倒霉的都是他!既然他不肯交代那帮同伙,那么我们就从他的手下嘴里挖出来。"

几个月来，预审法官于连·伯瓦尔花了不少力气，但是并没有令亚森·罗宾说出什么来。审讯变成了法官和律师唐瓦尔之间无休止的辩论。唐瓦尔是著名律师，而且，他所知道的被告的情况，不比其他人多多少。

审讯时，亚森·罗宾彬彬有礼地说：

"法官先生，我承认，里昂信贷银行抢劫案、巴比伦街盗窃案、伪造钞票案、保安警察案以及阿尔默斯尼尔城堡、古莱城堡、安布勒万城堡、格罗瑟利埃城堡、马拉基城堡这一系列案件，都是我做的。"

"那么你是否能说明……"

"不用了，我都承认，全都承认，比你询问的多十倍我都承认。"

法官厌恶了这种枯燥而又没有意义的问答，于是便暂停了对亚森·罗宾的审讯。截获了亚森·罗宾的两张便条后，他又重新开始了审讯工作。每天中午十二点，亚森·罗宾同其他几个犯人一起被囚车送往看守所，下午三四点左右再从那里被送回监狱。

一天下午，与亚森·罗宾同一囚车上的其他犯人还没有审问完，看守决定先把亚森·罗宾送回监狱，因此囚车上只有他一个人。

这类囚车被人们称为"菜篮"，中间是一条通道，左右两旁各有五个狭窄的座位，座位之间由厚木板隔开，囚犯坐下去之后既不能动，也不能交谈。在通道的尽头有一个看守监视着犯人们。

亚森·罗宾被关进右边的第三个格子里，囚车开动了。亚森·罗宾知道现在车已经离开了时钟码头，正经过法院。等到车驶到圣米歇尔桥上，他用右脚踩了踩脚下的钢板地面，钢板沉下去，然后移开露出一个洞，正好在两个轮子之间。

亚森·罗宾静静地等着，眼睛四处打量着。这时，囚车来到了圣米歇尔大街上，来到圣·日耳曼路口时，一匹运货马车的马倒在地上堵塞了交通，许多车辆乱七八糟地挤在一起。亚森·罗宾从洞里探出头，然后钻了出去，用脚踩着轮子，轻轻跳下地面。车辆开始移动起来，亚森·罗宾跑了几步，来到道路左侧的人行道上，回头看了一下，然后双手插在口袋里，悠闲地沿着大街走去。

初秋的天空晴朗无云，气温凉爽舒适，每个咖啡馆中都坐满了人。亚森·罗宾在路边的一家露天咖啡店坐了下来，要了一杯啤酒和一包香烟。他不慌不忙地喝完啤酒，又抽了一支烟，接着点上第二支。然后他让侍者把老板请来。

老板来了。亚森·罗宾对他说：

"对不起，先生，我忘了带钱。请你让我欠几天账。我叫亚森·罗宾，你也许听说过这个名字。"他的声音很大，店里的人都能听到。

老板看着他，认为他是在开玩笑。可是亚森·罗宾又重复了一遍：

"我是亚森·罗宾，森特监狱的囚犯，现在正在越狱中。我想，你应该会相信我的信用。"

这下店里一片笑声，亚森·罗宾悠然离去，老板竟然忘记了要他付账这回事。他斜穿过苏弗洛街，不紧不慢地沿着圣雅克街向前走，不时在店铺的橱窗前停下来抽支烟。在皇家码头大街上，他似乎有点弄不清方向，于是找人问了路，然后一直走到森特街，沿着森特监狱高高的围墙走到监狱大门口。

他摘下帽子，对守卫监狱的士兵说：

"请问这里是森特监狱吗？"

"是的。"

"我要回去。刚才囚车在半路上把我丢下了，我可不想贸然……"

年轻的士兵小声对他说：

"嘿，你这家伙，快走吧，别在这里胡闹！"

"对不起！可是我要从这门里进去。老兄，要是你不允许亚森·罗宾进去，你会有大麻烦的。"

"亚森·罗宾？你在胡说些什么啊？"

"真是抱歉，我没带名片。"亚森·罗宾故意摸了摸口袋说。

卫兵被他认真的样子吓住了，上上下下地打量了他一番。然后他什么也没说，半信半疑地按响了门铃。监狱的大门打开了。

几分钟后，监狱长在他的办公室里装出一副生气的样子，责怪亚森·罗宾不该这么捉弄他。亚森·罗宾笑着说：

"得了，监狱长先生，别再玩这种小花招了。你们故意安排我一个人坐车，而且让我坐在有机关的座位上，还制造了一场交通阻塞，故意给我逃跑的机会，好让我去找我的朋友！嗬，还有二十多个警察沿途护送我，有的走路，有的坐车，有的骑自行车，对不对？你们早就替我安排好了所有的事情，随时可以再把我捉回来。监狱长先生，你们是打算用这个办法捉住我的同伙吗？"

他耸耸肩膀，接着说道：

"拜托，监狱长先生，请你别再为我费心啦。我想越狱的话，用不着借助任何人的力量。"

过了两天，《法兰西回声报》刊登了这次越狱的所有细节，亚森·罗宾和他的神秘女友之间的通信，藏匿信件的工具，官方安排的圈套以及咖啡馆的小插曲，都有着详细的说明。据说亚森·罗宾是这家报社的匿名大股东之一，因此这家报社现在已经是宣传亚森·罗宾事迹的窗口。人们从报上得知侦探迪约齐对餐馆的调查以失败而告终，人们还知道监狱的囚车被罗宾的同伙调了包，并在里面做了机关。所有的人都认为亚森·罗宾会再次越狱，他自己也明确地承认了这点。

又过了一天，法官伯瓦尔先生在审讯时嘲笑亚森·罗宾不自量力，他的计划一定会失败。而亚森·罗宾只是瞥了法官一眼，然后说：

"听着，法官先生，请你相信我，这次越狱是我整个计划的一个部分。"

"我不明白。"法官冷笑着说。

"你不必明白。"

《法兰西回声报》刊登了这次审讯的全部过程。因此法官又一次提审亚森·罗宾。他不耐烦地说：

"老天啊，你们这么做有什么用呢！这些问题没有任何意义。"

"为什么？"

"因为我不会出庭。"

"你不会出庭？"

"是的。我已经打定了主意，不会更改的。无论如何，我都不会让步。"

亚森·罗宾十分自信，而且报纸上每天都透露出一点亚森·罗宾将要越狱的消息。只有亚森·罗宾自己才知道要如何去做，所以只有他才会将这些事情透露给报社。他这么做的目的何在？他又怎么才能达到越狱目的呢？司法当局对此十分愤怒，但又一筹莫展。

他们给亚森·罗宾换了一间牢房，法官也停止了对他的预审，将起诉状退给了原告。接下来的两个月没有任何异常。亚森·罗宾整天躺在床上面朝着墙睡觉，他好像因为换了牢房而十分沮丧，他拒绝见律师，也很少和看守交谈。

在开庭前的两个星期，他又重新变得活跃了。他开始向看守抱怨牢房里太闷，于是监狱长同意他可以在每天清晨到院子里放风，但是有两个看守寸步不离地跟着他。在这段时间里，公众对他的兴趣愈加浓厚，大家每天都在期待着亚森·罗宾越狱的消息。人们被他的激情、他的乐观、他众多的爱好、他的创造天分以及他的神秘生活迷住了，几乎所有的人都希望他能够成功越狱。亚森·罗宾一定能够成功，这是不可避免的。大家甚至为他这么久还没有行动而感到惊讶，每天早晨，警察局局长都要问秘书：

"喂，他还没有逃走吗？"

"没有，局长先生。"

"那么，就是明天了。"警察局局长总是这么回答。

开庭的前一天，有一位男子来到《大陆日报》编辑部，将一张名片丢给司法专栏的撰稿人后就离开了。名片上写着：亚森·罗宾一定会信守诺言。

到了正式审判的那天，赶来旁听的人坐满了旁听席，人们都想见一见这位著名的怪盗，都想亲眼看看他如何嘲弄法官。官员、律师、记者、艺术家和社交界的女士，好像巴黎所有的人都来到了法庭上。天上下着雨，光线阴暗。狱警押送亚森·罗宾进入法庭时，人们都看不清他的面貌。他笨拙地坐下，表情呆滞，完全不像传说中的样子。他的辩护律师唐瓦尔不愿为他出庭辩护，于是派了一个秘书来应付，这个秘书对亚森·罗宾说了几次话，可是亚森·罗宾总是一副茫然的表情，一声不吭。

书记官读完起诉书，法官按照程序向被告提问：

"被告，请起立。请说出你的名字、年龄、职业。"

犯人没有回答。

法官又问道：

"你的姓名？"

那个人用干哑的声音说道：

"博特鲁·但齐莱。"

法庭里顿时出现一片议论。

法官说：

"博特鲁·但齐莱？你又改名了！这样你就有八个名字了，所有的人都知道这些是假名，如果你不反对的话，还是用亚森·罗宾这个名字称呼你吧。因为这个名字对大家来说更熟悉。"

法官看了一眼卷宗说：

"虽然我们做了调查，但仍然无法确定你的真实身份。我们不知道你的真名，不知道你来自哪里，也不知道你以前的生活。总之，我们对你一无所知。三年前，你突然出现，自称亚森·罗宾，一个将自己的聪明才智用错了地方的人。有关你这段时期的记录，确切地说，只是一点推测。八年前，魔术师迪克森有一个叫罗斯塔的助手，可能就是亚森·罗宾；六年前，有一个俄国学生常常去圣路易医院阿蒂尔大夫的实验室学习，这个俄国学生对细菌学深有研究，他在皮肤病方面进行的大胆实验，使他的老师都大为吃惊。这个学生可能就是后来的亚森·罗宾；亚森·罗宾似乎还做过日本柔道教练，是他将这种运动带进了巴黎；还有那个曾经获得自行车比赛冠军，赢得一万法郎奖金后消失无踪的运动员；在慈善市场大火中从一个小窗口救出许多人，又将他们洗劫一空的人，这些都可能是现在的亚森·罗宾。"

法官稍作停顿，继续说道：

"那个时期的你，似乎正在为将来与社会为敌做着准备，你的本领、你的魄力、你的勇气、你的技巧都在那个时期大大提高。你承认这些事实吗？"

在法官说这些话的时候，那个犯人有气无力地垂着胳膊，两条腿不安地动来动去。天色稍微亮了一些，人们看清了他的容貌。眼前这个亚森·罗宾和报上常常刊登的那英俊潇洒的照片判若两人。他两颊深陷，颧骨凸起，脸色蜡黄，脸上遍布红色的斑点，胡子蓬松杂乱。狱中生活似乎将他折磨得憔悴不堪。

他似乎并没有听到法官的问题，法官问了第二次，他才抬起眼睛，犹豫了一下，然后小声说：

"博特鲁·但齐莱。"

庭长笑着说：

"亚森·罗宾，你不用装傻，这种替自己辩护的方式不会有任何用处。你这套花招没用，我会依法行事。"

接下来，法官一一列举亚森·罗宾的罪行，并不时向被告提出一些问题。被告要么含糊地嘟囔几句，要么干脆一声不吭。于是法官传唤证人出庭，证人们提出的证词有许多都毫无意义，只有少数一些比较重要的，但却又互相矛盾。正在大家十分失望的时候，法官传唤戈尼玛探长出庭，这下人们又来了兴趣。

戈尼玛探长表现得有些紧张，他好多次转过脸看着被告，显然有些不安。他双手扶着证人席的栏杆，讲述着他办案的过程：横穿欧洲大陆跟踪亚森·罗宾，横跨大西洋前往美国，在码头逮捕罗宾。人们听得出了神，就像是在听冒险家的冒险故事一样。说到在监狱中和亚森·罗宾交谈的时候，他停下了两次，显得心不在焉，显然是在想着别的事。

法官说：

"如果你觉得不舒服，我们可以暂时休庭，你休息一下再来。"

"不，不，只是……"他停住了。

他仔细地看着被告，然后对法官说：

"请允许我走近看看被告。我有一点疑问想要弄清楚。"

戈尼玛走过去，盯着犯人看了一会儿，然后走回证人席，用严肃的语气说：

"法官大人，我肯定这个人不是亚森·罗宾。"

法庭中一片寂静。法官愣了一下，高声说道：

"你疯了吗？你这是什么意思？"

戈尼玛镇定地说：

"这个人确实很像罗宾。但是只要仔细分辨，就能看出此人是假冒的。他的鼻子和嘴巴的位置，头发和皮肤的颜色都和亚森·罗宾不同。尤其是眼睛，亚森·罗宾怎么可能有这种酒鬼的眼神？"

"请你说得更明白一些。你认为出了什么问题？"

"我不知道。也许亚森·罗宾用这个可怜的家伙做了替身，不然这个人就是他的党羽。"

这一幕出人意料，整个大厅里响起了一片惊叹和大笑声。法官宣布暂时休庭，请检察官和森特监狱的监狱长以及狱警前来。重新开庭以后，伯瓦尔先生和监狱长见了被告，都说此人绝不是亚森·罗宾，只是有点像而已。

法官喊道：

"那么这个人是谁？他打哪儿来的？他怎么到的这儿？"

令人惊讶的是，森特监狱的两名狱警的说法却相反，其中一个十分肯定这人就是他们轮流看守的犯人！

另一个看守说：

"对，对，我认为这就是他。"

"你认为？"

"是的，因为我只看过一次他的脸，就是移交给我看守的那天晚上。从那时候起两个月里，他总是面向墙躺着。"

"两个月之前呢？"

"两个月之前，他不在二十四号牢房。"

监狱长插了一句说：

"在发现犯人企图越狱后，我们就给他换了牢房。"

法官说：

"监狱长先生，这两个月你见过他吗？"

"不，没有。这两个月来他一直很安静。"

"这么说，这个人不是当初逃出去又回到监狱的那个人吗？"

"不是。"监狱长肯定地说。

"那么他是谁呢？"

"我不知道。"

"这么说来，这个人在两个月前就被调换了？"

"这不可能。"

"那么……"法官只好转身对被告，用温和的口气问道，"被告，你能说明，你是在什么时候被逮捕的吗？"

法官和蔼的态度似乎消除了被告的疑虑，他想开口回答。法官好言好语地盘问他，终于问出了几句话。据他说，在两个月前，他因为喝多了被人带到看守所，当时他身上只有七十五生丁，于是第二天下午就把他放了。但是他刚走到院子中间，就被两名狱警抓住胳膊，押进囚车里。从那时候起，他就一直在二十四号牢房里住着，日子还不错，有吃有喝，睡得也舒服，所以他也没有抗议……

这些话是否都是真话还有待商榷，法官在一片笑声中宣布退庭，待进一步调查后再审。调查的结果发现：八个星期前，看守所曾经羁押过一个名叫博特鲁·但齐莱的人，第二天下午两点就释放了。那一天正是亚森·罗宾最后一次受审的日子，他也是在下午两点离开看守所上了囚车。难道是狱警把这两人搞错了？或者是他们被收买了？但是看守亚森·罗宾的狱警都是绝对忠诚可靠、具有丰富经验的人，这些假设绝不可能。

这难道是亚森·罗宾事先计划好的？从当时的情形来看，这也不可能。如果博特鲁·但齐莱是亚森·罗宾的党羽，准备代替亚森·罗宾入狱的话，只有靠一连串近乎奇迹的运气、难以想象的巧合以及几乎不可能出现的差错才能实现，如果真的是这样，那简直就是神迹了。

博特鲁·但齐莱的来历很容易就查到了。在库尔伯瓦、阿斯尼埃尔、勒瓦卢瓦一带的人们都认识他。他靠行乞为生，住在泰尔纳城门附近的一个破草棚里，在一年前突然失踪。也许是亚森·罗宾带走了他？但没有任何证明这一点的线索。再说，亚森·罗宾也不可能在一年以前就预料到自己将会被捕。人们对此事做了很多种假设，但是没有一种能够使所有的人信服。亚森·罗宾的这次越狱一定经过了长时间的准备，并且最终奇迹般地成功了。亚森·罗宾在之前扬言他绝不会出庭的，他真的做到了。

警察局仔细调查了整整一个月，仍然没有任何结果。不能把博特鲁这个家伙无限期地关押在监狱里，法官找不到任何罪名来控告他，最后只好将他释放了事。但戈尼玛建议要对他进行严密的监视。他认为，博特鲁是被亚森·罗宾巧妙利用了。跟踪博特鲁，可能会找到亚森·罗宾，或者找到他的某个同伙。因此，警察局局长派福朗方和迪约齐两人协助戈尼玛进行跟踪。

一月的一个雾气笼罩的清晨，博特鲁·但齐莱被释放。他走出监狱，似乎有些茫然，想不出该如何消磨时间。他沿着森特街和圣雅各街一路走去，走到一家旧货店时，他脱下上衣，将背心卖了几个苏，然后穿好上衣继续向前走。

他走过塞纳河桥，到了夏特莱。一辆公共汽车从他身边驶过，他想上车，但是已经满员了。于是他买了一个候车号码，走进候车室。

戈尼玛叫两个助手过来，同时眼睛紧盯着候车室吩咐说：

"找一辆车……不，两辆，那样更保险。另一个人跟我走，一起进去盯着他。"

戈尼玛带着一个助手走进候车室，里面空无一人。

"我真蠢，"他低声说，"那里还有个出口。"

戈尼玛冲过去，正好瞧见博特鲁坐在到植物园的公共汽车上。他跑过去，跳上了公共汽车。但是，两个助手没有赶上，他只好一个人继续跟踪。

戈尼玛非常愤怒，恨不得立即冲上去揪住那个家伙的领子，将他送回监狱。就是这个看似糊涂愚蠢的家伙，却用诡计使他和助手分开了。此时博特鲁正坐在椅子上打瞌睡，脑袋随着车辆的颠簸来回晃动，半张着嘴巴，一副痴呆的样子。不，他不可能做得出这种诡计，只不过碰巧罢了。

到了拉法耶特商场的十字路口，博特鲁换乘了去米埃特的有轨电车。车顺着奥斯曼大道、维克多·雨果大街行驶。博特鲁一直坐到了米埃特，然后懒洋洋地走进白朗森林。他走走停停，在小路上徘徊，似乎在寻找什么。

大约走了一小时，他似乎有点疲倦了，于是找了一张长椅坐下来。这里有一个小小的湖泊，周围树木环绕，人迹罕至。戈尼玛又等了半个小时，觉得有点不耐烦了，于是走上前坐在博特鲁身旁，点了一支烟，一边用手杖在沙地画着，搭讪说：

"天气很凉啊。"

博特鲁没有回答。突然他发出一阵大笑——快活的、高兴的狂笑——戈尼玛顿时毛骨悚然，这可怕的笑声，他是多么熟悉！

他一把抓住博特鲁的衣领，狠狠地盯着他看，比在法庭时更仔细。的确，眼前的这个人不是博特鲁。确切地说，外表仍是那个人，但实际上却是另一个人，那个越狱的人。他的眼中闪烁着敏锐的光辉，消瘦的脸颊又鼓了起来，扭曲的嘴唇也恢复了原状！他分明是法庭上的那个酒鬼，但又分明不是！那种痴傻木讷的表情被一种活泼敏锐的神情所替代。

"亚森·罗宾！亚森·罗宾！"戈尼玛结结巴巴地喊。他怒火中烧，一把扼住对方的咽喉，想用武力将对方制服。戈尼玛虽然年过半百，但仍然很有力气。他的对手看来似乎相当瘦弱，只要一出手就能将他拿获。

可是亚森·罗宾只是抓住戈尼玛的手腕稍一用力，戈尼玛觉得右臂一阵麻木，然后便不听使唤地垂了下来。

"这是日本柔道，"亚森·罗宾说道，"再多一秒，你的胳膊就会断掉了。你这是自讨苦吃，我的老朋友，我一向尊敬你，我主动卸下伪装，而你却滥用了这种信任！请问你跟着我有什么事情吗？"

戈尼玛心中十分难过，他想起正是因为自己在法庭上认错了人，才使得亚森·罗宾得以脱逃，他认为自己应该负全部责任，这是他一生中的奇耻大辱。想到这里，他不由得悲痛莫名，眼泪缓缓地淌过面颊，落在了灰白的胡须上。

"啊！戈尼玛，你不用难过，即使你不出面做证，我也会安排另一个人的。"

"那么，"戈尼玛低声道，"坐在这里的你和法庭上的是一个人？"

"除了我还能有谁呢？"

"这怎么可能？"

"啊！这并不是什么魔法。就像那位可敬的法官大人所说，有十年的时间准备，足以应付一切可能发生的情况了。"

"可是脸形和眼睛怎么能改变呢？"

"你知道，我曾经在圣路易医院和阿尔蒂埃大夫学习了十八个月，我并不是喜爱医学，只是觉得，日后将被称为亚森·罗宾的人理应具备随心所欲改变外貌和身份的能力。相貌不是不可以改变的。想让皮肤变得臃肿，在皮下注入石蜡就可以了；用焦棓酸能使你变为莫希干人；马利筋草汁能使你身上长满丘疹和肿块，还有一些方法能加速胡子和头发的生长，另一些方法能改变声音。我在二十四号牢房饿了两个月，以便配合这个新的身份。这样扭曲的嘴唇、歪斜的脑袋、佝偻着的背，我练了上千次。最后，我在眼睛里滴了五滴阿托品，所以目光变得迷乱而散漫了。这样，我的新模样就成功了。"

"可是那些狱警难道……"

"相貌是逐渐变化的，他们看不出来。"

"真的博特鲁·但齐莱现在怎么样了？"

"他还活着。我是去年碰到他的。他的面貌轮廓和我有点相似，我估计自己有可能被捕，就收留了他。然后，我开始尽力找出我们之间的不同之处，尽可能地消除它。那天我的朋友设法将他送到看守所过了一夜，并将释放他的时间和我离开看守所的时间安排在同时。这种巧合很容易引起联想。尽管调包绝不可能实现，但是警察局宁愿相信我是被调了包，也不愿承认自己的无知。"

"是的，是的，的确是这样。"戈尼玛低声道。

"还有，"亚森·罗宾接着说，"我知道人人都在盼望我越狱，我是在和法律进行一场赌博，赌注就是我的自由。在这场赌博中，你们再次犯了同样的错误：我曾经扬言说自己绝不会出庭，而你们认为我是在大肆张扬，像个孩子一样在哗众取宠。就像加奥尔案件时一样，你们认为我大喊越狱，肯定有这样做的理由。其实我的目的是让人相信我会越狱，让所有的人相信，我只要想越狱，就能越狱。亚森·罗宾将要越狱，亚森·罗宾不会出庭。这样，当你在法庭上说这个人不是亚森·罗宾时，大家都相信这是正常的。"

"如果当时有一个人表示怀疑，只要他坚持我就是亚森·罗宾，我就完了。只要仔细地看看我——当然，不能带着我不是亚森·罗宾的先入之见——那么无论我如何改变相貌，都会被轻易认出来。但是我相信，没有一个人会这样想的。"

他抓住戈尼玛的手说：

"戈尼玛，我们在狱中见面时，我说八天后将要登门拜访你。你答应下午四点时在家等我，对吧？"

戈尼玛不愿提起这件事，于是问道：

"那么囚车的事呢？"

"那是虚张声势！我的朋友们找了一辆报废的旧车，想修好之后用它来碰碰运气。但是我认为如果没有意外发生的话，这是不可能成功的。但是我觉得用它来大造声势是有好处的，第一次越狱为第二次越狱成功创造了条件。"

"那么，那支雪茄……"

"是我做的，刀子也一样。"

"便条呢？"

"我写的。我能随意写出各种笔迹。"

戈尼玛想了一会儿说：

"警察局曾经将博特鲁身体各部位的尺寸都仔细量过，和亚森·罗宾的记录完全不同啊？"

"他们没有亚森·罗宾的记录。"

"不可能！"

"至少不是正确的记录。我曾经研究过这方面的问题，通过测量来确定一个人的体貌特征，头、手指、耳朵等的大小和长短等，这些是没办法动手脚的。"

"那么？"

"那么，就用钱来解决。我从美国回来之前就贿赂了一个测量员，你们为我测量时所记下来的都是假数据。因此，博特鲁和亚森·罗宾的记录是不同的。"

戈尼玛沉默了一会儿，问道：

"接下来你打算干什么？"

亚森·罗宾说：

"我要休息一下，好恢复我的本来面目。化装成博特鲁或者别的人，用他的外表、他的嗓音、他的目光、他的笔迹，这样却失去了自我。我要寻找我自己。"

这时已经是傍晚了，天色渐渐暗了下来，亚森·罗宾来回踱了几步，在戈尼玛面前停住脚步说：

"我想，咱们该说的都说完了？"

侦探回答道：

"还有一点，你会在报纸上发表这次越狱的真相以及我犯的错误吗？"

"何必呢？永远不会有人知道放走的是亚森·罗宾。让人们去猜测，为我罩上一层神秘的色彩，这正是我所希望的。所以别担心，我的好朋友，再见吧。我要去赴宴，现在要赶去换衣服了。"

"你不是说想休息几天吗？"

"唉！有些应酬总是难免的，明天再休息吧。"

"去赴哪里的宴会？"

"英国大使馆。"

四、神秘的旅客

以下是亚森·罗宾的自述。

一天前，我让司机把我的汽车开到里昂，而我则从巴黎乘火车到达那里，然后开车去塞纳河畔的几个朋友家中拜访。在开车前几分钟，七个男子走进我坐的那一节车厢，其中有五个在吸烟。虽然路程很短，但是和这些人做旅伴也让人觉得扫兴了。而且这种老式车厢没有走廊，这就更让人不舒服了。于是我拿起大衣、报纸、火车时刻表，走到下一节车厢去了。这节车厢里只有一位女士，看见我走进去，便露出了不高兴的样子，将身子俯向站在车门踏板上的一位男子，正说着什么。看样子他们可能是夫妻二人，丈夫来火车站送妻子上车。那个男子打量了我一番，然后微笑着低声对妻子说了些什么，像是在安慰对方。然后女子也笑了，友好地看了我一眼，似乎也相信我是个正人君子，与我同在一个六英尺见方的空间里度过两个小时的时间，是用不着害怕的。

这时丈夫对妻子说：

"抱歉，亲爱的，我还有别的事情要忙，一定要离开了。"

他深情地吻了吻她，然后匆匆离去了。妻子靠在车窗上，为丈夫送去一个飞吻，又掏出手帕来挥动着，向丈夫告别。

汽笛声中，火车晃动着开了起来。就在这个时候，一个男子不顾站台上的铁路职员的阻拦，跳上火车闯入了我们的车厢。

我的旅伴此时正站着整理行李架上的行李，被这个突然出现的男子吓了一跳，惊叫一声跌坐在座位上。我并不是个胆小的人，但在最后一刻有人闯进来，多少会使人觉得不安。不过这位新来的旅伴的容貌和神态多少消除了他莽撞的行为所造成的恶劣印象。他衣着整洁高雅，领带和手套等微小的细节也一丝不苟，脸上显出一副坚毅而有活力的样子。我觉得似乎在什么地方见过这张面孔。说得确切一些，我应该多次见过此人的照片，但却从未见过本人。可是我总是想不起是在哪里看到的。

当我将目光移到那位女士身上时，她竟然脸色苍白，一副慌张的样子。她惊慌地看着坐在她旁边的男子，伸出一只颤抖的手，摸向放在座位上的一个小旅行包。摸到旅行包后，她一把将它抓起来放在身上抱紧。

我们的目光相触了，她的眼神是如此不安和惶恐，我忍不住问道：

"夫人，你是不是觉得不舒服？需要我替你打开车窗吗？"

她没有回答，只是用目光向我示意，让我注意她身旁的那个人。我像她的丈夫一样笑着耸了耸肩，意思是告诉她不必害怕，有我在这里。再说，那位男子看上去并不像坏人。就在这时，那个男子也将我们仔细打量了一番，然后缩在自己的座位上不动了。沉默了一会儿，那位女士努力鼓起勇气，用细微的声音对我说：

"你知道吗，他就在这趟车上？"

"谁？"

"亚森·罗宾。"

她看着身边的那位旅客，胆怯地说出这个名字，但她显然搞错了这个名字的真正主人。

那男子用帽子盖住脸，他是为了掩饰自己的相貌，还是准备睡觉呢？

我小声反驳说：

"就在昨天，法庭对亚森·罗宾做出了缺席审判，判处他二十年苦役。他不可能冒失地在公众场合露面的。而且报纸上不是说他从森特监狱越狱后，前往土耳其过冬了吗？"

"他肯定在这列火车上。"女士又说道，意思更加明显了，她是想让所有的旅伴都听见，"狱政局副局长是我的丈夫。警察局车站分局的局长亲口对我们说，警局现在正抓捕亚森·罗宾。"

"这根本不能称为理由……"

"在车站大厅有人遇见他。他乘车去里昂，还买的是头等车厢票。"

"那时抓他不是很容易吗？"

"但他又跑啦。在候车室入口检票员根本就没看到他，有人猜测他去了郊区线的月台上，登上了晚我们十分钟发车的快车。"

"既然这样，警察肯定会在那列车上抓住他的。"

"如果最后时刻他又跳上我们这列车呢？……这很有可能……我想这十分有可能。"

"如果这样的话，他会在这儿被抓住的。因为，他从这列火车到那列火车，这样跳来跳去的，车站职员和警察肯定会看到的。我们到达里昂，会有专人接他的。"

"不可能！他一定会设法逃跑的。"

"如你所说的那样，我祝他一路平安。"

"但在这段时间，他可什么事都干得出来呀！"

"他能干什么？"

"不知道！但我想肯定是这样的！什么事都有可能发生！"

她惶恐不安。的确，当时我们的处境，真令人担忧。我甚至违心地安慰道：

"这些巧合确实很奇怪……但是你放心。即使亚森·罗宾真的在这列火车上，他也一定会很老实的，他只是想逃避危险，不会自寻麻烦。"

我的这番话并没有消除她的担忧。但她没再说话，可能是怕给自己惹祸。于是我把报纸打开，阅读和亚森·罗宾诉讼案有关的报道。上面的文章没有引起我的兴趣，因为根本就没有新东西。再加上前夜我没睡好，非常疲倦，眼皮止不住地往下耷，脑袋也耷拉下来。

"你千万可别睡着啊，先生。"

那女士生气地夺过报纸，眼睛直盯着我。

"不会，"我说道，"我没有一点睡意。"

"这样做是很要命的。"她对我说。

"非常要命。"我重复道。

我重新振奋精神想摆脱掉睡意，眼睛看着窗外的风景和天上飘过的流云，可很快，我的眼前又变得朦朦胧胧，那位没有安全感的女士和那位沉沉睡去的先生很快就在我的大脑中消失了。我酣然睡着了。很快我就做起梦来。在梦中一个名叫亚森·罗宾的家伙占据了很大的位置。出现在地平线上的他，翻墙入室，窃取了很多城堡中的财宝，背着珍宝到处游走。

这个人的轮廓越来越清晰，但他不是亚森·罗宾。他走向我，变得愈来愈高大，以一种让人难以相信的敏捷，跳到车厢里，正好落到了我的胸上。

一种难以忍受的剧痛……我惨叫了一声，然后醒了。发现那个男人——那名旅客，正用膝盖顶住我的胸口，我的脖子被他的手紧紧卡住。

我的眼睛充血了，一切看起来都特别模糊。但我依稀看到那个女士失魂落魄地蜷缩在角落，脸上带着惊恐万状的表情。我几乎没有反抗。因为我根本就没有力气。我的太阳穴怦怦直跳，我喘不过气来……我的呼吸越来越微弱，再过一分钟……我就窒息了。

那人似乎感觉到了，用力卡着我的手稍微松开了些，之后他抽出右手，把一条早已准备好的绳子抖开，动作麻利地捆住我的双手。很快，我的双手就被他牢牢捆住，他又用毛巾堵住了我的嘴，我完全动弹不了。

那人动作十分娴熟，再加上他那轻松自如的神气，这一切都表明他是个职业高手，是个江洋大盗，是个杀人越货的老手。他十分冷静，一句话不说，也没有任何不安和慌张。我——亚森·罗宾本人，被扔到那里，扔到座位上，像具木乃伊那样被捆得结结实实的！说来也真是滑稽！虽然形势十分严重，但我仍觉得很有趣，颇有讽刺性。亚森·罗宾居然像个毛头小伙子，被人耍了！像个普通人那样被强盗抢劫了——我的钱夹当然被掏空了！这次，轮到亚森·罗宾受骗，被人制服，真是有趣的奇事！

女士缩在角落仍然没动。强盗没去注意她，只是把地毯上的小挎包捡起来，把里面的钱包、首饰、各种金银小玩意掏出来，女士只睁开了一只眼，就吓得浑身发抖，她把手上的戒指摘下来，递给了那强盗，似乎是让他少费些气力。

那人接过戒指后，用眼瞄了她一眼。那女人居然被吓晕过去了。强盗仍然没说一句话，仍然还是那么从容，我们被他扔到那儿后，他回到了座位，点起了一支烟。之后，就专心致志地端详起他的战果来，对这些财宝他似乎很满意。我当然没他这么满足。我不单单记挂着他抢走我的一万两千法郎，对这笔钱，我只认为是暂时的损失。因为我不但要把这一万两千法郎抢回来，还连同皮夹中的重要文件：例如计划、预算表、地址、通讯录，还有会连累他人的信件等，我计划着在最短的时间内全部收回来。

目前我更担忧的是："接下来还会发生什么？"就像人们想到的那样，我途经圣拉扎尔车站时给人们带来的不安还没有消除。这一次我是应几个朋友的邀请去做客。我用吉约默·贝尔拉的化名，经常去他们家中。他们觉得我和亚森·罗宾有些像，因此也总是拿这点和我开玩笑。所以，我也就不能随心所欲地化装易容了。此外，人们已经意识到我在车上。再说，人们看到一个男人匆忙地从特快跳进直快，不认为是亚森·罗宾，还会有谁？因此，当里昂警察局局长获悉了电报报警后，肯定会率领众多警察守在车站，只要火车一进站，就搜查可疑的乘客，仔细地盘查每一节车厢。所有这一切我都事先预料到了，并没感到过分恐慌，因为我认为，里昂警察不会比巴黎警察更厉害，在他们眼皮底下我可以安全地走过——出站时，只需随便亮一亮我的议员名片，肯定就过去了。在圣拉扎尔火车站，我使用的这个办法，检票员并没有怀疑。但现在的情况完全不同了！我最大的障碍是，我的手脚现在被捆住，不可能采用惯用的招数。亚森·罗宾先生会在一个车厢被警察局局长发现。老天保佑这位警察局局长，给他送上了像只羔羊那样温驯的、手脚被绑住的亚森·罗宾。东西被准备好了，他只需取货就行了，就像取一份从铁路托运来的包裹，一篮果菜，或者是一筐野味。

被捆得结结实实的我，为了不让这种不幸的结局发生，现在能做什么？快车不在韦尔农和圣皮埃尔这两站停车，它飞快地径直向终点站——里昂飞奔而去。

还有一个问题虽然与我没多少关联，但也困扰着我，让我很伤脑筋。我的职业性好奇心被唤醒了，我想找到答案——这个旅客的真实意图是什么？

假如仅仅只有我一人，车在里昂进站时，他有时间可以从容地下车。但那位女士呢？此时，尽管她老实地畏缩在那儿待着，但只要一开车门，她一定会大声喊叫，乱奔乱跑，叫人救命！所以，我为此感到不解。他为何不捆住她呢？这样，在别人发现这两桩罪行之前他有时间不慌不忙地逃走。他两眼注视着天空，在那儿吸着烟。稀疏的雨点在天空上开始画出一条条粗粗的斜线。但有一次，他转过身来，拿起我的火车时刻表，查看着时间。

为了让强盗放松警惕，那位女士假装仍在昏迷。但是后来她被烟呛得不断地咳嗽，这样她的伎俩被揭穿了。

这种姿势让我腰酸背痛，非常不舒服。我绞尽脑汁想办法。拱桥、乌瓦塞尔……列车欢快地、陶醉地向前飞驰着。圣埃蒂延纳……突然，那人站起来向我们走来。那个女士大喊一声，随之晕倒了过去。这一次是真的昏了过去。他到底想干什么呢？他把我们这边的车窗放了下来。此时，外面大雨滂沱，雨点无情而又猛烈地落下来。他没穿雨衣，也没有雨伞，他的动作显得有些焦躁不安。行李架上有女士的晴雨两用伞，他把目光锁定到了那儿。他一把抓了过来，又把我的大衣穿到身上。

火车飞驰而过塞纳河。他把裤脚卷了起来，探出了身子，抽开外面的卡销。他想跳车吗？列车速度之快，跳下去必死无疑。火车驶进了圣卡特里娜山隧道。那人稍微打开了点车门，用脚试探了一下第一级踏板。这个强盗真是疯了！接下来的黑暗、烟雾、喧噪，都给他的这种企图蒙上了一层虚幻的色彩。突然，火车的速度慢了下来。滚动的轮子被气闸用力地顶住。仅仅一分钟，速度就迅速慢了下来，而且在继续减慢。原来最近几天，这段隧道正在施工，火车通过这里时必须要把速度放慢。以此看来，这人对这一情况十分了解。

他插紧卡销，锁死车门，只需再把另一只脚踩到踏板上，下到第二级，就可以从从容容地逃脱了。

等他刚刚消失，火车就驶出了隧道，进入了山谷，再通过一条隧道，就到达终点里昂了。

很快就清醒过来的女士，对她丢失的首饰非常痛惜。此时的我用眼睛望着她，向她恳求。她立刻明白了过来，走上前扯掉了塞在我嘴里的东西，她还想帮我把绳索解开，我阻止了她。

"不，不，保持好现场，让警察看。我希望他们知道这个强盗的罪行。"

"那我现在拉铃报警，好吗？"

"太晚了，在他攻击我时就该想到这点。"

"但那样做他可能会杀了我！啊！先生，我跟你说过，他肯定在这趟车上！我见过他的照片，所以我认得出来他。他跑了，我的首饰也没了。"

"你放心，一定能抓住他的。"

"抓住他——亚森·罗宾吗？绝不可能。"

"夫人，这就要看你的啦。你听我说，火车一进站，你在车门口大声求救。警察和职员都来后，你就把你所看见的一切都说出来，还有包括我遭到他的攻击和亚森·罗宾逃跑的经过，你还要讲出他的体貌特征，他手持雨伞——就是你的那把，头上戴着软帽，身穿掐腰灰色大衣。"

"你的那件大衣。"她说。

"怎么会是我的？是他的。我没有这件衣服。"

"他上车时我记得没穿。"

"不，不……可能是一件忘到行李架上的衣服。总之，他跳下车时穿着件大衣，这个非常重要，是一件掐腰灰色大衣。你记住……啊！对了……你一开始时要向警察们说出你的姓名以及你丈夫的官衔，这样一定会激起他们极大的热情。"

火车到站了。这位女士在车门口弯下腰。为了让她记住我的话，我提高嗓门，几乎有些专横地嚷道：

"夫人，请你一定还要说出我的姓名：吉约默·贝尔拉。如果有必要，你最好说你认识我……这样做能为我们赢得时间……让警察们在最短时间完成初步调查……这样才能去追亚森·罗宾……追回你丢失的首饰……你记住了吗？你丈夫的一位朋友，吉约默·贝尔拉。"

"知道了……吉约默·贝尔拉。"她挥着手已经大叫起来。

火车还没有停稳，就有一个人跳了上来，紧跟着又有几个人上来了。最关键时刻到了。那女士上气不接下气地喊道：

"我们遭到攻击了，亚森·罗宾攻击我们了……我的首饰被抢了……我丈夫是狱政局副局长……我是莱诺夫人……啊！看，乔治·阿代尔，这是我的弟弟，里昂信贷银行经理……你们应该认识的……"

这位年轻人来到我们身边，她上前拥抱了他。警察局局长向这个年轻人致意。女士含着眼泪又说道：

"是的，这位先生刚睡着，亚森·罗宾……他就掐住了这位先生的喉咙。贝尔拉先生，是我丈夫的一位朋友。"

局长问道：

"可亚森·罗宾去哪儿了？"

"车驶过塞纳河之后，进了隧道，他就跳车逃跑了。"

"你能确定是他吗？"

"千真万确！我认出了他。而且，在圣拉扎尔火车站有人见过他，他的头上戴着一顶软帽。"

"不，不……戴的是一顶硬毡帽，和这顶一样。"警察局局长指着我头上的帽子纠正道。

"不，是顶软帽，我能确定。"莱诺夫人又说道，"他还穿着一件掐腰灰色大衣。"

"对，"局长小声说，"电报中提到了这件灰色大衣，黑绒领，掐腰。"

"黑绒领，对，千真万确。"莱诺夫人得意地说道。

我这时松了口气。啊！多好的女人，多么心地善良啊！多好的朋友啊！警察过来给我松了绑。我把自己的嘴唇狠狠咬了一下，血流了出来。我佝着身子，把手帕按到嘴上。一个长时间被绑住手脚的人应是我现在的这个样子。我的嘴边流出了血水，装作有气无力的样子对警察局局长说：

"先生，他肯定是亚森·罗宾，毋庸置疑的……你们快去抓他……我想我可能对你们会有些帮助的……"

留给司法当局侦查的这节车厢被甩了下来。火车然后继续向勒阿弗尔驶去。我们被人带着穿过挤满看热闹人的月台，前往站长办公室。

现在的我有些犹豫。我可以随便找个借口离开，然后找到自己的车，开车溜走。在这儿耽搁时间无疑是危险的。只要稍微一疏忽，或者从巴黎发来一封电报，我就完蛋了。

但我一走了之，那抢我钱物的家伙怎么办？还抓不抓？我对这儿人生地不熟的，单凭我自己的力量，休想找到他。

"算了！留下来，撞撞运气。"我想着，"押这一宝很难获胜，但玩起来肯定很刺激！下点赌注也值。"

当警局要求我们需要再次做证时，我叫道：

"局长先生，亚森·罗宾现在已跑在我们前面了。如果你肯赏光的话，我的汽车现在就停在院内。乘我的车，我们……"

精明的局长笑了笑，说：

"这个主意不错……我们可能已经在执行了。"

"啊！"

"啊，是这样的，先生，我的部下有两名已经骑自行车……追了一阵了。"

"他们去哪儿了呢？"

"隧道出口。他们去那儿追踪亚森·罗宾，以便搜集线索和罪证。"

我不禁耸了耸肩，说道：

"你的部下也许搜集不到任何线索和罪证的。"

"为什么？"

"亚森·罗宾肯定早做好了安排，他不会让人看到他走出隧道的。他应该会走回第一条路，从那里……"

"从那里去里昂。我们去里昂抓他。"

"他不会去那儿的。"

"那他如果还在附近，我们会更有把握的……"

"他也不会在这附近的。"

"啊！啊！那他会躲到哪儿去呢？"

我掏出了表。

"现在亚森·罗宾应该在达尔内塔站附近溜达。在十点五十分，也就是说再过二十二分钟，他会登上从里昂北站开往亚眠的火车。"

"你为什么这样认为？你如何知道的？"

"啊！这非常简单。在车厢里时，亚森·罗宾查看过我的列车时刻表。他为什么这样做？距离他逃跑的地方，附近是不是还有一条铁路，或者一个火车站，并且还会有列火车在站上停着呢？我刚刚也看了看列车时刻表，得到了这个答案。"

"对，先生，"局长说道，"你推测得非常准确。你真有能耐啊！"由于我的自信，我贸然地显露了自己的能力。警察局局长非常吃惊地望着我。我知道他心里此时肯定闪过了一丝疑虑。但，仅仅是一闪就过去了。因为从各地寄来的照片总是非常模糊的，同他面前的这个亚森·罗宾是有着天壤之别的，他不可能立刻认出我。但是，他还是显得惶恐，有些不安。

有一段时间我们都再没说话。似乎有某种隐约的，含糊不清的东西把我们的嘴堵住了。我的全身被一阵痛苦的战栗侵袭而过。难道是好运离我远去，不再偏爱我？我努力让自己镇定下来，笑着说道：

"局长先生，似乎我说什么你都不信，凭着上帝发誓，我丢了钱夹，多想找回来啊。如果你能同意派给我两名警察，我们一起，或许能……"

"啊，求求你了，局长先生，"莱诺夫人嚷道，"你就同意贝尔拉先生的话吧。"

我这位杰出的朋友真是起了非凡的作用啊！她插的这句话很管用！从一位要人的夫人嘴中说出贝尔拉这个名字，她就成了我的真名，并赋予我任何人都不会怀疑的身份。局长站起身对我说：

"贝尔拉先生，请相信，我很期待看到你成功。我和你有着一样的期待——将亚森·罗宾捉拿归案。"

我们走到汽车旁，局长先生把他的两名警察介绍给我认识。分别叫奥诺莱·马索尔和加斯通·德利韦。我坐到驾驶座上，他们也先后上了车。我的司机摇动曲柄发动车子。很快，我们就驶离了火车站。我胜利脱险了。

啊！坦白地说，驾驶着我这辆莫罗勒卜通牌汽车，以三十五匹马力的速度在这座诺曼底古城的公路上飞驰，我是多么惬意！公路两旁的树木飞快地向后退去。马达的轰鸣声是那么和谐。我完全自由，我脱身了，现在需要办的就是解决我的那点小事，况且还有两位体面的公共力量代表来协助我。亚森·罗宾追捕亚森·罗宾！加斯通·德利韦与奥诺莱·马索尔这两位先生，在社会治安方面，不会有什么贡献，但是，你们对我的支持却是极其珍贵的！没有你们，我什么也做不了！没有你们，在一个又一个的十字路口处我会走上歧路！没有你们，亚森·罗宾会上当，那个家伙会逃之夭夭！但事情并没完，还差得很远。我必须要先追上那家伙，夺回我的文件。不管怎样，还不能让这两位警察先生看到我的文件，更不能让他们拿到手。我要利用他们，但又要避开他们办事，这就是我接下来的计划，做起来并不那么轻松。

抵达目的地达尔内塔车站，火车已经开出三分钟。我们获悉有个穿着掐腰黑天鹅绒领灰色大衣的男人，拿着一张去亚眠的车票，上了二等车厢，确实感到宽慰。显然，我要干警察这个职业，前途是非常光明的。

德利韦对我说：

"这趟火车是特快，十九分钟之后只在蒙泰罗利埃—比希站停。我们如果不能抢在亚森·罗宾之前抵达那儿，他就会继续前往亚眠。到克莱尔铁路会分岔，一边去迪耶普，一边去巴黎。"

"离蒙泰罗利埃还有多远？"

"二十三公里。"

"十九分钟跑完二十三公里……我们将赶在他之前。"

这段路真是让人兴奋！我的忠实的朋友——莫罗勒卜通牌汽车，见我如此焦急，鼓足马力地向前飞驰。我觉得我把意愿直接传达给了它，不需要通过操纵杆。它明白我的意愿，同意我的想法，知道我对亚森·罗宾这个坏家伙的仇恨。那强盗！那窃贼！我能制服他吗？他还会再次嘲弄权力，嘲弄由我此时代表的这种权力吗？

"向右，"德利韦嚷道，"……向左！……一直向前走！……"

车子贴着地飞奔而去。路边的里程碑像一只只胆小的动物，在我们跑近时都跑得无影无踪。

突然，在公路拐角处，我们看到了一股浓烟。这正是那列向北开去的特快。汽车和火车你追我赶，互相角逐着，持续了一公里。这场不平等的竞争，结果是肯定的：我们比火车领先二十码到达车站。三秒钟内，我们到达月台，在二等车厢门口守着。车门打开后，几个旅客从里面出来。但没有看到那个窃贼。我们搜遍了车厢，也不见亚森·罗宾的影子。

"见鬼！"我叫道，"我们与火车赛跑时，他肯定认出我来了，所以就跳车逃跑了。"

我的这个推断被列车长证实了。他看见离火车站二百米远处，沿着边坡一个男人跑了下去。

"看，那边……就是那个横过交叉道的家伙。"我冲了过去。后面紧跟着我的那两个随从，准确地说只有马索尔一个。因为他是个飞毛腿，跑得非常快，有耐力又有速度，不一会儿，他就离逃犯很近了。那人看到他，翻过一道篱笆，迅速跑向另一个斜坡，他拼命向上爬。他跑远了，我们看见他钻进了一片小树林。我们抵达小树林时，马索尔在那儿正等着我们。他怕和我们失去联系，也觉得没有孤身冒险的必要。

"祝贺你，亲爱的朋友，"我对他说，"经过这一阵奔跑，那家伙肯定累得喘不过气来。我们去抓他。"

我察看了周围的地形，思考着独自捉拿那家伙的办法，以使我能顺利地取回我的东西。一旦我的那些东西落入司法当局，必须经过很多繁杂的调查程序，才能物归原主。于是，我回到两个伙伴身边，说：

"我有个办法能轻易地捉住他。马索尔，你守住左边。德利韦，你守住右边。你们观察着小树林后面那一带。他要想避开你们，只有从这条洼路出来，我就守在这里。他如果不出来，我就进去，把他赶向这边或者那边。你们就等着抓他，啊！还有，遇上紧急情况，就鸣枪报警。"

马索尔和德利韦分别按我说的岗位走去。等他们的身影一消失，我就十分小心地钻进树林，没让人看见和听到声音。这是一片矮树林，非常茂密，专门留做行猎的。狭窄的林间小道，必须低头弯腰才能在上面行走，仿佛行走在绿色地道里。

一条小路通往林中空地。我看见一些脚印出现在了湿漉漉的草地上。我循着脚印，小心地在矮林中穿行。脚印把我一直引到一座小山脚下。山上有一所非常破败的房子。

"他在那儿，"我想，"观察所选得不错。"

我向前爬去，一直爬到了房子附近，里面有一声轻微的响动。这证明人就在里面。通过一个洞眼我看到他背对着我。我突然一个箭步，向他扑了过去。他手里拿着手枪，试图瞄准射击。没等他开枪我就把他摔倒在了地上，他的两条胳膊也被扭在身下压住，他的胸口被我的膝头顶着。

"小家伙，听好了。"我对着他耳朵说，"我是亚森·罗宾。把我的皮夹和那位女士的小挎包乖乖地拿出来……你这样做，我可以帮你从警察的魔爪中逃脱，并和你做朋友。就一句话：行，还是不行？"

"行。"他低声说。

"很好。今天上午，你干得真漂亮。今后我们会合得来的。"我站起身。

这时，他从口袋中摸了一下，一把宽刃刀向我刺了过来。

"蠢货！"我骂道。来了一招"肘弯砍颈脉"——我一手抵挡，另一只手朝着他的颈动脉狠狠劈过去。

他立即昏倒在地。从皮夹中我找回了我的文件和钞票。在好奇心的驱使下，我拿过了他的皮夹。在一个信封上，我看到了他的名字：皮埃尔·翁弗莱。我不由得打了个激灵。皮埃尔·翁弗莱——奥特伊拉封丹街的杀人犯！代尔布瓦夫人和她的两个女儿就是他杀害的。我俯身细看，对，是这张脸，在车厢里它已经使我想起那罪犯的画像。

时间在流逝。我把两张一百法郎的钞票装到了信封中，并附上一张名片，写道：

赠予好同事奥诺莱·马索尔和加斯通·德利韦，以示谢忱。

我——亚森·罗宾把名片放到了信套中央。莱诺夫人的小包在旁边。这位善良的朋友帮过我，我能不把它归还原主吗？

但我坦白，从小包中我掏出了所有值钱的东西，就连一把玳瑁梳和一个空钱夹也没放过。见鬼去吧！朋友归朋友，生意还得归生意。况且，她丈夫干了那么多不光彩的勾当，真的！……那人躺在那里，开始恢复知觉。该怎么办呢？我没资格害他，但也没资格救他。

我缴下了他身上的武器，朝空中放了一枪。

"两位警察先生会赶过来的。"我想，"人各有命，他自己去对付吧！"

我从洼路跑了。刚才追赶那家伙时，我就留心观察了有一条横道。二十分钟后，我顺着这条路找到了我的汽车。下午四点时，我给我里昂的几个朋友发电报，告诉他们：因为发生突发事件，我不得不推迟访问的时间。私下里说：现在这些朋友大概也了解了真相，访问恐怕将不得不无限期地推迟了。他们该多么失望啊！

我途经伊斯尔—阿当、昂吉延，六点钟时从比诺门进了巴黎。我从晚报获悉，皮埃尔·翁弗莱最终被警察抓住了。

不要看不起聪明的吹捧所带来的好处——《法兰西回声报》第二天发表了一则耸人听闻的花边新闻：

昨日，在比希附近。亚森·罗宾经历种种意外，协助警察抓捕了杀人犯皮埃尔·翁弗莱。在巴黎—勒阿弗尔铁路线上，监狱管理局副局长的妻子莱诺夫人的财物，被这位拉封丹街行凶杀人的罪犯洗劫一空。该夫人的小挎包被亚森·罗宾夺回，并将包内的首饰如数奉还给原主，协助他抓捕罪犯的两名警察也得到了他给予的丰厚酬报。

五、王后项链

一年之中仅有两三次出席盛大活动时，如参加类似奥地利大使馆举办的晚宴，或者出席比兰格斯托纳贵妇举行的舞会，德·德勒－苏比兹伯爵夫人，才会把那串王后项链挂在她雪白的颈项上。这是一串很有传奇色彩、颇负盛名的项链，是制作王冠的珠宝商博梅和巴尚热为杜巴里夫人特制的。主教罗昂－苏比兹认为：其实这串项链是献给法国王后玛丽－昂图瓦纳特的；后来被拉莫特伯爵夫人、女冒险家雅纳·德·瓦卢尔，在丈夫和同谋莱托·德·维耶特的帮助下，在一七八五年二月的一个夜晚偷出来瓜分了。其实，这串项链只有宝石托座是真品。因为拉莫特夫妇把博梅精心挑选的宝石野蛮地抠了下来，致使它们流散各地，托座被莱托·德·维耶特保存下来。后来，在意大利，莱托·德·维耶特把它卖给主教的侄子和继承人加斯通·德·德勒－苏比兹。轰动一时的罗昂－盖梅内破产案发生时，主教鼎力相助，使侄儿免于倾家荡产。为了感谢叔叔，侄子从英国珠宝商杰弗里斯手里赎回了一些钻石，又镶嵌上一些形状相同但价值小许多的钻石，给这串绝妙的项链恢复了原貌，就像博梅和巴尚热亲手制作的原件那样。

近一个世纪，德勒－苏比兹家族都为拥有这串传世之宝而自豪。世事变迁，兴衰交替，他们的家境每况愈下。尽管这样，他们宁愿节衣缩食，也不愿出卖这件珍贵的王家宝物。尤其是到了现在这位伯爵手中，伯爵把它视为祖宅一样珍惜。出于安全考虑，他在里昂信贷银行租用了一个保险柜，把它存放在内。妻子如果需要打扮使用时，就在当天下午亲自取回，于次日再亲自送回。

故事回溯到20世纪初的一个晚上，在卡斯蒂利亚宫举办的舞会上，伯爵夫人出尽了风头。在这场欢迎克里斯蒂安国王的晚会上，她的美貌吸引了国王的注意力。在她优美、白皙的颈项上那一颗颗宝石流光溢彩，在灯光的照耀下那成千个刻面熠熠生辉，就像几千颗火星在迸溅。

克里斯蒂安国王认为，这样一串贵重的项链任何一个女人都佩戴不出她这么高贵，这么自然的韵味。

当德·德勒伯爵夫妇回到圣·日耳曼郊区的古老府邸时，伯爵深深地感受到这双重胜利的滋味，他十分高兴。他为妻子感到自豪和骄傲，准确地说他更为这串历经四代、光耀门楣的项链而感到骄傲。他妻子认为他的喜悦中带有几分孩子气的虚荣，但这也是他高傲性格的表现。

她遗憾地卸下项链，递给了丈夫。丈夫愉悦地又欣赏了一番，仿佛一次也没见过似的。然后，他将项链放到印有主教纹章的红皮珠宝盒里，走到隔壁的小房间。这个小房间是一间凹室，和卧室完全隔离，他们的床脚边正是唯一的入口处。像从前那样，伯爵将珠宝盒搁到一块很高的木板上，放到了帽盒和布品堆中。之后，关好门，脱衣睡觉。

第二天早晨，伯爵快九点才起床，他预计在午饭前去里昂信贷银行。他穿好衣服，喝了一杯咖啡，就下楼去了马厩。在那儿，他做了一些吩咐。有一匹马让他感到很不安。他吩咐人牵着马在院子当中遛一遛，他看了看。然后，回到了妻子身边。

妻子一直未曾离开过卧室，女佣正在帮她梳头。她对丈夫说：

"你要出去？"

"是的……我去银行把它存好……"

"啊！对……这样更安全……"

他走进小房间，很快就走了出来。但并不着急地问道：

"你拿走啦，夫人？"

她答道：

"什么？没有呀，我什么也没拿。"

"你肯定翻乱了。"

"没有……我根本就没有开过这扇门。"

他顿时慌了神，几乎听不清地结巴着说：

"你没有？……不是你？……那么……"

她跑了过去，十分焦急地翻找着。帽盒被扔到了地上，衣服也一件件地翻了出来。伯爵连声说：

"没用……简直是白费力气……我就把它放到了这儿，这块板上。"

"你是否记错了？"

"就放到了这里，这块板上。没放到其他地方。"

因为房间中光线较黑，他们点燃了支蜡烛，把房里堆放的所有衣物都搬了出来。等东西全搬出来以后，他们只得沮丧地承认，这串著名的王后项链的确没了踪迹。

性格果断的伯爵夫人，没有过多浪费时间，她立即向警察分局长瓦洛尔布先生报告了此事。这位分局长头脑机智，目光敏锐，伯爵夫妇早有耳闻。他们详细地介绍了事情的经过，分局长立即问道：

"伯爵先生，你确信没有人在夜间穿过你们的卧室吗？"

"绝对肯定。我睡觉很轻的，一有动静就会醒。而且，卧室门上了门闩的，今早我的夫人叫女佣时，我才刚刚打开。"

"还有其他通道能进凹室吗？"

"没有。"

"没有窗户？"

"有，但早封死了。"

"我想看一下……"

他们点上蜡烛，瓦洛尔布先生立即指出，窗户其实只是用一个衣柜堵住了下面一半，而且那柜子还没有完全将窗子靠紧。

"靠这样近不会有问题。"伯爵回答道，"一旦有人移动它，就肯定要发出响声的。"

"窗子开向哪儿？"

"天井。"

"上面是不是还有一层楼？"

"有两层。但仆人那一层用格栅拦着，网眼很小。从那里下不到天井。所以，我们这里光线很暗。"

而且，当他们移动衣柜时，发现窗是关着的。要是有人从外面钻进去，不可能会是这样。

"窃贼除非从我们卧室出去。"伯爵说。

"如果这样，你早晨一定发现门闩被扯开了。"

分局长思索片刻，转问伯爵夫人说：

"夫人，你周围的人知道，昨晚你要戴这串项链吗？"

"当然，我不瞒他们。但是没有人知道我们把它藏在这儿的。"

"谁也不知道？"

"除非……"

"夫人，请说清楚些。这点非常重要。"

她对丈夫说：

"我想到的是昂里埃特。"

"昂里埃特？她和其他人一样，不知道这个细节呀。"

"你能肯定吗？"

"这位女士是谁？"瓦洛尔布先生问道。

"我在修道院时的朋友，因为执意和一个工人结婚，就和家里人闹翻了。她丈夫死后，我把他们母子接过来，给他们安排了一套房间住。"

她又很为难地补充道：

"她手非常巧，有时也给我们干点活。"

"她住在几楼？"

"就在我们这一层，不远……走廊当头……我甚至想到……她厨房的窗子……"

"开向天井，对吗？"

"对，那正好对着我们的窗子。"这句话之后，出现了短暂的沉默。

然后，瓦洛尔布先生要求领他到昂里埃特房间看看。当时她正在做针线活。她的儿子拉乌尔——一个六七岁的小男孩，正在她身边看书。房子十分简陋，由一间没有壁炉的房间和一个做厨房的小室组成。警察分局局长见状，有些惊讶，问了她几个问题。她知道项链被窃的事情后，大惊失色。昨晚是她亲手帮伯爵夫人穿的衣服，并把项链佩戴到她的脖颈上。

"上帝啊！"她叫道，"我怎么没听别人说呢？"

"你有什么看法？一点怀疑也没有吗？罪犯有可能是通过你的房间进来的。"

她大笑起来，根本没有想到别人在怀疑她。

"我根本没有离开过这间房间呀！我从不出门，再说，你没看见吗？"她打开了小室的窗户。

"看，到对面窗台有三米远。"

"你怎么知道我们假设小偷从这里进去的？"

"可……项链不就放在那间小房子里吗？"

"谁告诉你的呢？"

"哦！我知道项链夜里就放在那儿……他们当我面说起过……"

她的脸看上去很年轻，但因为愁苦，已经非常憔悴了。但表情驯服、温柔。沉默之后，她忽然变得惶恐不安，好像面临什么危险。她把儿子搂在怀中。孩子抓起她的手，温柔地吻着。

"我想，"当警察分局局长和德·德勒先生独处之时，伯爵对分局长说，"我想你应该不会怀疑她吧？我能为她担保。她是个诚实女人。"

"噢！我同意你的意见。"瓦洛尔布先生肯定道，"我最多认为她无意之中做了人家的同谋。但是，这种想法我承认应该放弃，因为它无法解释我们所遭遇的问题。"

在这次调查中警察分局局长没有获得任何进展。此案被转送到了预审法官那儿，以后由他来做进一步调查。他询问用人，检查门闩，对凹室的窗户做了开关试验，对天井上上下下地察看……但白费气力。门闩完好无损，也无法从外面打开窗户。接下来又针对昂里埃特进行了专门调查，但不管怎么查，总是又怀疑到她身上。于是人们仔细考察她的生活，发现三年来，她只出过四次门，都是去采购物品。事实上，她是德·德勒夫人的贴身女仆和缝纫女工。伯爵夫人对她非常苛刻，其余的用人私下都给她做证。

预审法官做了一周调查认证后，最后得出了与警察分局局长同样的结论，"就算我们知道罪犯，我们也根本抓不住他，因为无从获知他如何作案的。我们在左右两边遇到两个障碍：关得紧紧的门和窗户。这是双重秘密！罪犯是如何进去的呢？最难解释的是，他又是怎么逃跑的呢？因为门窗都关得好好的。"

经过四个月的侦察，预审法官私下得出这样一个看法：德·德勒夫妇急等着用钱，变卖了王后项链。于是他把此案归档了事。这件珍贵首饰被盗带给德勒－苏比兹一家人一个沉重的打击，之后很久，他们都留有被打击的后遗症。家里有这样一件宝物，本身就是一种对他人的保证，现在，他们的信用失去了宝物的支撑，那些债主便比以前更加逼人，那些借给他们钱的人的条件也比以前更加苛刻。他们不得不忍痛割爱，变卖的变卖，抵押的抵押。总之，如果不是得到远亲遗赠的两大笔遗产，恐怕早就破产了。他们的自尊心也受到了很大的挫折，仿佛他们失去了四分之一的贵族血统。最奇怪的是，伯爵夫人竟把矛头指向她在修道院结识的女友——昂里埃特，把全部怨恨都发泄在她身上，公开指责项链是她偷的，先是把她贬入用人之列，很快又把她赶出家门。

时间一天天流逝，没再发生特别引人注目的事。伯爵夫妇到处旅游。这段时间里，只有一件事应该提出来。昂里埃特走后数月，伯爵夫人收到她寄来的一封信，大为惊讶。信文如下：

太太：

我不知如何感谢你。这笔钱一定是你给我寄来的，难道不是吗？因为只有你。除了你，谁也不知道我在这个偏僻的小村子。假如我猜错了，请你原谅。至少我应该对你先前给予我的帮助说声感谢……

她这是什么意思？因为，无论现在还是过去，伯爵夫人对她都不是特别仁慈。那么这种感谢代表什么意思呢？

昂里埃特被要求做出解释。她回答说：她收到了一封没有保价也没有挂号的信，里面装着两张一千法郎的钞票。她拿出那信封，信封上盖的是巴黎邮戳，只写着她的地址。很明显，那是伪造的字迹。

这两千法郎究竟从哪儿来？究竟是谁寄的呢？司法当局对此做了调查，但茫茫人海，又能从哪儿得到答案呢？

一年之后，又寄来了两千法郎。然后是第三次，第四次。六年之中，年年如此，不同的只是到第五年和第六年时，寄来的款额增加了一倍，以使突患重病的昂里埃特能够做些适当的治疗。此外还有一点不同：邮局以没有保价不予投寄为借口，截住了其中一封信。因此，后两封信是按规定寄出的。第一封发自圣·日耳曼区，使用的是昂凯蒂的姓名；第二封发自絮雷斯纳，签的是佩夏尔的名字。地址仍是伪造的。

六年之后，昂里埃特去世。谜底仍然没有解开。公众都知道这些事件。案子引起了舆论极大的关注，这串项链的命运如此富有传奇色彩。十八世纪末，它曾轰动全法兰西；一百二十年之后，它又再次激起公众的热情。但是，我要叙述的是人所未知的事，只有几个相关的人和伯爵要求绝对保密的人知道此事。因为有朝一日，这些人士有可能守不住秘密，所以，我也就毫不犹豫地揭开了这层面纱，让公众知晓谜底，同时也以此了解前天上午报上刊登的那封信是怎么一回事。那封非比寻常的信给这谜团重重的悲剧又增加了几分神秘的色彩。

那封信刊发之前五天，德·德勒－苏比兹先生在府上正举行午宴，宾客之中有他的两个侄女和一个表妹。男宾中有议长埃萨维尔、议员博夏、在西西里岛伯爵相识的骑士弗洛里亚尼以及圈子里的一位老朋友——将军德·鲁齐埃尔侯爵。吃过饭后，女士们允许先生们吸支香烟，但不准离开客厅。女士们则优雅地喝着咖啡，大家在一起闲聊。有位小姐好玩，拿起纸牌占卜。之后大家谈起了那些大案。德·鲁齐埃尔先生从来不肯放过戏弄伯爵的机会，于是又谈起那串失踪的项链。这个奇案也正是德·德勒先生不愿提及的话题。

人们各抒己见，按自己的方式发表着自己的言辞。当然，各种假设都互相矛盾，案件根本说不通。

"先生，"伯爵夫人向弗洛里亚尼骑士说道，"你有什么高见？"

"呵！夫人，我，我没什么看法。"

大家都叫了起来。因为刚刚这位骑士还眉飞色舞地讲述他跟父亲——巴勒莫的一位法官，亲身破获的各种奇案。从中能看出他对这类问题的兴趣和真知灼见。

"我承认，"他说，"有些能干的人做的失败的事，我来做就成功了，所以人们把我看作歇洛克·福尔摩斯……但是，我根本不明白各位谈论的是什么事情。"

于是大家都转问伯爵。他虽然不情愿，但还是把事情的经过扼要地叙述了一遍。骑士听着，思考着，询问了一些问题，低声说：

"这非常有趣……我觉得这事不难猜到结果。"

伯爵耸了耸肩膀。其他人都拥到了骑士身边。骑士有点急迫地说道：

"一般来说，要想找到凶杀案或盗窃案的作案人，就必须先要搞清案子是如何做的。目前这个案子，依我看，非常简单，因为我们面对的，不是多种假设，而是一种事实、唯一的事实：作案人要想入内只能通过卧室门或者小房子的窗户才行。但是，闩紧的房门他根本不能从外面打开，所以只能从窗户进去。"

"窗户是关着的，我们后来检查时仍然是关着的。"德·德勒先生说道。

"为此,"弗洛里亚尼并没有理会德·德勒先生这段插话,继续说,"只要把木板或梯子搭在厨房阳台和窗台之间,待首饰盒……"

"窗子是关着的,我需要再次提醒你!"伯爵忍不住了,叫嚷道。弗洛里亚尼这时不能不答了。他开始从容不迫地回答问题,似乎这样一个微不足道的反对意见根本就难不倒他。

"我的确愿意相信窗户是关着的,但是,难道房间里就没有气窗吗?"

"你怎么知道的?"

"首先,那个时代建造的府邸,有气窗几乎成了一条规定。其次,要想解释此案,必须要有这样一个气窗。"

"的确有一个气窗,但气窗像窗户那样是关着的。它根本就没有引起我们的注意。"

"这就是你们的所错之处。一旦你们注意到气窗,肯定会发现它是开着的。"

"什么?"

"我推测,这个气窗与所有气窗一样,上面吊着一根用铁丝编织的绳子,还有一个铁环,只要一拉铁环,就能打开气窗,对吗?"

"对。"

"这个铁环是不是在衣柜和窗户之间悬着?"

"是的,可是我不明白……"

"就是这样。通过窗缝,用一个工具,把一个带钩的铁条插进去,钩住铁环一拉,窗就打开了。"

伯爵冷笑道:

"说得很好!但你就这么肯定吗?亲爱的先生,你忘了件事,那就是窗上根本就没有缝。"

"有的。"

"有缝能看得见。"

"只要一看就看得见。你们没有看。缝肯定是存在的,不可能不存在。在玻璃和油灰之间……必须是垂直方向。"

伯爵站起来,非常激动,在客厅里他急切地走了两三个来回,然后走近弗洛里亚尼，说：

"从那天开始，一切都没动过……也没有任何人进过那间小房子。"

"先生，既然这样，你可以从容地发现，我的分析与实际情况会一致的。"

"司法机关的调查和你的分析完全不符。你完全不知道，也什么都没看见，你的结论与我们所见所闻的事实截然相反。"

伯爵的恼怒弗洛里亚尼似乎就没看到，他笑着说：

"先生，我是想尽力搞清事情真相。如果我错了，请你指教。"

"我会指出的……说实话，你的自信会慢慢地……"德·德勒先生嘀咕了几句话，之后突然走到门口，他出去了。大家都保持着沉默，焦急地等待着，似乎很快就见到答案了。所以这种沉默中带着一种庄严的意味。

伯爵终于出现了。他脸色苍白，情绪激动，声音颤抖地对人们说道：

"请原谅……弗洛里亚尼先生的判断是如此准确……否则我永远也不会找到……"

伯爵妻子焦急地问道：

"我求求你，快说呀……到底是什么情况？"

他结结巴巴道：

"就在先生指出的位置……确实有条缝……而且顺着玻璃……"

突然，骑士的胳膊被伯爵一把抓住，急切地说道：

"先生，请继续讲下去……现在，我必须承认，你所说的是正确的；但还没有讲完……依你看来，发生了什么事？"

弗洛里亚尼慢慢地把自己的胳膊抽了出来，稍微停顿了一下，说道：

"好的，依我看，事情应该是这样的：德·德勒夫人戴项链出席舞会的事情，犯人肯定是知道的。你们不在时，他把跳板架好。你们的一举一动他透过窗户都能看到，看到你藏好首饰。等你一出小房间，他便划开玻璃，扯动铁环。"

"就算这样，但是离得太远了，他怎么能通过气窗摸到窗子的把手呢？"

"他不用打开窗子,因为他是通过气窗爬进去的。"

"不可能,从气窗外钻进去,哪有这么瘦的男人?"

"他不是男人。"

"什么?"

"气窗洞太小,成年男人当然爬不过去,肯定是个孩子。"

"孩子!"

"你们不是说,昂里埃特有个儿子吗?"

"是的……她有个儿子,叫拉乌尔。"

"很有可能是这孩子干的。"

"你有证据吗?"

"证据?……证据可以有……例如……"他没有再说话,想了想,又说:

"例如,那块跳板,是孩子悄悄从外面搬进来的,又悄悄把它送出去,但不可能不被人看见。他用的东西一定是身边现有的。在昂里埃特当作厨房的小室,那墙上就有一些放锅盆的搁板,是不是?"

"我记得有两块。"

"先搞清楚这些木板是不是在撑木上固定着。如果不是,我们就可以联想到孩子把木板起下来,随后又一块块放回去。那里有个炉子,可能他还拿了炉钩,用来把气窗打开。"

伯爵一声不响,又走了出去。此时,在场的人表情都很坦然,不再惶恐不安。他们知道,他们十分肯定地知道,弗洛里亚尼的判断一定是对的。他现在给人的印象,就是他所说的事确凿无疑,他不是在做推测,而是在讲述事实。

伯爵回来后说:

"是那男孩,是他,一切都证明了。"

这次,大家对此不再感到诧异。

"你看到了木板……炉钩?"

"看到了……木板上的钉子被起掉了……炉钩仍放在那里。"

德·德勒-苏比兹夫人大叫道:

"是他……不,肯定是他的母亲。是昂里埃特逼迫儿子……她才是唯一的罪犯。"

"不，"骑士肯定说，"母亲与此事毫无关系。"

"不可能！他们住在同一个房子里，儿子做事，怎么能瞒得过母亲？"

"他们的确住在一个房间，但男孩做的一切都是夜里趁他母亲睡着后在隔壁的房间干的。"

"那项链呢？"伯爵问，"孩子的东西就那些，总能找到吧。"

"对不起！他出去了。当天上午，你们看见他在桌前做功课。他那是刚从学校回来。如果司法当局不是使出各种办法去对付清白无辜的母亲，而是去学校搜搜孩子的课桌，翻翻他的课本，也许情况就查明了。"

"就算是这样。每年昂里埃特收到两千法郎，不就说明她是同谋吗？"

"同谋，她不是为这笔钱向你致谢了吗？再说，不是对她进行了严密监视吗？然而，孩子是自由的，他可以随便跑到附近哪个城市，随便找个旧货商，以低廉的价格出售钻石。至于出售一颗，还是两颗，这就视情况而定……唯一的条件是钱必须从巴黎寄出。做得到的，来年再与之交易。"

德勒 - 苏比兹夫妇和客人们都感到心情非常沉重。的确，从弗洛里亚尼的语调中、态度上，除了一开始就让伯爵感到不快的自信外，还有另一种意味，那就是一种嘲弄，一种与其说是同情和友好，还不如说是怀有敌意的嘲弄。

伯爵强装笑脸说：

"想得如此缜密，真让人感到高兴！请接受我的祝贺！你的想象力是多么富有创意呀！"

"不，不，"弗洛里亚尼认真地反驳道，"我不是在凭空想象，而是在陈述当时发生的事实，它就应该是我说的那样。"

"你知道些什么呢？"

"你亲口和我说的那些。我想到了母子二人在偏远乡村过的日子，母亲病倒了，小家伙只好想办法，把宝石卖掉救母亲，或者减轻她母亲临终时的痛苦。最后疾病压垮了母亲，她死了。过了一些年，男孩长大了，成了一个男子汉。于是——这一次，我承认我现在是在充分发挥想象力——如果这个男子汉想要返回他曾度过童年时光的地方看一看，假如他来到了故地，并再次看到了怀疑、指挥过他母亲的人……他们会不会想到，在发生过这样一起枝节横生悲剧的老房子做这样的一次重逢，让人感到是多么难过而又兴奋啊？"

他的话音落下一段时间后，客厅里还是一阵沉默，但带着些许的不安，从德勒夫妇脸上可以看出，他们又吃惊又惶惑，正仔细地琢磨着这番话的意思。

"先生，你到底是谁？"

"我？就是在巴勒莫与你相遇，并多次应邀到府上做客的弗洛里亚尼骑士。"

"那你讲这番话究竟是什么意思？"

"哦！没什么！我只是开个玩笑。我在展开我丰富的想象力，如果昂里埃特的儿子还活着，他见到你，一定非常高兴啊，他会亲口对你说，他是唯一的罪犯；他是因为母亲不幸，就要丢掉饭碗——那用人的差使，是因为看到母亲不幸而难过，因此才偷的项链。"

他抑制住内心的激动讲出这番话，他起身离座，来到伯爵夫人身边。毫无疑问，昂里埃特的儿子就是这位弗洛里亚尼骑士。他的神态、言谈，都表明了这一点。再说，他那明显的意图，他的意思，不正是要让别人认出他这个身份吗？

伯爵犹豫犹决。对这位大胆的人物该如何处置呢？按铃叫人？闹出丑闻？把他的身份揭穿：他就是先前那个作案人，那个窃贼？但事情过去这么长时间，还有谁会相信儿童犯罪这种荒谬的说法呢？不，最好还是装糊涂，接受现实。于是，伯爵走到弗洛里亚尼的身旁，快乐地说道：

"先生，你讲的故事太生动，太离奇，太有趣了。我向你发誓，我深受感动。但是，依照你的说法，这位好儿子，这位模范青年，后来呢，他怎么样了？希望他在这条正道上，不要半途而废。"

"哦，当然不会。"

"有个这么精彩的开头！难道不是吗？六岁就偷了王后项链，就连玛丽-昂图瓦纳特王后都看着眼红的那串闻名遐迩的项链啊！"

"他偷了项链，"弗洛里亚尼顺着伯爵的话说，"不仅偷到了项链，而且没有给自己带来任何麻烦，没有人会想到把玻璃窗检查一下，或者发现窗台太过于干净。原来的窗台上盖着厚厚的灰尘，这个男孩为了抹去脚印，所以把灰尘全抹掉了……你得承认，那个年纪的孩子脑子真够灵活的。这容易吗？难道只是想要，伸伸手就可以吗？……是的，他想要……"

"所以他伸出了手。"

"对，他伸出了双手。"骑士笑着说。

伯爵不禁打了个哆嗦。这个所谓弗洛里亚尼的身世中到底隐藏了什么秘密？

六岁时就成为天才盗贼的这个冒险家，今天应邀来到失主的府邸，他疯狂而大胆，无可指责地攻击失主，是为了寻求刺激，还是发泄积怨？他的一生将是多么不同寻常啊！这时，弗洛里亚尼骑士站起身来，向伯爵夫人来告辞。夫人向后一退。他微笑着说道：

"啊！夫人，你别害怕！是我这出沙龙巫魔戏演得太过分吗？"

伯爵夫人镇定下来，用同样从容而且半开玩笑的口气说道：

"不，先生。相反，我对这位孝顺儿子的传奇故事十分感兴趣。我也为我的这串项链富有这样光辉的命运而感到欣慰。但是，你不觉得……那个女人，那个昂里埃特的儿子其实是有着一种与生俱来的本性吗？"

骑士闻之一震，感到被触到了痛处，反驳说：

"我也这样认为，正因为他具有这种本性，所以这个男孩子才没有灰心。"

"这是什么意思？"

"对，你知道，在那串项链上，钻石大多数是假的，只有从英国珠宝商那儿赎回的几颗才是真的。因为生活急需，其他那些都被一颗一颗地卖掉了。"

"先生，但它终归是王后项链。"伯爵夫人傲慢地说，"我觉得这点，昂里埃特的儿子或许不懂。"

"夫人，他应该懂的。不管真假，首先项链是一种装饰品，是一块招牌。"

德·德勒先生向他妻子频频示意。但她早已抢在前头：

"先生，要是你暗指的这个人有一点廉耻心……"她被弗洛里亚尼沉着的目光镇住了，便收住话头。

他重复道：

"要是这个人有一点廉耻心，怎样呢？"

伯爵夫人感到继续谈下去不会占到上风，就撇下受到伤害的自尊心，压住满腔的怒火，用彬彬有礼的语气对他说：

"先生，传说莱托·德·维耶特拿到王后项链并伙同雅纳·德·瓦卢尔抠下了所有钻石，但并没有敢动托座。他明白，钻石只是附件，是装饰品，托座才是主体，才是艺术家创造的灵魂，因此他尊重它。你认为这个人也懂得这个道理吗？"

"我相信那孩子把托座珍藏了起来。它还在。"

"如果这样的话，先生，你一旦遇到他，请转告他，一件如此珍贵的纪念物，本来就是别人家的荣耀和财产，并不属于他，由他保管也并不恰当。尽管他能抠下上面的钻石，但王后项链始终只属于德勒－苏比兹家族，就如同我们的姓氏，我们的荣誉一样，只属于我们。"

骑士简单地回答：

"夫人，我一定会告诉他的。"

他向她鞠了一躬，又和伯爵打了招呼，随之向所有在场的宾客一一致意，然后走了。四天后，德·德勒夫人在卧室的桌子上看到了一个红皮珠宝盒，上面印有主教的纹章。她把盒子打开，里面装着王后项链。但是，对一个一心想把事情办得有始有终并且合乎逻辑的人来说，所有事情都应该达到同一个目的——做一点披露是不会坏事的——于是，第二天，《法兰西回声报》刊登了一则引起轰动的消息：

王后项链——多年前德·德勒－苏比兹家丢失的那件著名项链，已被亚森·罗宾觅到。亚森·罗宾立即将此物完璧归赵。对这种具有骑士风度的高尚行为，我们只能深表谢意。

六、红 桃 7

一直以来，我被一个问题所困扰。它常常从我的脑海中冒出来："我是如何认识亚森·罗宾的呢？"

我与他相识，这是不用怀疑的。我积累了很多详细的资料，关于这个令人费解的人。我叙述的那些事实，是无可辩驳的。我掌握的种种新证据，我对他某种行为所做的解释——这些行为，人们只是看到了外表，却未曾深入探索内在的原因和潜藏其中的动机。所有这一切都说明，我们之间的关系，即使算不上亲密无间——因为亚森·罗宾过着漂泊不定的生活，是不可能做到这点，至少也可以说是友好的、知心的。但是，我是如何与他相识的呢？我为他树碑立传的热情又从何而来呢？为何偏偏是我做这件事，而不是其他人呢？

答案十分简单：这一选择的做出仅仅是由于偶然性，而不是因为我有意努力所造成的。正是因为这个偶然性让我上了路。我是偶然的机会与他一同走了这段离奇、神秘的冒险之路，因而结下了一段难解之缘。最后，我还不经意间在他出色导演的这出戏中充当了演员这个角色。这是一出复杂、隐晦、情节曲折的戏，使我讲起来也感到非常为难。

第一幕发生在六月二十二日那个著名的夜晚。关于那一夜人们已经谈了很多。至于我呢，我可以立刻说明，当时我的举止非常反常，是因为我回家时的精神状态十分特别。那天，在瀑布饭店我们几个朋友共进晚餐，大家吸着烟，茨冈人乐队演奏着忧伤的华尔兹舞曲，一个晚上，我们聊的都是凶杀盗窃案和那些令人恐惧的黑暗阴谋之类的。这对睡眠总是非常不好的。

之后，圣马丁夫妇坐着汽车离开了，在漆黑而又闷热的夜晚我与让·达斯普里走了回来。六个月后，这位无忧无虑的可爱的达斯普里先生去了摩洛哥前线。一年前我搬到了讷伊，住在马约大街边的一幢小屋。我们步行到屋前时，他对我说：

"你从来就没害怕过?"

"什么意思?"

"这个小屋孤零零的!这里也没有左邻右舍……四面都是空地……真的,我不是个胆小鬼,但是……"

"噢,你很快乐嘛!"

"噢!我只是随便说说的。刚才圣马丁夫妇讲的强盗故事给我留下了极深的印象。"

他和我握手后,走了。我拿出钥匙,开了门。

"哦,好家伙!"我低声说,"昂图瓦纳怎么没有给我点上蜡烛。"我忽然想起来:我安排昂图瓦纳休假了,他不在。

在这黑暗而又寂静的房屋中,我马上觉得很不舒服。我摸索着,很快上楼进了卧室,并一反常态,立即把门锁上,并且插上了门闩,之后点上了蜡烛。蜡烛的光焰越来越亮,我也逐渐恢复了冷静。但我仍然小心地把左轮手枪从枪套中拔了出来,这是一支大号枪,射程很远,我把它放在床边。做了这种防备程序后,我提着的心放了下来。我上床躺下,同往常一样,为了快点进入梦乡,把床头上那本每晚都要读的书拿了起来。

我大吃一惊。在前一夜用裁纸刀标出的地方,有一个信封,上面盖有五个红色火漆封印。我急忙拿起来。信封上写着我的姓名,并标着:"急件"。一封给我的信!是谁放到这地方的呢?我有些紧张,撕开信封读了起来:

从你打开这封信开始,无论发生什么,也无论你听到什么声音,请都不要离开,不要动,更不要喊。否则,你就完蛋了。

我不是胆小鬼,和别人一样,面对真实的危险我知道该如何面对;对于我们臆造的那种虚构危险,我也会像别人那样一笑置之。但是,我再重复一次,我当时的精神状态十分反常,神经高度紧张,很容易冲动。再说,难道在这封信中没有一种让人感到无法说出的惊慌的感觉吗?难道没有使勇敢的人受到震动的东西吗?我把信纸捏得紧紧的,一遍又一遍地看着那威胁性的话:

"不要动……更不要喊……否则,你就完蛋了……"

　　"去他的吧！"我想，"这一定在开玩笑，无聊的恶作剧。"我想发笑，甚至想放声大笑。可为何笑不出来呢？一种说不出来的恐惧把我的喉咙堵住了！我应该吹灭蜡烛。不，不能吹。"不要动，否则，你就完蛋了。"上面写得清清楚楚的。不过，何必要和这类自我暗示对着干呢？它们常常比最确切的事实还显得真切。只要把眼睛闭上就行了。于是我合上双眼。就在这时，一声轻微的响动声打破了寂静。紧接着就是一阵噼啪声。我感到声响似乎是从隔壁的大房间中传来。那是我的办公室，候见室隔在它和卧室之间。

　　真正的危险临近了，我十分紧张，觉得自己就要一跳而起，我抓起手枪，向大房间冲去。然而我并没有起来！对面的左窗上，窗帘忽然动了一下。

　　毋庸置疑，确实窗帘动了，而且仍在动！我看见了——啊！我看得十分清晰——有一个人正站在窗和窗帘间那块狭窄的地方，令窗帘无法垂落下来。

　　那人正看着我，他透过窗帘稀疏的网眼盯着我。于是我明白了。他的任务就是把我镇住，让其他人偷运东西。起来？抓起手枪？不可能……他正守在那儿！只要我一动，或者轻轻一叫，我就没命了。

　　忽然，房屋被一阵猛烈的敲击震撼着。随后又传出两三下小的声音，好像是锤子在敲什么尖桩子，然后又被反弹回来，我是这样认为的。此时我的脑子乱糟糟的。别的声响此起彼伏，一片嘈杂声，这一切说明他们正在肆无忌惮，放开手脚地大干。

　　那警告很管用，我没有动。因为胆小？不，准确地说是我精疲力竭，我的手脚已经完全动弹不得。识时务有时也是一个精明的方法，为什么要反抗呢？这个人背后可能还有十来个人，他们一呼即来。我难道为了救下几块挂毯，几件小物件，就要拼命吗？这种折磨整整持续了一夜。真是令人难以忍受的痛苦，那可怕的恐惧！嘈杂声渐渐停止了。但是我仍等待着这声音重新开始。那个人还一直在那儿！我被他一直用枪监视着！我惶恐的目光始终没有离开他。我的心怦怦直跳，全身流着冷汗！

　　我忽然感到一种难以言表的轻松：大街上驶过了一辆我十分熟悉的运送牛奶的车子。同时我感受到，黎明已经透过百叶窗来到了我的房间。晨曦在黑暗中升起了。终于日光照进了房间。其他车辆也开始来来往往。

夜里的鬼魂都不见了。于是，我向床头柜伸过手去，慢慢地、悄悄地。对面没有动静。我盯住窗帘隆起的地方，必须瞄准那里。我精确地盘算着怎样下手。我一把抓起手枪，抬手就是一枪。我大叫一声跳下床，扑向窗帘。帘子被打穿了，玻璃也被打了一个洞。那个人呢？怎么没有打中……啊，原来没有人。没有人！这么说来，害我一夜动都不敢动的是窗帘隆起的褶子！而在这段时间里，那些歹徒……我怒不可遏，急忙转动钥匙，打开房间，穿过候见室，打开另一扇门，冲进了大房间。我大吃一惊，愣愣地在门口站着，气喘吁吁，目瞪口呆，那份惊愕，比发现窗帘后没人还要吃惊：房间中居然任何东西都没有丢。我想象中已被抢走的东西：油画、家具、丝绒毛毯，所有的一切都在原地未动！

眼前的景象真让人迷惑不解！我简直不敢相信自己的眼睛！可是我听到的嘈杂声，搬动家具的声音到底是怎么回事呢？我在房间里转了一圈，观察墙壁，清点我所熟悉的每一件物品。一件也不少！最使我困惑的是，竟没有找到歹徒进来的途径。没有任何痕迹，没有移动过一把椅子，没有一个脚印。

"这是怎么回事，怎么回事？"我双手抱头自言自语道，"我又没疯！我听得清清楚楚！"……

我用最细致的搜查办法，把大房间一寸一寸地检查了一遍，还是没发现什么。或者确切地说……但我能把这看成是一个发现吗？在地板上的一块小波斯地毯下面，我捡到了一张扑克牌。一张红桃7，与法国人玩的纸牌红桃7一个样。但有个奇怪的细节引起了我的注意，在七颗红桃尖上，都有一个窟窿，是用冲孔器冲出来，圆圆的，一般大小。

痕迹就是这些。一张扑克牌和一封夹在书里的信。除此之外，什么也没有。这点证明也足以肯定我不是在做梦。整整一天，我都在客厅里寻找痕迹。这是一个很大的房间，与狭小的屋子不成比例。里面的装修表明设计者趣味怪异。地板上由彩石拼成了对称形图案。护墙板也是拼出来的，有拜占庭式的构思、庞培式的寓意画、中世纪的壁画等。在一个酒桶上酒神巴克科斯骑在上面。一个头戴金冠、胡子花白的皇帝，右

75

手执剑。客厅上部有点像工厂，只有一扇宽大的窗户。在夜里这扇窗户也是开着的。歹徒可能用梯子从那里爬进来。但我也不敢肯定。假如真是如此，那院子里夯实的土地上，一定会留下梯子的痕迹。屋子周围空地上的青草，也会有新踩过的痕迹，可是什么也没有。

我承认，我根本就没想去报警。因为我要陈述的事实是如此不真实，如此荒谬可笑，警察不会相信的，甚至会取笑我。到了第三天，正是我为《吉尔·布拉斯》写稿的日子。当时我正为这家报刊写专栏，大脑中就一直想着这件怪事，因此原原本本地把它写了下来。文章引起了人们的注意。但我知道，大家并没有把它当真。不会有人把它当成真事，只是把它视为一种幻觉。圣马丁夫妇也以此嘲笑我。在这方面达斯普里有些经验，他跑来看我，让我详细讲了事情的经过，并做了一番观察……可是并没有找到更多的发现。

但是，几天之后一个上午，门铃响了。昂图瓦纳跑来向我通报，说有位先生想见我。他不愿说出自己的姓名。我请他上楼。这人四十上下的年纪，有一张精力充沛的脸，一头棕色的头发，衣着虽然很旧，但却十分整洁，这说明这位先生很注重仪表。但与此形成鲜明对照的是他的举止有些粗俗。

他口音很重，声音有些嘶哑，他直截了当地对我说：

"旅途中，在一家咖啡馆，我拜读了《吉尔·布拉斯》，先生。我欣赏完你的大作，我对它很……感兴趣。"

"谢谢。"

"因此我回来了。"

"啊？"

"是的，是想和你谈谈。你所谈的事是真实的吗？"

"绝对真实。"

"没有一点虚构的成分？"

"没有。"

"既然这样，我或许能给你提供一些线索。"

"请讲。"

"不行。"

"为什么不行？"

"我说之前必须先核实一下情况是否属实。"

"怎样核实?"

"我必须单独留在这个房间中。"我惊讶地看了他一眼。

"我不太清楚你的意思……"

"我拜读你的大作时,大脑中冒出一个奇怪的念头。你文章中提到的某些细节,与我偶然发现的奇事,有着相似的巧合。假如我错了,我会保持沉默。但要搞清我是否错了,就得让我独自留下……"

这个要求意味着什么?我后来记起此人在提要求时,表情忧虑,神色惶恐。当时我虽然有些惊讶和不解,但并没觉得他的要求有什么不妥的地方。况且,我还被一种强烈的好奇心驱使着!我说道:

"那好吧。请问你需要多长时间?"

"噢!三分钟,不会更长,从现在起三分钟后,我再去找你。"

我走出房间,来到楼下,掏出了表。一分钟过去了。两分钟……为何我如此紧张,紧张得都有些透不过气来?为何我觉得此时此刻比其他时刻更显得沉重?

两分半……两分四十五秒……突然我听到一声枪响。我大步跑上楼梯,冲进去,不禁失声惊叫起来。此人在大房间中央横倒着,他朝左面卧着,一动不动。鲜血和着脑浆从头上流了出来。他的手边有一支手枪,还冒着烟。他抽搐了一下,就断了气。

除了这可怕的情景,还有一件事让我十分恐怖,我忘记了立即喊救命,也没有跪下身子去看他。在离他两步远的地方,我发现了一张红桃7!

我拾起这张牌。七颗红桃尖上都钻有一个洞……半小时后,讷伊的警察来了,紧接着法医也赶到了,最后是警察局局长迪杜伊先生。我没有碰尸体。现场查看是不能出任何差错的。很快他们就检查完了现场。什么也没有找到,也没有发现可疑的东西。在死者口袋中,没有找到任何证件;外衣上也没有名字;在内衣里也没有任何字母。总之,没有发现任何能证明他身份的标志。大房间还像先前那样井然有序。家具没有移动的痕迹,器物也都仍在原位。但是这人并不是单单只想寻短见,更不是因为他觉得我家比别处更适合自杀才来的!总得有一个促使他下决心走上绝路的原因。而这个原因一定来自于在三分钟内他独自观察到的情况。

究竟是什么情况？他到底看到了什么？无意中他又发现了什么？他看到了什么可怕的秘密？这一切无从可知。

但最后一刻，又发生了一件事情，我们都认为是特别重要的。当尸体被两名警察弯身抬起放到担架上时，死者一直紧握着的左手松开了，一张早已被揉皱了的名片掉了下来。名片上写着：贝里街三十七号，乔治·昂代马特。

这意味着什么？乔治·昂代马特——巴黎的大银行家，金属银行的董事长和创建人。他对法国冶金工业的发展做出了很大的贡献。他有四匹马拉的轿车和汽车，生活极其奢华，他驯养了很多赛马场上的骏马，他家每天都是高朋满座。他的夫人被人们称赞是优雅而美丽的。

"是死者的名字？"我小声问道。

警察局局长弯下腰说：

"不是他。昂代马特先生的头发已经有些花白，并且脸色比较苍白。"

"那这张名片该怎么解释？"

"有电话吗，先生？"

"有，在前厅。我领你去。"

他查过电话号码簿，拨通了415—21。

"我找昂代马特先生，请转告他，迪杜伊先生有急事找他，请他速到马约大街一百〇二号。"

二十分钟后，昂代马特先生乘坐汽车到了。局长向他讲明了情况，接着他被领到了尸体前。

昂代马特先生看到死者的那一刻，神情十分紧张，他的脸绷得紧紧的，自言自语地低声说道：

"埃蒂安·瓦兰。"

"你认识他？"

"不……有点认识……只是一面之交。他兄弟……"

"他有兄弟？"

"对，阿尔弗雷·瓦兰……他兄弟过去求过我……什么事，我记不清了……"

"他住在哪里?"

"兄弟俩住在一起……我想应该是在普罗旺斯街。"

"你知道他自杀的原因吗?"

"不知道。"

"但他手上拿着张名片……你的名片,上面写着你的地址!"

"我不清楚。显然是偶然。预审会向我们做出解释的。"不管怎样,这是种奇怪的偶然。我这样认为,我相信大家都有这样的看法。

这种感觉,在第二天的报纸上我感觉到了,在听我谈起这个奇案的朋友身上也感觉到了。在一些搞得案情扑朔迷离的神秘情节中,在两次发现令人困惑的红桃 7 之后,在我的住宅两次成为谜案的发生场所之后,这张名片似乎总算引来了一线光明。通过它将能弄清真相。

但是,与人们预料的相反,昂代马特先生并没有提供关于此案的任何线索。

"我说了我所知道的一切,"他反复说,"你们还想知道什么?他手上拿的这张名片,我比谁都诧异,同大家一样,我也期待着事情的真相。"

案情还是没有进展。只是调查证实了:瓦兰兄弟原籍瑞士,曾用过一些化名,经常出入赌场。他们的生活很动荡,一个外国团伙与他们有联系。那个团伙干了很多盗窃活动,受到警方通缉,便化整为零,四处逃窜。后来获知他们兄弟二人也参与了盗窃活动。但是,在普罗旺斯街二十四号瓦兰兄弟住了六年,别人对他们的事却一无所知。

对我来说,这桩案子太扑朔迷离了,我觉得无法弄明白,所以尽力不再去想它。但是让·达斯普里先生与我恰恰相反。这段时间我们经常见面。我感觉他对此案越来越感兴趣。正是他让我看一家外国报纸的一则社会新闻。各家报纸已转载了这则新闻,并配发评论。新闻内容如下:

据悉将进行潜艇首航试验。届时皇上将亲临现场。试验地点被严格保密直至最后一分钟。未来的海战条件将因这次试验发生革命。据有关人员透露内情,潜艇代号为:红桃 7。

红桃 7?这是偶然的巧合,还是应该将潜艇代号和上述事件联系起来？但这种联系是什么性质？这边发生的事与那边发生的事不可能有什么联系。

第三天，我们又读到了一则新闻：

代号为"红桃7"的潜艇试验即将进行。据说该计划由法国工程师设计实施。这批工程师曾请求本国同胞支持，但未曾成功，后转而求助英国海军大臣，也未获成功。

上述消息的可靠性本报不予保证。

在这样一些极为微妙的事情上，我不敢坚持查下去。而且大家记得，这件事引起了那么大的震动。然而，既然使事情变得复杂的危险已经排除，我就有必要谈谈《法兰西回声报》上的那篇文章。它在当时曾引起轰动，并如人们所说，给红桃7案件提供了一些模糊不清的线索。

作者署名为萨尔瓦托，全文内容如下：

"关于神秘红桃7"事件的面纱已被掀起，因此我长话短说。十年前，一个名叫路易·拉孔布的年轻矿业工程师，想把自己的全部时间和财产都献给他所从事的研究，于是他辞去了工作，租下了位于马约大街一百〇二号的一幢小屋。这幢房屋是不久前由一位意大利伯爵建造装修的。路易·拉孔布雇佣来自洛桑的瓦兰两兄弟为他工作。其中一人作为助手帮他进行试验，另一个为他寻找该项目的隐名合伙人。通过瓦兰两兄弟作为中介人，路易·拉孔布与刚刚兴办金属银行的乔治·昂代马特先生确立了联系。经过多次会晤，这位先生终于对他的潜艇计划有了兴趣，并且商定，一旦他的发明最后定型，昂代马特先生将运用他的影响力，说服海军部支持他做一系列试验。两年中，路易·拉孔布经常出入昂代马特府，向这位银行家报告计划的进展情况，直到他自己感到满意，并最终定型之日，他才请昂代马特先生开始活动。

一天，在昂代马特府，路易·拉孔布吃过晚饭后，于晚上十一时半离去。但从此，人们就再也没有见到过他。重读当时的报纸，人们会发现这位年轻人的家属曾向司法当局报过案，检察院也为此做过调查，但最终也没有查到确凿的证据。一直以来人们都觉得路易·拉孔布是个古怪而任性的人，因此有人猜测他没有告诉任何人就出门去旅行了。我们也只好暂且接受这个令人难以相信的……推断。但是有一点和我们国家息息相关的是，潜艇图纸下落不明！是被路易·拉孔布带走了，还是被他销毁了？

我们进行了很详细的调查，得知图纸还在，已经落入了瓦兰兄弟手中。如何到了他们手中呢？我们不清楚，也不知他们为什么没把图纸转卖。难道怕人家询问图纸的来源？不管怎么说，这种担心没有持续很久。我们完全可以肯定：路易·拉孔布的图纸已为某强国所掌握。我们为此可以公布瓦兰兄弟和该国代表为了此事而进行的信件交换。目前，路易·拉孔布设计的"红桃7"潜艇已被邻国建造成功。参与这一叛国行为的人们仍做着他们的美梦。事实是否会让他们如愿？我们希望的结果却与此相反。我们有理由相信，事件的发展是不会让我们失望的。

文章的附言补充道：

最新消息：根据我们的特别情报，我们的希望最终没有落空，"红桃7"的试验结果并不令人满意。很可能是，瓦兰兄弟所提供的图纸缺少路易·拉孔布失踪那晚带给昂代马特的那份最新资料。那份资料对理解该计划是至关重要的。那是一份类似概要的文件，可以从中找出最后的结论，以及包含在其他文件中的估价和尺寸。少了这份资料，图纸就残缺不全；同样，少了图纸，这份资料也毫无价值。

因此，我们还有时间采取行动来拿回属于我们自己的东西。我们诚恳地希望昂代马特先生对这项艰巨的工作能给予支持，对他一开始所采取的难以理解的行为给予真诚的解释和说明。不但要解释在埃蒂安·瓦兰自杀时为何没有提供自己所知道的情况，而且还要解释为何他知道资料丢失却不作声。他还应解释，十年来他为何雇佣密探一直监视瓦兰兄弟。

我们真诚地希望他拿出实际行动来，而不是仅仅说几句空话就了事，否则……

威胁到了露骨的地步。但这种威胁意味着什么呢？萨尔瓦托这个作者——用这个笔名写文章的人，对昂代马特究竟掌握了什么威慑手段呢？

大群记者蜂拥而至，这位银行家被死死地缠住。在记者的十次采访过程中，他对这种敦促都表现了鄙夷的态度。对此，《法兰西回声报》通讯员用寥寥数字回答道：

不管昂代马特先生是否愿意，从此时起，他都成了本报所着手进行工作的合作者。

这段文字见报的当天，达斯普里和我正好在一起吃晚饭。晚上，报纸就放在我桌上。我们谈论着案情，从各个方面对它进行研究，就像是在黑暗中摸索一样，总是遇到同一个障碍，为此我们十分恼火。突然，没有经过用人通报，也没有听到铃声响，门就被打开了，一位蒙着厚厚面纱的太太走了进来。

我马上起身，迎了上去。她对我说：

"是你现在住在这里吗，先生？"

"是的，夫人，但说实话……"

"临街的栅栏门没有关上。"她解释说。

"那么前厅门呢？"她没有回答。我想她肯定是从用人专用的楼梯绕过来的。如果这样，她是认识路的？一阵令人不安的沉默。她看了达斯普里一眼。我虽然很不情愿，但还是像在沙龙一样，给她做了介绍。然后我请她坐下，说明来意。她卸下面纱。我看到她一头棕发，五官很端正，即使算不上绝色佳人，至少非常有魅力，尤其是她那双眼睛，庄重而忧伤，楚楚动人。

她只简单地说：

"我是昂代马特夫人。"

"昂代马特夫人！"我重复道，越来越惊讶。又是一阵沉默。然后她神色镇定，声音平静地说：

"我是为了你所知道的……那事而来的。我想，或许我能从你这儿了解到某些情况……"

"上帝啊，夫人，我所了解的，也就是报纸上讲的。请你说明白一些，我到底能告诉你什么情况呢？"

"我不知道……我不知道……"

直到这时，我才直觉地感到，她强装镇定，安宁平静的外表下掩盖着一颗慌乱的心。我们又不说话了，都觉得非常不安。这时，一直观察她的达斯普里走了过来，对她说：

"夫人，我能否向你提几个问题？"

"啊！能，"她叫道，"这样我就有话说了。"

"任何问题……你都会讲吗？"

"对，任何问题都可以。"

他思考一下，说道：

"你认识路易·拉孔布吗？"

"认识，通过我丈夫认识的。"

"你最后一次见到他是在什么时间？"

"就那天晚上，在我家吃晚饭那天晚上。"

"那天晚上，你感到有没有任何迹象，让你觉得以后可能再也见不到他了呢？"

"没有。他曾暗示要到俄国去旅行，但只是随便讲讲。"

"那么，你相信还能再见到他？"

"说好第三天他再来吃晚饭。"

"关于他的失踪，你有什么解释？"

"我解释不了。"

"那昂代马特先生呢？"

"我不知道。"

"然而……"

"不要再问我这个问题了。"

"《法兰西回声报》的文章好像说……"

"好像说，他的失踪与瓦兰兄弟有关系。"

"你也这样认为吗？"

"是的。"

"你这样认为有什么根据？"

"路易·拉孔布离开时，他随身带着一个包，里面装着他那个计划的所有资料。两天之后，我丈夫和瓦兰兄弟中的一个，也就是现在还活着的那个见过一面，获悉这些资料已经落入这两兄弟的手中。"

"他没有告发这两人？"

"没有。"

"为什么？"

"因为除了路易·拉孔布的资料外，那包里还装有别的东西。"

"什么东西?"

她犹豫了一下,欲言又止。

达斯普里继续说:

"这就是你丈夫为什么没有向警察当局报案,而雇人监视那两兄弟的原因。他希望既能拿回这些资料,又能挽回这件会损害名誉的……东西。瓦兰兄弟正是利用这东西对他进行敲诈的。"

"对他……还对我。"

"啊!还对你?"

"主要是对我。"她压低嗓门,很清楚地讲出这几个字。达斯普里看了她一眼,走了几步,又回到她面前:

"你给路易·拉孔布写过信?"

"对……我丈夫和他有交情……"

"除了一些谈正事的信,你是否给路易·拉孔布写过其他的什么信?请原谅我的冒昧,我之所以再三提出这个问题,是因为这对我了解真相非常有必要。你还写过别的信吗?"

她的脸一红,低声道:

"写过。"

"恰恰是瓦兰兄弟掌握的那些信,对吗?"

"对。"

"昂代马特先生也知道吗?"

"他没有见过,但阿尔弗雷·瓦兰曾向他透露有这样的信,并威胁说,我丈夫要是跟他们作对,就把这些信公之于众。我丈夫怕闹出丑闻,就妥协了。"

"不过他想尽办法要夺回这些信。"

"他想尽办法……至少我是这样认为的,因为他与阿尔弗雷·瓦兰最后一次见面后,骂了我几句,让我明白发生了什么事,我们夫妇至此就再没有任何亲情和信任了。我们在一起生活,形同陌路。"

"既然这样,你没有东西可失去了,还怕什么呢?"

"不管他对我是多么冷漠,我终究是他爱过,而且可能还爱着的女人——这一点,我是深信不疑的。"她以热烈的声音喃喃说道,"只要他没拿到那些该死的信,就还是爱我的……"

"什么!他可能会拿到……不过那兄弟俩有防备,是不是?"

“是的。他们说东西藏在最安全的地方。”

“那么?”

“我有理由相信,我丈夫找到了这个地方!”

“真的? 在哪儿?”

“这儿。”我一跃而起。

“这儿?”

“是的,我一直认为,路易·拉孔布十分聪明,他热心钻研机械,一有空闲就制作保险柜和锁,以此来消磨时间。瓦兰兄弟应该在无意中找到了这些保险柜,于是采用其中一个来藏信……或许还有其他的东西。”

“可是瓦兰兄弟并不住在这儿。”我叫道。

“在你住进来之前,这幢小屋空了四个月无人住。所以,他们很可能又回来过。此外,他们还觉得,你住在这里根本不会妨碍他们的事,他们要取资料时尽可来取。但是他们没有料到,在六月二十二日夜里,我丈夫撬开了保险柜,拿走了……他寻找的东西,并留下名片,他告诉兄弟俩,现在双方的角色换了,他们已不能再威胁他。两天后,埃蒂安·瓦兰从《吉尔·布拉斯》上的文章中知道了此事,他匆匆忙忙赶到你家,独自留在客厅里,发现保险柜已经空了,于是就自杀了。”

过了一阵,达斯普里问道:

“这应该只是你的推测? 昂代马特先生什么也没跟你说过?”

“没有。”

“他对你的态度改变了没有? 有没有更抑郁更烦躁?”

“没有。”

“他要是找到了那些信,你觉得他会这样吗? 依我看,他并没有拿到那些信。到这里来的根本不是他。”

“那是谁?”

“一个神秘的人物,整个事件由他操纵,他要把此事引向另一个目的,这个目的对我们来说若隐若现。这个神秘人物,一开始我们就感觉到他的行动是看得见的,是强有力的。六月二十二日晚上,是他和他的朋友潜入这幢小屋,他们发现了藏物处。于是他把昂代马特先生的名片留下,他因此掌握了瓦兰兄弟与外界的来往信件,也因此掌握了瓦兰兄弟的叛国证据。”

"他到底是谁?"我急切地打断他的话。

"当然是萨尔瓦托,也就是那位《法兰西回声报》通讯员!事情不是很明显吗?文章提供的细节,也只有掌握两兄弟秘密的人才能够了解的!"

"如果是这样,"昂代马特夫人变得惶恐不安,她紧张地说,"那么他也一定掌握了那些信,我丈夫又该受到他的威胁了!上帝啊,我怎么办?"

"给他写信,"达斯普里果断地说,"信任他,把你所了解和知道的一切全部都告诉他。"

"你说什么?"

"你们的利益是一致的。这个神秘的人物反对的是两兄弟中还活着的那个。他寻找武器不是用来对付昂代马特先生,而是用来与阿尔弗雷·瓦兰斗争。帮帮他吧!"

"什么?"

"那份补充资料——令路易·拉孔布图纸具有实用价值的东西,就应该在你丈夫手中吧?"

"是的。"

"把这事告诉萨尔瓦托。必要时,设法把这份资料提供给他。总之,给他写信联系。你还有什么危险呢?"

这个想法乍一听,很是大胆,甚至危险;但昂代马特夫人没有其他的选择。再说,正如达斯普里所说的,她还有什么危险呢?即使这位陌生人是敌人,这样做也不会使形势更加恶化。即使他是个抱有特殊目的的局外人,这些书信对他来说,也只是次要的东西。

无论怎么样,这毕竟是个办法。不安的昂代马特夫人,听了这个主意,十分高兴,当即表示认可。她对我们十分感激,答应将联系后的情况告诉我们。

第三天,她给我们寄来了萨尔瓦托给她的回函:

信件未藏在该处。但请放心,我一定会找到的。并会时时注意。

当我拿起这封信,发现和六月二十二日晚夹在我床头柜那本书中的便条字迹相同。

所以,达斯普里的判断是正确的,萨尔瓦托才是整个案件的操纵者。在一片黑暗中我们依稀看到了几线光亮。有些问题已经出人意料地搞清楚了。但是还有一些问题，例如被发现的那两张红桃7有什么作用，对此仍是一团漆黑。至于我，一直念念不忘那两张扑克，越想越困惑。在这种心境下，看到那七颗钻了洞的红桃，只觉得十分扎眼。在这出戏中它们到底发挥什么作用？它是不是很重要？依照路易·拉孔布设计的图纸建造的潜艇叫"红桃7"号，从这一事实中又能总结出什么结论？

达斯普里对这两张牌不太关心，他集中精力考虑的是另一个问题。在他看来，解决这个问题才是当务之急。他坚持不懈地寻找那个隐秘的藏物处。

"谁知道呀，"他说，"萨尔瓦托难道没有发现那些信，我也就发现不了？……或许他是因为一时的疏忽才没有看到的。真的难以相信，瓦兰兄弟怎么会从他们觉得绝对安全的地方拿走这些信。这是他们的武器，它们的价值是无可估量的。"

他寻找着。很快，大房间的情况就被他搞得一清二楚。接着，他的调查范围扩展到其他房间：他仔细观察里里外外，检查墙壁的砖石，掀起屋顶的瓦片。一天，他扛着镐头和铁锹来了，把锹给我，自己拿镐头，指着空地说：

"挖。"

我懒洋洋地跟着他。空地被他分为几块，他一块一块地细细察看着。在一个角落，在两座花园楼房相交的院墙旮旯里，有一堆瓦砾碎石被荆棘和野草覆盖着，这引起了他的注意。他动手挖了起来。我只好协助他干。我们干了一个钟头，头上顶着炎炎烈日，但是一切都是枉费气力，没有任何收获。但当我们把石头搬开，挖开地面后，一些骨头被达斯普里刨了出来，在残骸四周沾着衣服碎片。

我感到我的脸霎时变得惨白。我看见有一块切成长方形的小铁片插在土里。铁片上面，隐约有些红斑。我低头一看，只见那铁片与扑克牌的大小差不多，那红斑是铅丹，已经腐蚀褪色，一共有七处，排列成红桃7的七个桃心状，颗颗桃尖上都有一个小洞。

"达斯普里，听我说，这些事快把我烦透了。你如果有兴趣，那是你的造化。对不起，我失陪了。"

是由于恐惧，还是由于烈日下干活的劳累所致？最后，我跟跟跄跄地离开了，我倒在床上，一连两天两夜没有起床，发烧，滚烫，那些尸骨一直和我纠缠着，它们在我周围乱舞着，血淋淋的五脏六腑扔到了我的头上。达斯普里对我很是关心，每天都来，而且总是陪我三四个钟头。他在这个大房间中反复察看着，这儿敲敲，那儿拍拍。

"我确定信就在那儿，就在那个房间。"他不时地跑来和我说，"信就在那儿，我可以发誓，它一定在那儿。"

"让我安静会儿!"我生气地答道。

第三天早晨，我起床了，虽然身体还很虚弱，但病痊愈了。我吃了一顿美味的午餐，又有了精神。在下午五点钟时，我收到了一封蓝纸快信，因此身体更是得到了恢复，我强烈的好奇心又重新被激发起来。

这封快信全文如下：

先生：

六月二十二日夜里上演了这出戏的第一幕，现在戏已接近尾声。事情要求戏中的两个主角必须同时登场，在你府上要当面对质。因此，如能将贵府今晚借我一用，将对你不胜感激。九时至十一时之间，最好请让贵府的用人避开，你本人也不适宜介入。六月二十二日夜的事你已了解，你的一切物品，我都极为尊重，绝不毁坏。我相信，你一定会为本人严守秘密。我如有片刻怀疑，都将是对你的侮辱。

你忠诚的萨尔瓦托

这封信的语气，谦恭中带有戏谑，提出的要求十分新奇，让我心神愉悦。这位通讯员是如此洒脱，对我能够同意他的请求，似乎是十分有把握! 我也绝不想让他失望，或者辜负他的信任。八点钟，我的用人拿着我送的戏票刚走出门，达斯普里就到了。我给他看了那封快信。

"如何?"他问我。

"如何? 我把花园的栅栏门打开，让他们都进来呗。"

"你呢，走开吗?"

"绝不!"

"但是，信中他要求你……"

"他只是要求我严守秘密，我不说不就行了吗? 我一定要亲眼看看事情接下来怎么发生。"

达斯普里笑起来。

"是啊，你说得对，我也要留下来。我想，我们不会觉得乏味的。"

此时，一阵铃声响起，打断了他的话。

"他们来了吗？"他低声说，"时间提前了二十分钟！不可能啊。"

从前厅我扯绳把栅栏门打开。一个女人的身影穿过了花园。来人正是昂代马特夫人。

她神情紧张，上气不接下气地说：

"有人约我丈夫——他……他来了……要把那些信交给他……"

"你怎么知道的？"我问她。

"碰巧知道的。晚饭时，有人给他送来几句话。"

"是快信吗？"

"不，是用电话传递的电报。纸条被用人错给了我。但被我丈夫立刻抢了过去，太晚了……我看到了。"

"你看了……"

"对，大意是说：'在今晚九时，请带上有关此案的资料前往马约大街，换回书信。'晚饭后，我回房间收拾一下，就立即跑了出来。"

"瞒着昂代马特先生？"

"是的。"达斯普里看了我一眼。

"你是怎么想的？"

"你的看法就是我的看法。昂代马特先生是应召的两个对手之一。"

"谁召的？目的又是什么呢？"

"这正是我们将要弄清的。"

他们被我领到了大房间。

我们三人躲在壁炉台下，躲在了天鹅绒帷幔的后面。我们都坐了下来。昂代马特夫人坐在我们之间。从帷幔缝中我们能看到整个房间。

九点钟敲响了。

几分钟后，花园栅栏门吱嘎一声开了。我承认，我有点恐慌，但又极为兴奋。我马上就要知道谜底了！几个星期以来，在我面前发生的令人困惑的怪事，终于要见分晓了。战斗即将在我眼皮下发生了。

达斯普里抓住昂代马特夫人的手，小声说道：

"夫人，不管你听到什么或看到什么，你都要沉住气。千万不能动！"

有人进来了。我立刻认出来人正是阿尔弗雷，他和埃蒂安·瓦兰长得非常像。他们的步态相同，非常笨拙，也同样都有一张凶狠的脸，上面长满了络腮胡子。他神色慌张，总担心周围有什么埋伏，一旦觉察到不妙，就随时准备跑。他向房间扫了一眼。我感到他看到壁炉挂着天鹅绒帘子好像非常不舒服。他向我们走了三步。但是，可能是他想到了更要紧的事，于是马上转变了方向，斜着走向墙壁，走到那幅手持利剑的白胡子老王的镶嵌画前停住了，看了好一阵，然后登上一把椅子，他的手指顺着老王的肩膀和脸部不停地摸索着。

突然，他跳下椅子，离开墙壁。这时响起了脚步声，昂代马特先生出现在了门口。

银行家意外地叫了一声。"你！你！原来是你叫我来的?"

"我？不是。"瓦兰的声音嘶哑，这让我想起了他兄弟的声音。"是你写信叫我来的。"

"我的信!"

"一封签着你的大名的信。你向我提出……"

"我并没有给你写信。"

"你没有给我写信?"

瓦兰本能地做好战斗准备。他要对付的倒不是银行家，而是诱他落入陷阱的那个不知名的敌人。他再次把眼睛扫过我们这边，并迅速向门口走去。昂代马特先生拦住他的去路。

"你想干什么，瓦兰?"

"这里一定有名堂，不行。我必须要走啦。晚安。"

"再待一会儿!"

"哦，昂代马特先生，不要留我啦，我们之间没什么好谈的。"

"有不少事可谈，机会难得啊……"

"让我过去。"

"不，不，你过不去。"

银行家态度十分坚决，瓦兰被吓得向后退了一步，他嘟囔着：

"好吧，快点，说吧，但愿就此了结!"

有一件事我感到非常奇怪，而且我相信我的两位同伴也一定有同感。萨尔瓦托为什么没有出现? 他自己订的方案，他为什么不亲自到场调解呢? 难道只满足于让银行家和瓦兰去对质? 我心里特别乱。因为他的缺席，这场由他策划并安排的决斗，多少会成为命中注定的不幸悲剧。那使人感受很深的引发两人冲突的力量存在于他们两人之外，这也就更让人感到它的强大。

过了会儿，昂代马特先生走到瓦兰身边，直视着他的眼睛说道：

"这么些年过去了，你也不必再担心什么。瓦兰，你坦白地说，那晚你对路易·拉孔布究竟做了些什么？"

"真是莫名其妙！好像我知道他的下落一样！"

"你知道！你们知道！你兄弟和你，你们同他时刻在一起，差不多是住在他家里，住在这所房子里。他的工作、他的计划你全知道。瓦兰，最后一晚，我把路易·拉孔布送到我家门口时，看见暗处有两个人影。这一点，我可以发誓。"

"哪里用得着你发誓？"

"这两个人影肯定就是你们兄弟，瓦兰。"

"你拿出证据来。"

"最好的证据是两天之后，你们把在拉孔布的包中搞到的图纸和资料给我送了过来，你们想把那些东西卖给我。究竟那些资料是如何落到你们手中的呢？"

"昂代马特先生，我可以告诉你，那些东西是我们在路易·拉孔布失踪后的第二天早上，在他桌上找到的。"

"你这都是谎言。"

"请拿出证据。"

"司法当局会拿出证据。"

"你为何不向司法当局报告？"

"为何？啊！我为何？……"他脸色阴下来，不作声了。

另一个接着说：

"昂代马特先生，只要你有一点点确凿证据，我们那点小威胁就阻止不了……"

"什么威胁？那些信吗？你以为我会相信吗？……"

"既然你不相信，为什么又提出要给我几千几百，要赎回那些信呢？为什么还派人跟踪我们呢？"

"我为的是取回那些十分重要的图纸。"

"算了吧！是为了那些信。一旦你拿到那些信，你就会告发我们。我绝不会把那些东西给你的。"他发出一阵大笑，突然又停住了。

"够了。我们说来说去，都是老话，没有前进半步。因此，我们不谈了吧。"

"我们不能不谈。"银行家说，"既然你提到那些信，要是你不还给我，就别想出去。"

"我就要出去。"

"不行，不行。"

"听着，昂代马特先生，我奉劝你……"

"你别想出去。"

"我们走着瞧。"瓦兰的声音中充满愤怒。昂代马特夫人不禁轻轻叫了一声。

瓦兰肯定听见了这叫声，因为他想强行冲出去。昂代马特先生猛推他一把。于是我看到瓦兰把手从衣袋里抽了出来。

"再说一次，让开！"

"先把信拿出来。"

瓦兰抽出手枪，对准昂代马特先生说道：

"你让不让开？"

银行家迅速地弯下身去。突然一声枪响。瓦兰手中的武器应声落地。我惊呆了。那声枪响就从我的身边响起！是达斯普里把阿尔弗雷·瓦兰手中的武器击落了！他一步就跨到了两个对手中间，面对着瓦兰冷笑说：

"朋友，你的运气真好，红运当头啊。我瞄准的是你的手，却打中了你的枪。"

此时的两个人，看着他呆若木鸡。他对银行家说：

"先生，请原谅我来管这桩闲事。说实话，你的牌打得真够糟的。让我来帮你打一把吧。"

他转向瓦兰，说：

"伙计，我们俩来较量一下。痛快点，主牌是红桃，我打7。"

他亮出有七个红桃的铁片，伸到了瓦兰鼻尖下。

我从没有见过他如此惊慌失措的样子。只见瓦兰两眼圆睁，脸色苍白，整个脸都变形扭曲了，好像一下子被眼前的景象慑住了。

"你是谁？"他结结巴巴地问道。

"我有言在先，一个爱管闲事……并且要管到底的人。"

"你到底想要什么?"

"要你带来的全部东西。"

"我什么也没有带来。"

"不,你没带东西就不会来。今天上午,你接到一张便条,通知你晚上九时来这里,并让你把全部资料都带来。既然你来了,那些资料在哪儿呢?"

达斯普里平时说话很随便,和和气气的,现在却一反常态,言语神态间有着一股凛然的威严和正气,这让我非常困惑。此时的瓦兰被治得服服帖帖的,他指着一个衣袋说:

"全部资料都在这儿。"

"全部吗?"

"是的。"

"是你在路易·拉孔布包里找到的并卖给冯·里耶本少校的所有资料吗?"

"是的。"

"是原件,还是复制件?"

"原件。"

"你开价多少?"

"十万。"

达斯普里大笑起来。

"你疯啦。那位少校只给了你两万。试验失败了,这两万算是扔到了水里。"

"是他们不会用这些图纸。"

"是图纸不全。"

"那你为何还向我要?"

"我需要它。我给你五千法郎,多一个苏也不行。"

"一万法郎,少一个苏也不行。"

"好吧。"

达斯普里回头对着昂代马特先生说道:

"先生,请你签一张支票。"

"可是……我没有……"

"支票簿吗? 在我这儿呢。"

　　昂代马特先生大吃一惊，他翻了翻达斯普里递给他的支票簿，说道：

　　"的确是我的，这到底是怎么回事呢？"

　　"亲爱的先生，别废话。你只要签字就可以了。"

　　于是，银行家拿出笔，在上面签了字。瓦兰把手伸了过来。

　　"把手放下，"达斯普里说，"事情还没有完。"他又对银行家说：

　　"关于那些信，你还要吗？"

　　"要。"

　　"在哪儿呢，瓦兰？"

　　"我没拿。"

　　"瓦兰，到底在哪儿？"

　　"我真不知道。信是我弟弟藏的。"

　　"就藏在这里，在这间房子里。"

　　"这么说，你知道藏信的地方？"

　　"我怎么会知道？"

　　"嗬，是你搜查过藏物的地方了吧？看来你也像萨尔瓦托一样了解情况。"

　　"信并没藏在这里。"

　　"在这里。"

　　"你去打开它。"

　　瓦兰怀疑地看了他一眼。

　　达斯普里和萨尔瓦托到底是不是一个人？他把一切都推断了出来。如果是，让他看看已经知道的藏物处，也没有什么坏处。如果不是，就没有必要……

　　"打开它。"达斯普里重复说。

　　"我没有红桃7。"

　　"有，这个。"达斯普里说着，把铁片递给了他。瓦兰被吓得向后退了一大步。

　　"不……我不想……"

　　"没有什么可怕的……"

　　达斯普里向白胡子老王的墙饰走去，他登上一把椅子，在利剑下端的护手处把红桃7贴了上去，让铁片盖住剑刃，然后用一把锥子，轮流插入红桃尖上的七个洞，抵压镶嵌画上的七块小石子。把第七块小石子抵了进去后，机关就启动了。国王上身翻转过去，露出一个大口子。那是一个包铁的双层保险柜。

"你看到了，瓦兰，保险柜是空的。"

"确实……是我兄弟拿走的。"

达斯普里朝他走过去，说：

"别跟我要戏法。还有一个地方。快说，在哪儿？"

"没有。"

"你又想要钱了吧？说，多少？"

"一万。"

"昂代马特先生，那些信你感觉值一万法郎吗？"

"值。"银行家大声地说。

瓦兰关上保险柜，带着明显的厌恶感拿起红桃7，贴到利剑的护手处，正是上次那个地方。他把锥子依次插入七个桃尖上。机关又一次启动了，但是这次出人意料，只有保险柜的一部分转动了，之后，安在大保险柜门里的小保险柜露了出来。

在小保险柜中放着的就是那包信，被绳子扎绑着，并盖有封印。瓦兰把它交到达斯普里手中。达斯普里问道：

"昂代马特先生，你开好支票了吗？"

"开好了。"

"你从路易·拉孔布那儿获得的最后一份资料，是有关潜艇图纸的补充资料，对吗？"

"对。"

双方进行了交换。资料和支票被达斯普里装进了口袋，他又把那包信递给了昂代马特先生。

"先生，这是你想要的东西。"

银行家犹豫了片刻，就仿佛很怕碰这些他一直苦苦寻找的东西似的。然后，他一把夺了过去。我听到了发自旁边的呻吟声，我抓起昂代马特夫人的手，一摸她的手是冰凉冰凉的。

达斯普里对银行家说：

"先生，我想我们的谈话即将结束了。啊！我求求你，千万不要感谢我。我只不过是偶然间才帮了你一点小忙。"

昂代马特先生走了，也把他妻子写给路易·拉孔布的信带走了。

"棒极了，"达斯普里快活地叫道，"我做得太漂亮了，一切都处理完了。现在只剩下解决我们的事了。伙计，你的那些资料呢？"

"全在这儿。"达斯普里一张张审阅，仔细地检查，然后全部都塞进了他的口袋中。

"好极了，你说话算数。"

"可是……"

"可是什么？"

"我那两张支票呢？我的钱呢？"

"伙计，你真沉得住气。你还敢提要求？"

"我要求属于我的东西。"

"这些你偷来的资料，难道我还要给你钱吗？"

瓦兰怒不可遏，他气得直发抖，眼睛中充满了血。

"钱……我的钱，我的两万……"他语无伦次地说。

"不可能的……这笔钱，我另有用处。"

"钱！我的钱……"

"得了吧，识相点，拿回你的匕首。"

他猛地一下抓住了瓦兰的胳膊。瓦兰痛得叫起来。他补充说：

"滚吧，伙计，呼吸点新鲜空气对你很有好处。想让我把你带走？我们到空地去，我要指给你看一堆石子，那下面……"

"哦，这不是真的！不是真的！"

"不，一切都是真的。这个有七个红桃的小铁片就是从那儿捡来的。它是路易·拉孔布时刻都带在身上的，你还没忘吧？你和你的兄弟，你们把尸体连同这块铁片一起……还有令司法当局很感兴趣的一些东西都埋在……"

瓦兰发疯似的用拳头捶面，然后说：

"好吧。我被你耍了。这事我们就不再提了。不过我还要说一句……只一句，我想知道……"

"说吧。"

"在这个大的保险柜里面是否还有一个小匣子？"

"有。"

"你在六月二十二日夜里来时，它还在吗？"

"在。"

"里面装有……"

"一些钻石、首饰和珍珠，都是瓦兰兄弟四处偷窃来的，而后藏在了这里。"

"你拿走啦?"

"那当然! 如果换作你，也会这样做的。"

"那么……我兄弟是发现匣子不见了才自杀的?"

"应该是吧。单单丢失你们和冯·里耶本少校的来往信件，我想他是不会自杀的。但是失去了匣子……这就是你要问我的事吗?"

"还有，你尊姓大名?"

"问这个，你是不是要报仇?"

"当然! 今天，你比我强。但风水轮流转，或许明天……"

"你比我强。"

"我相信是这样的。你贵姓?"

"亚森·罗宾。"

"亚森·罗宾!"

那人听后，好像当头挨了一棒，不禁踉跄退了几步。似乎这个名字夺走了他的一切希望。达斯普里笑起来。

"哈哈，你以为随便哪个人都能管这类闲事吗? 至少得是亚森·罗宾才管得了。你都明白了吧，小东西，快去准备复仇吧，亚森·罗宾等着你。"

他二话不说，就把瓦兰推出门外。

"达斯普里，达斯普里!"我把天鹅绒帷幔撩开，不由自主地还用这个熟悉的名字称呼他。

他向我跑来。

"怎么了? 出了什么事?"

"昂代马特夫人晕倒了。"

他赶忙让她闻嗅盐，一边照料她，一边问我:

"啊，这是怎么搞的?"

"是那些信，"我对他说，"是路易·拉孔布的那些信，你把它给了她丈夫了。"

他直拍额头。

"我真蠢！她认为我真的给了她丈夫……对，不管怎样，她是这样以为的。"

昂代马特夫人慢慢地苏醒过来，她开始全神贯注地听他说话。亚森·罗宾从提包中取出了一个小包。从外观上看与昂代马特先生拿走的那个一模一样。

"夫人，你的信，这是真的。"

"可……那些呢？"

"那些与这些一样，但是我昨晚重新抄写了一遍，做了细心的处理。你丈夫读了不但不会生气，而且会满心欢喜的，他绝不会怀疑这些信件被人调了包，因为这一切都是他亲眼看到的……"

"但笔迹呢……"

"放心吧，没有我模仿不了的笔迹。"

这位夫人向他千恩万谢，就像是在向同一个社会阶层的人表示感谢似的。我敢肯定，她没有听到瓦兰和亚森·罗宾的最后几句话。我望着他，不无尴尬，不知道该对这位在出人意料的时刻向我暴露身份的老朋友说什么才好。亚森·罗宾！是亚森·罗宾！我这个小圈子中的伙伴竟是亚森·罗宾！

我一时没转过弯来，而他却轻松自在地说：

"你可以向让·达斯普里道别了。"

"啊？"

"是的，让·达斯普里即将外出旅行了。我要把他派往摩洛哥。他或许在那里可以找到适合他的归宿。我确信这是他的意愿。"

"那么，亚森·罗宾留在这儿？"

"啊！不可能。亚森·罗宾的生涯才刚刚开始，他打算……"

出于强烈的好奇，我走近他，把他从昂代马特夫人身边拉远一点，说道：

"第二个暗柜最后还是被你发现了，是吗？"

"这的确让我伤了不少神！就是昨天下午，你正好在床上睡觉时我才发现的。只有上帝知道，我有多么不容易啊！最简单的事情往往让人最后才想到。"

他向我指指红桃 7 说：

"我已经想到，要打开大保险柜，就必须把这张牌贴在那位老王的利剑上……"

"你是如何知道的呢?"

"很简单。我接到特别的情报,要于六月二十二日晚上来到这儿,知道……"

"是你与我分手之后……"

"是的,当晚我故意选择了那些鬼怪话题,这样做可以令你精神紧张。这样一来,你这位神经过敏,情绪十分容易受到感染的人一定会乖乖地躺在床上,我也就好放手做事了。"

"这个判断很正确。"

"所以,一到这里,我就了解到,在保险柜中藏着一个小匣子。保险柜装有暗锁。钥匙就是红桃7,它正是开锁的密码。接下来我要做的就是找到专为红桃7留着的部位。只要一小时的察看时间就足够了。"

"一小时!"

"对,就是仔细观看镶嵌画上那位老头子。"

"老皇帝?"

"准确地说,这位老皇帝就是红桃K上的那个君王——查理曼大帝。"

"果然是……但是,为什么红桃7既能打开大保险柜,又能打开小保险柜呢?为什么开始你只打开了大保险柜呢?"

"为什么?因为之前我始终是按一个方向放的。昨天我才明白,如果把牌倒过来,把第七个,也就是中间的那个桃尖朝上,那么七个洞孔的位置就发生了根本的改变。"

"当然是这样!"

"但是,还是要想到才行啊。"

"还有一件事:昂代马特夫人如果不说,你是不是不知道有这些信……"

"是的。除小匣子外,在大保险柜里我只找到了两兄弟的来往信件。正是通过这些信件,我才掌握了他们叛国的罪恶。"

"是一次偶然的机会,让你搞清楚了两兄弟的老底,之后你才去寻找有关潜艇的图纸和资料,是吧?"

"是的。"

"但你寻找图纸的目的是什么呢?"

达斯普里笑着打断我的话说：

"我的上帝！你对此事怎么会有如此强的好奇心啊？"

"我真的很感兴趣。"

"那好吧，稍等一会儿。我先安排把昂代马特夫人送走，然后再给《法兰西回声报》写一张便条，好派人送去，之后我再回来，和你详细谈。"

他坐了下来，用他那惯用的古怪风格，写了一条简讯。这条简讯在全世界引起了巨大的反响，让人至今难以忘怀！

这一次又是亚森·罗宾！他把萨尔瓦托先生新近提出的问题又圆满解决了。他获得了有关路易·拉孔布工程师的全部技术资料和图纸原件，并把它们交给了海军部长。借此机会，他发起了一场爱国募捐活动，目的是向国家提供第一艘按照此图纸设计完成的潜艇。亚森·罗宾先生带头捐出了两万法郎的善款。

"是用昂代马特先生给的那两万法郎的支票吗？"我看过他刚刚写的这条简讯，问道。

"完全正确。瓦兰部分地挽回了他的叛国行为所带来的损失，这样做是公平的。"

这就是我认识亚森·罗宾的全过程。我就是通过这个途径搞清楚了让·达斯普里——圈子中的好伙伴、社交场上的好朋友，正是侠盗亚森·罗宾的。我和这位优秀、卓越的人物建立了彼此信任和愉悦的友谊。正是因为他对我的信任，我才逐渐成了他忠诚、卑微并且充满感激之情的传记作家的。

七、安贝尔太太的保险箱

凌晨三点钟，在贝蒂埃大街的一所小屋前，停留着六辆汽车。这里面住着的是画家。在这条大街只有这一侧有房屋，而且里面住的全是画家。小屋的门打开了，从里面走出了一群男女客人。

四辆汽车发动了起来，向着各自的方向驶去，只剩下两位先生还在街上。他们走到库塞尔街拐角处握手道别，一位先生站住停了下来，另一位先生则徒步向着马约门街走去。

这位先生漫步在维利埃林荫大道，而后穿越大道来到旧城墙对面的人行道上。在这美好的夜晚，夜色如水，尽管冬夜的天气已经很凉了，但走起来却让人感觉很惬意，呼吸着新鲜的空气，脚下奏着欢快的舞步声。仅仅几分钟后，这位先生就遇到了麻烦，他发现他被人跟踪。他一回过头，看到有个人影飞快地闪进了树林中。尽管他不怕，但还是加快了步伐，他想抓紧时间尽快到达前面的一个入市税征收处。但那人也随着他跑了起来。他非常恼火，刚想把枪抽出来，当面质问那人。但是，那个跟踪他的人没等他抽出手枪，就猛扑了上来。于是，一场搏斗在空荡荡的大马路上就上演了，两人扭打在一起，抱成一团。很快，这位先生就发现自己并没有优势，他大声喊着"救命"，不断地挣扎着。在一堆砾石上，他被对手按住喉咙，那人往他嘴中塞了一块手绢，他感到呼吸困难，双眼紧闭着，两只耳朵也嗡嗡作响，他觉得就要失去知觉了。突然，紧紧掐住他脖子的手松了。那个把他压得透不过气来的家伙起身站了起来，这次轮到这家伙来抵御一场突袭了。

那个家伙手腕上狠狠地挨了一拐棍，脚踝上也被踢了一靴子……疼得嗷嗷直叫，他骂骂咧咧，一瘸一拐地跑了。新来的人也不屑去追赶他，俯身问道：

"先生，你没受伤吧？"

他并没有受伤，只是感觉头昏眼花，站不起来。恰好这时入市税征收处的职员听到呼救声也跑了过来，他们拦了一辆汽车。在救命恩人的陪同下，那位先生上了车，回到了位于大军街的寓所。到家门口时，他的意识完全清醒了，他不断地向他的救命恩人道谢。

"你救了我的命，先生。我对你的大恩将永生难忘。现在，我不想惊扰我的夫人，但请你相信，我一定亲自让她向你表示感谢之情。"

他邀请救他的人来吃午饭，这位先生报出了姓名：吕多维克·安贝尔。然后他又补充一句：

"能否留下你的大名……"

"当然可以，"那人说，"我叫亚森·罗宾。"

当时，亚森·罗宾的名气还没有像加奥尔案、森特监狱越狱案，以及其他轰动一时的案子以后那么大。他甚至还不叫亚森·罗宾。这个后来远近闻名、光辉璀璨的名字，只是当时为了应付安贝尔先生的询问而杜撰出来的。恰恰在这个事件中，"亚森·罗宾"这个名字接受了火的洗礼。说实话，从一开始，亚森·罗宾就已经全副武装，做好了随时战斗的准备。往往，因为没有成绩，没有本领，也就产生不了威望。最初的亚森·罗宾仅仅是个学徒，但很快他会成为名师。所以，当他一觉醒来，记起昨晚那位先生的邀请，就乐得跳了起来。他的目的终于达到了，现在他可以干一件和他的才华和力量相称的事了！百万富翁——安贝尔夫妇！对于他那么大的胃口，这对夫妇是多么可爱的猎物啊。他精心打扮一番，穿上了一件已经磨损的礼服，再套上一条破旧的长裤，戴上有些泛红的丝帽，还有紧巴巴的袖套和假领，尽管全身上下，干净利落，但却显得非常寒酸。他系了一条黑色的领带，还别上了一枚非常糟糕的钻石饰针。打扮好后，他就从蒙马特尔住宅的楼梯上走了下来。到四楼时，他朝着一扇关着的门用手杖头轻轻敲打了一下，没有停步，就走出了楼外，上了大街。一辆电车向他驶来，他上了车。在他后面有个人紧跟着，那人就是四楼的房客，在他身旁的座位坐了下来。

过一会儿，这人问他：

"老板，怎样？"

"怎样？办好了呗。"

"什么？"

"去他家吃午饭。"

"吃午饭!"

"我希望赶快把这种好日子送走,你难道不想吗?吕多维克·安贝尔被你往死里打,到时我再出手相救,知恩必报的吕多维克·安贝尔先生,所以邀请我吃午饭。"

接下来是一阵沉默。

之后,那人又问道:

"那你没有拒绝?"

"我亲爱的伙计,"亚森·罗宾说,"昨夜我精心策划了这次行动,凌晨三点钟不睡觉,在旧城墙那儿不停地走来走去,劳神费力地,朝着你的手腕就是一拐杖,又向着你的踝骨来了一脚,冒着巨大的危险——打伤我唯一的朋友。这样煞费苦心,可不是为了对将要到手的好处说放弃的。"

"但是,人们谣传他的财产……"

"让别人去说吧。这笔生意在六个月之前,我就盯上了。我知道情况,也分析研究过,我张开罗网,对他的用人、债权人,还有帮他出头的人都询问过。六个月了,关于这对夫妇的隐秘生活我一直在探寻着。所以,我清楚该如何干。关于那笔财产,无论是像人们所说的那样——从老布劳福特那儿得来的,还是来自其他人,我都确定它依然存在。只要它存在,那它就属于我。"

"上帝哪,一亿法郎啊!"

"即使只有一千万或者五百万,对于我也是笔不小的数目!况且,还有几大包证券在保险柜中放着。哪天我要不把钥匙弄到手,就见鬼去吧。"

在星形广场电车停了下来。那人低声说:

"那现在干吗?"

"现在,什么也不用干。我们还有时间。我会通知你的。"

五分钟后,亚森·罗宾已经登上了安贝尔公馆的豪华楼梯。吕多维克先生把他的恩人介绍给他夫人——热尔韦兹,这是一个看上去很娇小的女人,圆滚滚的,但非常健谈。她对亚森·罗宾表示了最热烈的欢迎。

"我们设宴是专门款待我们的救命恩人的。"她说。

从一开始，她就把"我们的救命恩人"看作老朋友那样对待，直到最后上点心时，他们已经是亲密无间，无话不说了。亚森·罗宾向他们谈起了自己的身世和家庭背景，他的父亲是一个廉洁、公正的法官，他有着忧郁悲伤的童年以及现在面对的困境。热尔韦兹也讲起了她的青年时代，还有她的婚姻，以及老布劳福特的恩情，她要继承的亿万家产和令她迟迟不能享受到这笔巨额财产所遭遇的各种障碍，还有她必须要背负的高利贷，与布劳福特的侄儿辈没有了结的纠纷，还讲到了别人的异议、财产怎样保存等问题。总之，所有问题她都谈了。

"亚森·罗宾先生，你想想看，证券放到那儿——我丈夫的办公室，只要有一张副券撕下来，就全完了！所有证券就在那儿，就在我们的保险柜中，但我们却不能碰它。"

听到证券就放在隔壁的办公室，亚森·罗宾不禁微微地一颤。他很清楚自己，他绝对不会像这位高尚的好女人那样不去碰那笔财产。

"啊！就在那儿放着。"他低声说，喉头有些干涩。

"证券就在那边。"

一开始双方的交谈就如此顺利，那今后的合作自然会更加密切。当他被对方委婉地问起现在的境况时，亚森·罗宾坦白地承认现在贫困潦倒。于是，这对夫妇立即决定，把这个小伙子聘为自己的私人秘书，每月一百五十法郎的薪酬。他可以住在自己的家中，但每天必须到公馆上班。为了方便，他的办公室就安排在三楼。

他挑了一间屋子作为办公室，恰好就在吕多维克办公室的上面。运气真是不错！很快，亚森·罗宾发现他的秘书工作其实是个闲职。两个月中，他只誊了四封不太重要的信函，只有一次他被叫到了主人办公室，也就只有一次机会正式地观察了保险柜。另外，他还注意到，像他这样担任闲职的人是没有资格接近律师公会会长格鲁韦尔或者议员昂凯蒂等社会名流的，因为那些著名的上层招待会总是忘记邀请他。但他却毫无怨言，似乎更愿意守住这个卑微的职位，他离群索居，一个人十分逍遥。况且，他也没有浪费时光。首先，他多次潜入到吕多维克的办公室，他仔细检查了保险柜，发现它被关得十分牢固，那些粗笨的钢铁，像什么锉刀、钻子、撬棒之类的，都休想将它打开。亚森·罗宾并不固执。

"看来硬来是不行的，那就得要开动大脑了。"他思忖，"最重要的是得处处留心。"

他做了种种必要的计划与安排，他首先仔细而小心地探索房间地板，他把一根铅管插入了主人办公室天花板的两根突饰线脚之间，以此作为传声筒和窥视镜，希望这样能听到、看到房中的一切。从此以后，他整天都趴到地板上观察着下面的情况。的确，他常常看见安贝尔夫妇悄悄地站在保险柜前翻阅着簿册和文件。当他们按照顺序转动四个锁纽时，为了把密码搞清楚，他眼睛眨都不眨地盯着钮上的刻度。他密切关注着他们的行为，偷听他们的谈话。他们拿的钥匙有什么用呢？他们把它藏到了哪儿？

一天，他看见夫妇二人忘记把保险柜关上就走了出去，于是他匆忙跑下楼，大胆地闯了进去，让他没有料到的是他们很快又折了回来。

"对不起！"他说，"我走错门了。"

但是，热尔韦兹却上前一把拉住了他，说：

"亚森·罗宾先生，快进来，进来，难道你在这儿不像在自己家吗？我们需要你给我们出出主意，看我们该把哪些证券卖掉，是外贸债券，还是卖公债？"

"不是有人反对卖吗？"亚森·罗宾诧异地问道。

"哦！并不是卖所有证券都有人反对。"

她连忙打开保险柜门，搁架上面堆放着一些用带子捆住的文件夹。

她拿起一夹，但她丈夫阻止道：

"热尔韦兹，不，不，你疯啦，外贸债券就要涨了……而公债却到顶了。亲爱的朋友，你怎么认为？"

这位亲爱的朋友拿不出任何意见，不过他还是建议抛出公债。于是热尔韦兹在另外一夹中随便抽了一张。这是一张一千三百七十四法郎的公债，利率为3%。吕多维克把它塞进了口袋。下午，吕多维克在秘书的陪同下，把这张债券通过一个交易经纪人卖了出去，拿到四万六千法郎的现金。

无论热尔韦兹怎么说，亚森·罗宾先生总认为他不是在自己家中。相反，他的地位在安贝尔公馆十分特殊。有多次，他居然发现他的姓名用人们都不知道，他被他们称为先生。吕多维克总是这样吩咐他们：

"通知先生……现在先生来了吗?"

为何他要这样称呼亚森·罗宾呢?

还有,最初的热情过去以后,安贝尔夫妇很少同他说话,除了把他当作恩人,十分客气外,从来不过问他的任何事。好像把他看作厌烦别人打扰的怪人,因此尊重他的孤僻。似乎他的这种孤僻是他自己定的规矩,是他本人的癖好。有一次,亚森·罗宾经过前厅,听到热尔韦兹对两位先生说:

"他是个十分孤僻的怪人。"

他想,既然这样认为,我就算是个孤僻的怪人吧,现在没有时间去思考这些人的怪异,我现在最需要做的是继续执行我的计划。他确信他不能指望着运气的降临,更不能寄希望于热尔韦兹会把保险柜的钥匙稀里糊涂地落在柜子上。再说,她每次都是把密码数字拨乱后,才抽走钥匙。所以,他必须亲自动手。

接下来的一个偶然推进了事件的发展,安贝尔夫妇被几家报纸攻击犯有欺诈罪。亚森·罗宾看到了契机,当他觉察到这对夫妇惶恐不安时,他明白再也不能拖下去了,如果继续这样,他会什么也得不到。

一连五天,他没像往常那样六点钟离开,而是把自己关到办公室中。其他人都误以为他走了,他却在地板上趴着,一直监视着吕多维克的办公室。但这五个晚上,他所期盼的良机都一直未出现,到半夜时,他就从通院子的小门那儿悄悄溜回家。他有这道门的钥匙。但是,第六天机会来了。他获悉,为了应付敌人含沙射影的攻击,安贝尔夫妇决定打开保险柜,列出证券的清单。

"今天晚上机会来了。"亚森·罗宾想道。

果然,吃罢晚饭后的吕多维克,出现在了办公室里。然后,热尔韦兹也来了。

保险柜里的账簿都被拿了出来,吕多维克夫妇开始翻阅。一小时过去了,又一个小时过去了,他听到用人们都各自回房睡觉去了。

现在的二楼没有人了,到了半夜,安贝尔夫妇仍继续干着。

"行动吧。"亚森·罗宾低声说。

他把窗户打开,窗户面向院子,天空一片漆黑,没有星星,也没有月亮。

亚森·罗宾从橱柜中拿出一根打了结的绳子，拴在了阳台栏杆上，然后抓紧绳子，跨过阳台，慢慢地沿着落水管溜了下去，一直到吕多维克办公室的窗户上。厚厚的莫列顿呢窗帘把整个房间都遮住了。他到达阳台后，一动不动地站了一会儿，竖起耳朵，睁大眼睛注意周围的动静。

此时，天地间一片沉寂。他放心了，于是轻轻地把两扇窗子推开。如果没人检查过，窗子就能推开，因为下午时，亚森·罗宾已经扯出了插销。

窗子推动了。于是，他十分小心地把窗子再推开些，直到他的脑袋能钻过去。从两面没有合严的窗帘中，透出了一丝光亮。热尔韦兹和吕多维克正坐在保险柜旁。

他们很少说话，声音也非常低，只专注于干活。亚森·罗宾在心中盘算着自己和他们的距离，思考着如何动手，在他们还未来得及呼救时，就把他们制服，让他们无法反抗。他正想扑过去，却听到热尔韦兹说：

"气温降下来了！我要上床睡觉了，你呢？"

"我想干完。"

"干完？这需要整整一夜。"

"不，我最多还要一个小时。"

她离开了。二十分钟，三十分钟过去了。亚森·罗宾又把窗子推开了些。窗帘飘动了起来。他继续推。吕多维克回过头来，看到窗帘被风吹得飘了起来，便起身来关窗子……

他没有叫一声，甚至连点反抗都没有。动作准确、利索的亚森·罗宾，没有让他感到疼痛，就把他打昏了，他用窗帘包住吕多维克的头，捆住，使吕多维克认不出袭击者的真面目。

接着，他迅速跑到保险柜那儿，拿起两夹证券，往腋下一夹，就快步走出了办公室，下了楼梯，穿过院子，打开便门。一辆马车早已停在了街边。

"接住。"他对车夫说，"快跟我来。"

他又回到办公室，然后又跑了两趟，所有证券就被他洗劫一空了。随后，亚森·罗宾跑上他的办公室，把绳索解掉，扫除了一切痕迹。事

107

情结束了。几小时过后，在伙伴的帮助下，亚森·罗宾清点完抢来的证券。他早就预料到，安贝尔夫妇的财产没有传说的那样多，但也并不太令人失望。财产不但没上亿，而且也没过千万，不过，终究算得上一笔大数目，而且都是十分靠得住的，如铁路债券、巴黎市公债、国家基金、苏伊士运河及北方矿业债券等。他说自己很满意了。

"当然，"他说，"把它们全部拿去交易，会大大蚀本的，而且还会遇到障碍。必须要分几次低价抛出。没关系，就这头一批国家基金，我就能保证让自己过上一直向往的幸福生活……实现一直以来的梦想。"

"剩余的呢？"

"小伙计，把它们一把火烧掉。这些在保险柜里虽然很好看，但对于我们，却是废纸一堆。至于那些有价证券，我们要隐秘地把它们放在壁橱里，等待时机。"

第二天，亚森·罗宾想到，他必须还得去安贝尔公馆上班，因为没有理由不去。但是，他从报纸上看到了一条意想不到的消息：热尔韦兹和吕多维克夫妇失踪了。

之后，打开保险柜的场面十分隆重。但法官们找到的只是亚森·罗宾留下的……不多的东西。这就是事情的全部经过。正是亚森·罗宾的干预给他们中某些人提供了解释，这一切，我是听他本人讲的。

那天，他忽然来了兴致，要告诉我一些隐私。在我的书房中他来回踱步，两眼射出异常兴奋的光芒。我从来没有见过他这样。

"不管怎样，"我对他说，"这是你干得相当漂亮的一次，是吧？"

对我的问题他没有直接回答，他说：

"在这个案子中，还有一些难以解释的秘密。即使我向你说明了一切，它仍然还有很多令人费解的疑团！夫妇二人为何要逃跑？他们为何不利用我无意中提供的救助呢？他们只简单地说了一句：有上亿财产在保险柜里，现在全被窃贼盗走了！就完事了。"

"他们或许被吓昏了头。"

"对，正是，他们被吓昏了头……但另一方面，说实话其实……"

"说实话……"

"哦，没什么。"

这种保留又意味着什么呢？看得出来，他没有把话全说出来。而没有说出来的话，正是亚森·罗宾本人厌恶谈到的事。我有些诧异。像他这样一个优秀的男人都有所迟疑，可见事情一定非常严重。

我又向他提出了些问题：

"你后来见到他们了吗？"

"没有。"

"对这两个不幸的人，你难道没有一丝同情？"

"同情？"他跳起来叫嚷道，他的愤怒令我惊异。难道我触到了他的痛处？

我坚持说下去：

"当然。

"如果不是你，他们可能会敢于面对危险……至少能带走那些证券。"

"你想让我感到内疚，是吗？"

"当然！"

他猛地拍起我的桌子。

"遵照你的意思，我必须要内疚？"

"说是内疚也好，遗憾也好，总之你应该……"

"应该……向那些……"

"是的，向那些被你抢了财产的人。"

"财产？"

"对，就是那些证券……"

"证券！我从他们那儿抢走了几包证券，对吗？抢了他们一部分遗产？这就是我所犯的错？这就是我的罪过？然而，亲爱的，你肯定想不到这些证券都是假的吧？……你听到了吗？它们都是假的！"

我愣愣地望着他。

"四五百万法郎，全不是真的？"

"对，都是假的，"他愤怒地叫道，"全是假的！铁路债券、巴黎市公债、国家基金，全都是废纸，一堆废纸！这一大堆东西我没有换到一个苏，没能兑换到一个苏！你不是问我有没有内疚？应该是他们感到内疚！他们把我当成了傻瓜！他们把我当作最后一个，也是最蠢的一个！我让他们骗了，而且骗得很惨！"

他的自尊心受到了很大伤害，他满腔怨火，怒不可遏。

"从头至尾我都没有占上风。在这件事中，你知道我扮演的什么角色吗？是安德烈·布劳福特的角色！亲爱的，真的，从一开始我就什么也没有看清！

"只是后来，看了报纸，再回想某些细节，我才明白。当我假装冒着生命危险把他从流氓魔爪下解救出来时，他们已经把我当作了一个傻帽的布劳福特！

"干得真漂亮，不是吗？这个在三楼有自己办公室的怪人，这个被别人指指点点称为孤僻的人，他就是布劳福特。布劳福特就是我！正是因为我，因为我以布劳福特这个名字而取得的信用，银行家向那夫妇二人提供贷款，公证人为他们的借款提供担保！哦！对一个新手，这是多么有益的教训啊！啊！我向你发誓，我会吃一堑，长一智的！"

他突然停住，一把抓住我的胳膊，用夸张的语气，其中的钦佩和讽刺很容易听得出来，他对我说了句意想不到的话：

"亲爱的，现在热尔韦兹·安贝尔还欠我一千五百法郎呢！"

我不禁笑了起来。真是太滑稽。亚森·罗宾本人也快活了起来。

"真的，亲爱的，一千五百法郎呢！我连一个苏的工资都没有拿到，她却还向我借了一千五百法郎！一千五百法郎——是我这个年轻人的全部积蓄！你知道她为何向我借吗？我可以给你列举出成百上千条理由……为她那些穷人！我跟你说，为她那些所谓的穷人！她瞒着吕多维克救济他们！

"我不想说啦！太滑稽了，是吗？从好女人那儿亚森·罗宾盗走了四五百万假证券，结果却被她骗走一千五百真法郎！我费尽心思，花了那么多力气，用了那么多手段，得到的却是这个结果！我一生就只有这一次上当受骗。很了不起！被扎扎实实地骗了一次，而且付出了大价钱！……"

八、黑 珍 珠

位于奥舍林荫大道九号的门房被一阵急促的门铃声吵醒了。

她一边拉着门绳，一边小声抱怨着：

"我以为他们都回来了呢。现在得有三点钟了吧！"

她丈夫也嘀咕说：

"可能来找大夫的。"

果然，门外响起了一个声音：

"请问，阿莱尔大夫住几楼？"

"他在四楼左边。但是，大夫夜里是不出诊的。"

"这回一定要麻烦他。"

但这位先生走进门厅后，上了二楼、三楼，根本没在阿莱尔大夫家的那层停一停，就直奔六楼。在那儿，他掏出了两把钥匙：一把是开门锁，另一把用来开保险锁。

"太棒了，"他寻思道，"这活儿太简单了。但动手前，我必须要先确保能安全撤走。哦……现在这点时间不太够？依照常理，按了大夫家的门铃后，然后被他再打发走，总要一阵子的。还不够……在这儿再耐心等一会儿……"

大概十分钟过后，他下了楼，一面敲着门房的玻璃，一面埋怨着大夫。门房又给他打开了门。一出门，他就"砰"的一声把门关上了，但是并没把门关死。他迅速地把一块铁片垫在了锁眼上，这样钥匙就根本无法插入锁舌了。

过了一会儿，他瞒着门房，又悄悄地溜了进来。一旦情况紧急，退路就有保证了。

他从容地上了六楼。在候见厅，他借助手电筒的光，在一把椅子上放好大衣和帽子，然后他坐在另一把椅子上，把一双厚毡软底鞋套在了皮靴上。

"嘀！事成了……太简单啦！我搞不清楚，大家为何不选择偷窃这

111

个令人舒服的职业呢？只要脑子灵活点，只要肯动脑筋，就没有比这更舒服的事了。一个不费力气的职业……一个只盈不亏的行业……太容易了……反而有些枯燥乏味。"

他把公寓的详细平面图摊开来。

"先把方向搞清楚。这个长方块，就是现在我所在的前厅。靠街这边，是客厅、上房、餐厅。不用在这些地方耗费时间。这样看来，伯爵夫人的趣味也真差劲的……没有一件值钱的玩意儿！所以，还是直奔主题吧……啊！这是走廊，通向卧室的走廊。向前再走三米，就到了衣帽间的门口，伯爵夫人的卧室与它是相通的。"

他把平面图叠了起来，关上手电筒，开始朝着走廊摸过去，一边数着：

"一米……二米……三米……这里是门……上帝啊！一切顺利。我和卧室间，唯一的障碍就是这个插销了，一个小小的插销。插销和地板的距离应该是一百四十三厘米……现在，我只需在它周围割上一个口子，事情就成功了……"

他把所需的工具从口袋中掏出来，刚想要动手，忽然想起来："插销如果没有插上呢？先试一试……万一碰上好运气哩。"

他转动着锁把，门果然开了。

"亚森·罗宾啊，你真是幸运的宠儿，显然你交了好运气。你现在还缺什么呢？你熟悉这所房子的地理位置，知道伯爵夫人藏黑珍珠的地方……接下来，你只需不出声，不显形，那颗黑珍珠就属于你了。"

亚森·罗宾又用了半个钟头，才把第二道门打开。这是一扇玻璃门，朝卧室开的。他轻手轻脚，非常小心。就算伯爵夫人没睡着，也根本听不到声音。根据图纸的示意，他只需摸着一把长椅爬过去，就会摸到另外一把扶手椅，然后是床边的一张小桌子。桌上有一个信笺盒，盒子里就放着那颗黑珍珠。他趴在地毯上，摸着长椅爬了过去。摸到当头，他停下来，让心跳缓下来。

尽管他并不害怕，但根本无法压住寂静让他感到的惶恐和不安。他感到吃惊，即使比这更紧张的时刻，他也毫无恐惧地经历过。这儿没有任何危险，可为何他的心却像打鼓那样怦怦地直跳呢？难道是这个熟睡的女人，这个与他如此挨近的生命引起他强烈的感受？

他侧耳倾听，听到了那女人有节奏的呼吸声。他放心了，就像在一位朋友身边。

他伸手摸到了扶手椅，又慢慢向桌子爬去，他在黑暗中摸索着。他的右手摸到了一条桌子腿。

终于到了！他现在只需站起来，拿上珍珠，就可以走人了。一切顺利！但是，他的心为什么又像受惊的小鹿开始在胸腔中狂跳起来，而且声音是那么响，他都担心会吵醒伯爵夫人。

他凭着非凡的意志尽可能地让心跳平缓下来。但是，正当他试图站起来时，他的左手碰到了地毯上的一件东西。他立刻辨别出是一支蜡烛，一支被打翻的蜡烛。接着他又摸到了一件东西——一个小旅行钟，一个套有皮套的旅行钟。

怎么回事？发生了什么事？他搞不明白。这蜡烛、这小钟……为什么它们没在平常的位置放着？啊！在这令人恐惧的黑暗中到底发生了什么？

突然，他失声叫起来。他碰到了……啊！是一个怪怪的，无可名状的东西！不，不，这一切令他恐惧，他的大脑发蒙，他感到慌乱不安。二十秒，三十秒，他呆若木鸡，失魂落魄地待在那儿，冷汗从太阳穴流了出来。他的手指一直保持着那种触觉。

他又做了一次努力，他把手伸了出去，又摸到了那无可名状的、怪怪的东西。他摸了摸，想摸出究竟。原来是一张面孔，一团乱发……面孔早已冰凉，简直像冰一样。

无论事情有多可怕，像亚森·罗宾这样的男人只要搞清状况，就一定能控制局面。他迅速把手电筒打开。在他面前他看到一个女人横在地上，满身是血，而且脖子上、肩膀上都有可怕的伤痕。他俯下身细看，已经死了。

"死了，死了。"他惊愕地说道。

他看着那不动的眼睛，咧着的嘴巴，还有苍白的肌肤和流在地毯上早已凝固变黑的厚厚一摊血。

他重新站了起来，打开电灯的开关。房间立刻充满了光亮。他看到了激烈搏斗过的痕迹。床早已被弄得一团糟，地上散落着蜡烛、旅行钟，而旅行钟的指针指在了十一点二十分。再远一点，一把椅子打翻在地，到处都是血，一摊摊血。

"黑珍珠呢？"他低声说道。

信笺盒还在原位放着。他上前赶紧打开了盒子，里面有个珠宝匣。但珠宝匣已是空的了。

"见鬼！"他寻思着，"亚森·罗宾呀！你还自夸好运气，话说早了点吧……伯爵夫人被杀了，黑珍珠也不见了……情况不妙啊！快溜吧，不然，你就要倒霉了。"

但是他没有动。

"溜？是啊，换了别人肯定要溜的。但亚森·罗宾也会溜吗？难道找不到更好的办法吗？来吧，还是先把路子理清吧。不管如何，你的头脑还是需要保持冷静……如果你是警察局局长，你要进行调查……是的，但要有更清醒冷静的头脑。而我的大脑不正如此嘛！"

他往扶手椅上一倒，他的额头发烫，他用紧握着的拳头支撑着。

这起奥舍林荫大道杀人案，是最近让我们非常困惑的案件之一。亚森·罗宾如果不参与破案，并用了一天的时间来做介绍，那有关这起案子的经过我肯定讲不出来的。然而，没有几个人会想到他参与了破案。无论如何，没有人知道确切而有趣的真实情况的。

在布洛涅树林如果遇上她，没有人知道她就是莱翁蒂娜·扎尔蒂。这位昔日的歌女，这位成为德·昂迪约伯爵的妻子和遗孀的女人，她奢华的生活，二十多年来在巴黎是引人注目的。在欧洲，她的那些钻石和珍珠首饰更是远近闻名。相传，她掌握了许多银行的保险柜和澳大利亚多家公司的金矿。大珠宝商都像为国王、王后效劳那样为扎尔蒂服务。

又有谁不知道，那场吞没她全部财富的灾难？金矿、银行，全都进了无底洞。她所收藏的全部稀世珍宝，经拍卖估价员之手都散落到各地，只剩下了这颗闻名遐迩的黑珍珠。如果她想出手的话，这颗黑珍珠也是一大笔财产。

但是，她总不愿卖掉。她不愿变卖这颗无价之宝，她宁愿带着女伴、厨娘和一名男仆，在这所简朴的房间里节衣缩食地生活。这颗黑珍珠是一位皇帝所赐，对此她从来不隐瞒！尽管她接近破产，过着十分贫寒的生活，但对这颗伴随她度过美好时光的宝物，她不愿放弃。

她常说：

"只要我还活在世上，我就不会放弃它。"

她一直把它挂在脖子上。只到夜里，才把它放到只有她自己知道的地方。

报纸对这些事情做了详细的报道，激起了人们很大的好奇心。虽然这个事情很怪，但对于知道底细的人是很容易理解的。恰在此时，抓捕了被怀疑为凶手的人，这个案件由此变得更加错综复杂，公众的热情被大大地激起了。第三日，各家报纸都刊登了如下讯息：

据悉：

德·昂迪约伯爵夫人的男仆——维克托·达内格尔已被警方抓获。他被指控的罪名非常严重。在他住的阁楼间的床板和床垫间，警察局局长迪杜伊先生发现了他的夹里布的号衣，那上面的袖子带有血迹。而且，这件号衣缺少一个布包纽扣。警察很快便在死者的床下找到了这个扣子。

作案经过或许是：吃过晚饭后，达内格尔根本就没有回到他的阁楼间，而是潜藏到衣帽间，透过玻璃门，他窥见了伯爵夫人藏好黑珍珠的地方。必须指出的是：到此为止，没有找到任何证据能证明这一假设。此外，还有一点也未查明：曾在上午七点钟，达内格尔去过位于库塞尔大马路的烟铺，烟铺老板和门房都提供了证明；另一方面，伯爵夫人的厨娘和女伴都睡在走廊尽头，她们都十分肯定，当她们八点钟起床时，前厅和厨房的门都分别上了两道锁。这二人侍奉伯爵夫人已长达二十多年，作案动机非常小。所以，人们猜测，达内格尔是怎样走出房间的呢？难道他又配了一把钥匙？这些疑点在预审时将弄清楚。

预审的结果与此相反，没有搞清楚任何问题。据说，维克托·达内格尔是个惯犯、酒鬼和放荡家伙，他完全干得出杀人越货的危险事来。但是，随着调查的深入，案情变得更加扑朔迷离，矛盾也越来越难以解释。

首先，死者的表妹、唯一的继承人——森克莱芙小姐说，死者去世前一个月，曾在一封信中告知她是如何收藏黑珍珠的。但收信的第二天，这封信就不翼而飞了。是谁偷走了呢？门房夫妇也报告说他们在半夜曾给一个人开过门，那人去了阿莱尔大夫家。但是传讯大夫时，他却说没有任何人去过他家。那人究竟是谁呢？他会不会是个同谋？

新闻界和公众都接受了此人是同谋的假设。老侦探戈尼玛也同意这一假设。

他对法官说：

"亚森·罗宾在此事中插了一手。"

"噢!"法官回答说,"你觉得这个亚森·罗宾,到处都插了手。"

"我觉得他到处插了手,是因为他的确是到处都插了手。"

"你不如说,凡是搞不清楚的案子都是亚森·罗宾干的。此外,请你再注意一个事实:那只钟证明,案子发生在晚上十一点二十分。而门房说,那人是在凌晨三点钟来的。"

司法当局常被证据所误导,强行拿先入之见去解释事件。维克托·达内格尔的可悲经历,什么惯犯、酒鬼、放荡家伙,都对法官产生了极坏的影响。虽然没有发现任何新的情况来证明那两三个最初找到的迹象,法官的看法没有丝毫动摇。几周后,法庭辩论开始了。辩论进行得非常艰难,没有丝毫生气。庭长主持辩论也没有任何热情。公诉人的指控那么软弱无力。达内格尔的律师利用这点,奋力反击,他指出,对达内格尔的指控漏洞百出,无中生有,没有任何有力证据。那把钥匙,那把必需的钥匙到底是谁配的呢?没有钥匙,达内格尔即使出来后,也是无法把房门的那两道锁锁上的。谁见过那把钥匙?现在钥匙又在哪里?谁又见过那把行凶的刀子?那把刀子又在哪里?

"无论如何,"律师总结说,"指控我的当事人杀了人,请你们拿出证据。说凌晨三点钟潜入到大楼的那位神秘人物不是盗窃和杀人犯,请拿出证据。你们不是说,旅行钟指到十一点吗?那又能证明什么?难道就不能把指针拨到那一时刻吗?"

最后,维克托·达内格尔被判无罪。在星期五的黄昏他走出了监狱。六个月的牢房生活让他变得十分消瘦,身体也很虚弱。预审、法庭辩论、陪审团裁决,还有单人独处,这一切令他充满病态的恐惧。半夜里,他经常被噩梦惊醒,他梦到自己被拖上了断头台,他被恐惧和高烧折磨得浑身发抖。他到蒙马特尔高地租了一个小屋栖身,化名为阿纳托尔·迪富尔,靠四处打零工艰难地度日。他的生活非常可怜!有三次被老板雇佣了,可又被认了出来,于是马上遭到了解雇。他常常发现或者自己感觉有人跟踪他,那是警察局的人。他知道那些人还没有放过他,仍要让他落入陷阱。他觉得已经有一只手紧紧地揪住了他的衣领。一天晚上,他在一家小饭馆吃饭,在他对面一个人坐了下来。此人四十来岁的年纪,穿着一身黑礼服,衣冠不整。他点了一份蔬菜,一份汤和一升葡萄酒。

他喝完汤，眼睛一直盯着达内格尔，很长时间都死死地盯着他。顿时，达内格尔的脸色变得苍白。这几个星期，肯定就是这个人一直跟踪他。他到底想干什么？达内格尔很想起身站起来，但却做不到，此时他的两腿虚弱无力，不听使唤。

那人走了过来，给自己倒了杯酒，也给达内格尔倒了一杯。

"伙计，我们干一杯？"

达内格尔有些结巴地说道：

"好，好……也祝你健康，伙计。"

"维克托·达内格尔先生，祝你健康。"

达内格尔被吓了一跳，他胆怯地说道：

"我！我！不，不……我向你发誓……"

"你向我发誓？说达内格尔不是你？说你不是伯爵夫人的男仆？"

"什么男仆？我叫迪富尔。你可以去问老板。"

"是啊！对老板，你是叫阿纳托尔·迪富尔这个名字。可是，对于司法当局，你却叫达内格尔，维克托·达内格尔。"

"不！不是！一定是别人和你说错了。"

那人从口袋中掏出一张名片，递了上去。维克托看到上面写着：警察局前侦探、秘书情报员格里莫当。

达内格尔不禁打了个寒战。

"你是警察局的人？"

"现在早已不是了，但我喜欢这行。现在继续干就是为了……挣几个钱，时不时总能从一些案件中挖些金子出来……比如你这桩案子。"

"我的案子？"

"对，你的案子。你如果愿意配合，那会是一桩非常了不起的案子。"

"如果我不配合呢？"

"不可能不配合。你看你眼下所处的境况，不可能回绝我的要求的。"

维克托·达内格尔感到心虚，他问道：

"你想让我干什么？……说吧。"

"好，"对方说，"我们了结此事吧。长话短说，我是德·森克莱芙小姐派来的。"

"森克莱芙？"

"对，就是德·昂迪约伯爵夫人的继承人。"

"那又如何？"

"如何？德·森克莱芙小姐让我向你要回黑珍珠。"

"黑珍珠？"

"就是被你偷去的那颗黑珍珠。"

"我不知道，我没偷。"

"偷了。"

"如果我偷了，不就是杀人凶手嘛。"

"你就是杀人凶手。"

达内格尔强装出笑容。

"这位先生，幸好法庭不是像你这样认为的。你听好，陪审团的全体成员都一致认为我无罪。我了解我自己，陪审团十二个诚实的人也尊重我的人格，在这种情况下……"

那人上前抓住了达内格尔的胳膊：

"达内格尔，你少说废话，你给我好好听着，我的话你掂量掂量，这对你是值得的，案发前三星期，从厨娘那儿你偷走了便门的钥匙，去了奥贝尔康街二百四十四号乌塔尔锁店配了一把。"

"胡说，"维克托嘟哝道，"这把钥匙谁也没见过……根本就没有这把钥匙。"

"在这儿呢。"

一阵沉默过后，格里莫当又说道：

"伯爵夫人被你用一把带金属箍的刀子杀死。是在配钥匙的当天，你在共和国集市上买的，上面开有血槽，这是一把三棱刮刀。"

"笑话，这都是你信口胡说的。那把刀子谁也没见过。"

"在这儿呢。"

维克托·达内格尔向后退了一步。

侦探继续说：

"这把刀子上有锈斑。需不需要我告诉你，你是如何搞到手的吗？"

"可这又怎样？你拿出的这些钥匙和刀子……谁又能证明它们是我的？"

"首先是锁匠，接下来是卖刀的店员。我让他们把这一切都记了起

118

来。当着你的面，他们一定会认出你的。"

他说话果断、冷酷、一针见血。达内格尔吓得直抽搐。庭长、法官、代理检察长都不像他逼得这样紧，也没有他看得这么明白。换作达内格尔本人来说这件事情，也绝不可能比这个侦探讲述得更清楚。但是，达内格尔仍让自己努力装出无动于衷的样子。

"这就是你提供的全部证据吗？"

"不，还有。作案后，你顺着原路回去。但当你走到衣帽间时，却忽然感到非常害怕，为了保持身体平衡，于是便靠到了墙上。"

"你如何知道的？"维克托结结巴巴地说，"任何人也不可能知道的。"

"司法当局是肯定不会知道的。那些检察院的先生谁也想不到点起一支蜡烛，来检查一下墙壁。如果这样做了，就会在白墙壁上看到一个淡淡的红印，但仍能识别出是你的大拇指印——你的大拇指沾满了血，是你在扶着墙壁时印上去的。你肯定知道，人体检测，这是确认罪犯身份的主要方法之一。"

维克托·达内格尔吓得脸煞白，额头上的冷汗直流。他呆呆地盯着这个奇人，这人叙述他的罪行，就像亲眼看见一般。他无可奈何，只好低头认罪。几个月来他同各种人斗过，但对这个人，他感到毫无办法。

"我如果把珍珠给你，"他支支吾吾地说道，"你能给我多少钱？"

"一个钱也不给。"

"什么？你在嘲弄我！你叫我把价值几万，甚至几十万的宝贝给了你，却让我什么也得不到？"

"不对，你得了一条生路。"

这个歹徒被气得直发抖。格里莫当又语气平和地补充道：

"达内格尔，你好好想想，这颗珍珠对你来说，毫无价值。你根本不可能把它卖掉，那留着它又有什么用？"

"总有一天，会有人收的……随便哪天，不管他开什么价……"

"到那一天，那就迟啦。"

"什么意思？"

"意思就是说到时司法当局会把你重新抓起来的。这一回，他们会用我提供的证据：刀子、钥匙，还有你留下的拇指印等，那时你就彻底完了，伙计。"

维克托双手抱着脑袋，他苦苦思索着。的确，他感到自己真的完了，马上就完蛋了。同时他也感到身体很疲惫，极需放松休息。他低声问：

"你想什么时候要？"

"今天晚上一点之前。"

"如果不行呢？"

"我就把德·森克莱芙小姐这封信送到邮局。这是向共和国检察官揭发你的信。"

达内格尔给自己斟了两杯酒，一口一杯就灌了下去，然后站起身说道：

"结账吧，我们现在去取……这该死的案子，我受够了。"

夜幕降临了。两人来到勒皮克街，又沿着外环路向星形广场走去。一路上无话。

维克托有气无力，他弯着背，走到蒙索公园。他说道：

"在房子那……"

"当然！你被抓起来之前，只出门去过烟铺。"

"到了。"达内格尔低沉地说。

他们沿着花园栅栏，穿过一条街。在这条街的拐角处就是烟铺。达内格尔走过拐角几步，停了下来。他两腿颤抖着，倒在了旁边的一把椅子上。

"怎么啦？"他的同伴问道。

"东西就在那里。"

"在那儿！你骗我呢吧？"

"是的，就在那里，在我们面前。"

"在我们面前？达内格尔，快说，不必再隐瞒……"

"我再说一遍，就在那儿。"

"到底在哪里？"

"两块地砖之间。"

"哪两块？"

"你找呀。"

"我问你哪两块？"格里莫当又问了一次。维克托没吭声。

"啊！伙计，你这是在逼我去寄信。"

"不……但……我会因穷困而死去的。"

"怎么，你犹豫啦？好吧，算我大方，你要多少？"

"能买一张去美国的统舱票的钱。"

"咱们说定了。"

"一张一百法郎的钞票，算是成本。"

"我给你两张，你说吧。"

"在阴沟右边，位于第十二块和第十三块地砖之间。"

"在沟里？"

"对，人行道下面。"

格里莫当察看四周。几辆电车开过，一些人走过。

"嗨！谁能想到……"

他打开小刀，插进了第十二块和第十三块地砖之间。

"如果没有呢？"

"只要没人看到我弯腰，把它埋在那儿，就一定在。"

那颗宝贝黑珍珠还在吗？黑珍珠被丢到阴沟淤泥里，谁先找到它就属于谁了！黑珍珠……一笔横财呀！

"大概有多深？"

"十厘米左右。"

格里莫当在湿沙子中用力地挖着。刀尖似乎碰到了什么，他用手指把洞又扒开了些。他看到了那颗黑珍珠。

"拿好，这是给你的两百法郎。去美国的船票会给你寄来。"

第二天，一条花边新闻在《法兰西回声报》刊登出来，全球报纸都纷纷进行了转载：

昨日，亚森·罗宾从杀害德·昂迪约伯爵夫人的凶手处找回了那颗著名的黑珍珠。不久之后，在纽约、圣彼得堡、伦敦、布宜诺斯艾利斯和加尔各答等地将展出这颗宝珠的仿制品。

亚森·罗宾期待信友提出宝贵的建议。

"这就叫恶有恶报，善有善报。"亚森·罗宾向我透露这一案件的内情时，下结论说道。

"如此说，你被命运选定冒充警察局前侦探，化名为格里莫当，把赃物从罪犯手中夺了回来。"

"完全正确。我承认，这是我感到最骄傲的冒险活动之一。我发现伯爵夫人被杀后，在她的房间中足足度过了四十分钟，这是我一生中最不平常最有效率的时刻。在这四十分钟里，尽管我身处错综复杂的情境中，但还是准确地推断了整个作案的过程，同时还提取了犯罪的痕迹，认定杀人犯只能是伯爵夫人的仆人。最后，我还想到了，要想得到这颗珍珠，就必须让这个男仆先被捕，所以，他号衣的扣子是我留下的，但又不能让人发现确凿证据，我把他忘在地毯上的刀子收了起来，并把他留在锁眼里的钥匙也拿走了，擦去了衣帽间墙上的指印。然后把门锁好，插上销子。在我看来，这是我豁然……"

"豁然开窍。"我打断他的话道。

"对，是豁然开窍，才想出对付他的办法的。但绝不是随便就开了窍的。转瞬间，要想出解决问题的两个步骤——先让司法当局把他抓去，再让他们把他放了，利用司法机器来吓唬那家伙，让他吃尽苦头，总之，就是让他坐牢坐怕了，这样，他一出狱，就一定会落入我为他设下的稍微狠了一点的陷阱中……"

"稍微？应该是非常狠吧！因为他根本就没有危险。"

"噢！对，他没有任何危险，因为他已被宣告无罪了。"

"噢，真是个可怜的家伙……"

"可怜的家伙……维克托·达内格尔！你难道忘了他是个杀人犯吗？黑珍珠留在他手里，才是非常不道德的事。他还活着。你想一想，达内格尔他还活着！"

"可是黑珍珠属于你了。"

他从皮夹暗袋中拿出那颗黑珍珠，用手指十分爱惜地抚摸着，用眼睛仔细地打量着，然后叹息道：

"这颗从前修饰德·昂迪约伯爵夫人莱翁蒂娜·扎尔蒂香肩粉颈的奢华宝物，以后的命运如何呢？将来谁会拥有这颗珍宝呢？不知是俄国的哪个愚蠢的贵族，还是印度的哪个自负的王公，或是落入美国哪个亿万富翁之手呢？"

九、歇洛克·福尔摩斯姗姗来迟

"真是奇怪呀，韦尔蒙，你知道吗，你与亚森·罗宾长得非常像！"

"你认识他？"

"噢！与大家一样，只是从一些照片中看见过。虽然张张都不一样，但是，却给我留下了很深的印象，都是同一副面孔……与你的相貌很像。"

奥拉斯·韦尔蒙听后，看上去显得很生气。

"亲爱的德瓦纳，难道不是吗？请相信，这样指出来的人，你不算第一个。"

"是啊，"德瓦纳强调说，"你如果不是我表兄埃斯特旺推荐的，如果你不是著名的画家，我十分欣赏你画的美丽海景，我真的会想是否该把你来迪耶普的事报告给警察局。"

这个风趣的笑话引起了满堂笑声。

在蒂贝尔梅斯尼尔城堡的大餐厅，除韦尔蒙先生外，还有村里的本堂神甫热利教士和十来位军官。这些军官带领部队在附近演练。他们应银行家乔治·德瓦纳母子的邀请来城堡做客。其中一位嚷道：

"嗨！自从发生轰动一时的巴黎—勒阿弗尔快车案后，在这海滨附近没有发现亚森·罗宾吗？"

"没有！三个月之前，发生了这起快车案。之后的一个星期，在赌场里我与杰出的韦尔蒙相识。自那以后，好几次他都光临寒舍。或许，这是让人感到愉悦的序幕，随后，可能哪天……确切地说，或者哪夜，他将到我家进行一次严肃的家访！"

大家又笑了起来。接着，大家被带到了过去的警卫室，整个房间又高又宽，几乎占了吉约姆塔楼的整个下部。乔治·德瓦纳把千百年来蒂贝尔梅斯尼尔历代领主积累下来的无与伦比的财富都堆放到了这里。室内还陈设着餐橱和衣橱，烤肉铁扦架以及多枝烛台。精美的壁毯在石头墙上挂着。四个窗洞非常深，还砌有窗台。最外面是呈菱形的窗扇，彩绘玻璃边上还灌了铅。门和左边窗户间，摆放着一个文艺复兴时代风格的书柜，一行金字刻在书柜的三角楣上：蒂贝尔梅斯尼尔。下面刻着的是这个家族引以为豪的名言："为所欲为"。

大家点上了雪茄，德瓦纳又说道：

"韦尔蒙，只是，你必须得快点。因为今晚是留给你的最后一个晚上了。"

"为什么？"画家问道，很显然他把这话当作玩笑。

德瓦纳正想开口，他的母亲示意他不要说。但是，因为刚用过晚餐，大家都精神亢奋，同时他也想把客人们的兴趣带动起来，于是他把话说了出来。

"没关系！"他低声说，"我现在说出来，再也不怕泄露了秘密。"

大家怀着强烈的好奇心，围坐在他身边。他就像公布什么重大消息似的，得意地说道：

"明日下午四点钟，著名的破案专家，前所未有的资深英国大侦探，仿佛是小说家杜撰出来的奇人歇洛克·福尔摩斯将到我家做客。"

大家又议论起来了。歇洛克·福尔摩斯即将到蒂贝尔梅斯尼尔？这是真的吗？亚森·罗宾难道真在本地吗？

"亚森·罗宾和他的同伙们就在离这儿不远的地方。加奥尔男爵的那个案子不算在内，但还有蒙蒂尼盗窃案、格鲁舍盗窃案、克拉斯维尔盗窃案，所有这些盗窃案不是这位国家级大盗干出来的，还能有谁呢？今天他把目标又锁定到了我。"

"你也接到了他下的通知，就像加奥尔男爵那样吗？"

"一样的把戏，第二次玩就不灵啦。"

"那么？……"

"那么？是这样的。"

他起身站起来，把手指向一层书架上两本对开本书间的空隙，说道：

"这个地方原本放着一本《蒂贝尔梅斯尼尔编年史》，这是一本十六世纪的书。上面讲述了有关罗隆公爵在原有的堡垒基础上修建新城堡的全部历史过程。有三幅版画在里面：城堡俯瞰图是第一幅，第二幅是建筑平面图，我要提醒大家注意的是第三幅——地道走向图。第一道围墙外面设有地道的出口，而另一个出口就在这儿，没错，就位于这个大厅中。但是，上个月这本书却不翼而飞。"

"啊！"韦尔蒙说，"这可是个不好的征兆。但是，仅仅这件事，也没必要劳烦歇洛克·福尔摩斯的大驾吧。"

"你说的很对。如果仅仅只这件事是没必要，但接下来又发生了一件事，让事态变得非常严重，所以就只好请他出马了。刚刚我说的那本《蒂贝尔梅斯尼尔编年史》，还有一本收藏在国立图书馆，但有关地道的细节这两本书是有些差异的。比如在剖面图、比例尺和一些批注上，它都是采用墨水绘写的，不是印刷而成，因此颜色上有些褪色。关于这些特别的地方，我很清楚。也明白只有仔细对照这两幅图，才能搞清楚真正的地道出口。恰好在我的那本丢失后的第二天，国立图书馆的那本也不知到底如何被一位读者偷了出去。"

这番话引起了一片嘘声。

"所以，事情现在变得很糟糕了。"

"对，这次，"德瓦纳说，"警察局也下了大力气，他们为此做了周密的调查，但依然理不出头绪。"

"这和亚森·罗宾干过的所有案子相同。"

"正是。没有更好的办法，只好请歇洛克·福尔摩斯出马了。他回了信，说他非常想和亚森·罗宾交交手。"

"对亚森·罗宾来说，这也是一件无比荣幸的事！"韦尔蒙说，"但是，要是如你所说的那样，我们这位国家级大盗对蒂贝尔梅斯尼尔没有丝毫图谋呢，那歇洛克·福尔摩斯先生此次之行不是很无聊吗？"

"不，他还有别的事，他对地道的具体位置也很感兴趣。"

"噢！你刚才不是说过，一个出口在野外，另一个就在这客厅里！"

"但在哪里？位于客厅的什么位置？图上标示地道的那条线一头通到标有'吉塔'两个省略字的小圈圈，'吉塔'应该是指吉约姆塔楼。可是塔楼本身就是圆的，谁能知道地道从圆圈的什么地方开始的呢？"

德瓦纳喝了一口刚刚倒好的贝内迪克蒂纳甜烧酒，然后又点燃了一支雪茄。大家互相议论起来。他微笑着，为自己吊起大家的胃口而得意。最后，他说：

"世上无人知道，因为秘密早已失传，据说秘密是历代领主临终时传给儿子的。最后一代传人是乔弗鲁瓦，年仅十九岁的他于共和二年热月七日登上断头台。至此，秘密也戛然而止。"

"一百多年来，应该有人探寻过这个秘密吧?"

"对，但都是徒劳。这座城堡是我花了重金，从国民议员勒里布尔的曾侄孙手中买来的，我也曾多次派人查过。一点用都没有! 想想看，四面环水的塔楼，只有这一点与城堡相通，所以，地道一定是在原来的护城壕下面。在那本国立图书馆藏书的平面图标中标有四段楼梯，共四十八级台阶，这样它的深度应该在十米之上。附在另一幅平面图上的比例尺把距离定为二百米。事实上，问题就在这儿，在这地板、天花板和几面墙之间。说实话，我不忍心拆掉它们，所以有些犹豫。"

"有没有找到其他的迹象?"

"没有。"热利教士提出了他的看法。

"德瓦纳先生，我认为最重要的是要仔细研究那两条引语。"

"哦!"德瓦纳笑道，"本堂神甫先生是个回忆录迷、档案迷，只要有关蒂贝尔梅斯尼尔的事，他都有浓厚的兴趣。但是他越研究，事情就越复杂。"

"没有了吗?"

"你还想听?"

"太想听了。"

"那好，我继续讲。神甫先生从他搜集的典籍中找到答案：这个秘密曾被两个法国国王掌握。"

"两位法国国王?"

"嗯，他们分别是亨利四世和路易十六。"

"但城堡最早的主人又不是这二位国王，教士先生怎么会有这样的推断呢? ……"

"噢! 非常简单，"德瓦纳接着讲，"亨利四世在阿尔克战役开战前，曾到这里吃晚饭和过夜。晚上十一点，由埃德加公爵引导，将诺曼底最有风韵的女人——漂亮的路易丝·德·唐卡维尔通过地道带到了国王身边。国王正是此时获悉了公爵的家族秘密。后来，亨利四世又把这个秘密透露给了大臣絮利。絮利于是在他的《王家经国大略》一书中，对此事进行了记载。并附上了几句让人琢磨不透的话：'空中盘旋着斧头，还有那颤动的空气，但是已张开了翅膀，一直向上帝走去。'"

一阵静默。韦尔蒙冷笑道：

"这很简单，根本算不上什么难题。"

"算不上？神甫先生觉得絮利把谜底写到了这里，却又没有把秘密泄露给口述回忆录的人。"

"我认为他说的很有道理。"

"我同意。但是'盘旋着斧头，已张开了翅膀'，又是什么意思呢？"

"一直向上帝走去的又是谁？"

"太神奇了！"韦尔蒙又问道，"那么路易十六接待女人时，也打开过这个地道？"

"这不清楚。我要说的是：一七八四年，路易十六曾亲临蒂贝尔梅斯尼尔，因为加曼的揭发，在卢浮宫发现了那个著名的铁柜，里面藏有国王亲笔写下的几个字：'蒂贝尔梅斯尼尔：二—六—十二。'"

奥拉斯·韦尔蒙听后，大笑了起来：

"黑暗终将散去，胜利已在招手！二乘六不就是十二嘛。"

"先生，你尽管笑。"教士说，"但这并不妨碍谜底就隐藏在这两条引语中，总有一天会有人揭开这个秘密的。"

"歇洛克·福尔摩斯会首先……"德瓦纳说，"除非亚森·罗宾抢在前面。韦尔蒙，你说呢？"

韦尔蒙起身，把他的手搭在德瓦纳肩上，说道：

"我真的非常感激你。因为那两本书——你那本还有国立图书馆的那本，都缺少最重要的部分，现在你已经毫不保留地提供给了我，谢谢！"

"那么？……"

"那么，现在盘旋着的斧头，已张开了翅膀，二乘六等于十二，我只需去野外就可以了。"

"立刻出发。"

"对，立刻出发！难道今天夜里，我不应该在歇洛克·福尔摩斯抵达之前，把你的城堡偷个精光吗？"

"的确，你所剩的时间不多了。需要我带你去吗？"

"去迪耶普？"

"去迪耶普。我恰好去那儿接昂德罗夫妇和一位小姐过来。他们的火车在夜里十二点到。"

德瓦纳然后转向军官们说：

"各位军官先生，明天都在这儿用午餐，如何？你们的部队既然要把这座城堡围个水泄不通，并于十一点钟发起攻击，我就拜托各位啦。"

大家接受了邀请，然后各自离去。很快，一辆金星20—30型汽车也驶出了城堡，开上了通往迪耶普的公路。车上载着德瓦纳和韦尔蒙，画家在游乐场门口下了车，德瓦纳则去了火车站。十二点时，他的朋友们准点下了火车，半个小时后，汽车驶进了蒂贝尔梅斯尼尔的大门。一点钟，德瓦纳先生陪着客人简单吃过夜宵后，都各自回房休息了。城堡内的灯光都逐渐地熄灭了。此时的城堡，一片宁静。皎洁的月光透过两扇窗户射进了客厅。但是时间很短，片刻间，顽皮的月亮就跳进了那排小山后面。又是一片漆黑，万籁俱寂。此时，只有家具发出轻微的咝咝干裂声，还有古老围墙外护城壕中芦苇的飒飒声，会偶尔打破这种静寂。

墙上的时钟嘀嗒嘀嗒地履行着它的义务。刚刚响过两点钟。接着，在这静寂的夜里又响起了单调而有节奏的嘀嗒声。接着又敲响三点钟。

突然，发出了一声"咔嗒"的声响，仿佛经过火车时圆盘信号发出的打开又合闭的声音。一束细细的光亮斜穿过客厅，好似一支拖着尖尾巴的箭。是从客厅的一根壁柱的中央凹槽射出的，而搭在壁柱右侧的恰恰是书架的三角楣。起先时，那光亮从对面的一块护墙板上射过来，形成光环后，然后就到处扫射，犹如黑暗中一只不安的眼睛在窥测。很快，光束消失了，紧接着又射出来。与此同时，一个宽大的拱形洞口从书架的那部分转动着，露了出来。

一个男人悄悄地走进来，手中握着一个手电筒。紧接着第二个、第三个……他们带进来一捆绳子和各种工具。第一个进来的男人仔细观察了大厅一会儿，又听了听动静，说：

"通知所有人都进来。"

有八个小伙子从地道中又钻了出来，个个身强体壮、威猛有力。所有人都参加到了这次大搬家活动中。他们动作又快又麻利。亚森·罗宾参照尺寸大小，或者价值多少，来逐件检查家具，他来决定留下还是命令人们搬走。东西一件件地被搬走了，在地道的那张大口中消失了，送到了地下的五脏六腑。这伙人搬走了六把路易十五式座椅，六把扶手椅，一幅纳蒂埃的作品，两幅弗拉戈纳尔的画，一尊乌东的半身雕像，几块奥比松挂毯和古蒂埃尔亲手制作的多枝烛台，还有一些小雕像。亚森·罗宾有时会对一个做工精美的柜子或者一幅绝妙的油画赞叹不已，之后又会惋惜地叹道："这东西太重啦，太大啦……真是太可惜了!"然后又去鉴定别的。遵照亚森·罗宾的指示，四十分钟后客厅就"被清理干净了"。这一切做得井井有条，没有搞出一点声响，仿佛搬出去的东西都被裹了厚厚的棉絮一样。最后离开的那个人，怀里抱着一架挂钟，那上面有布尔的签名。亚森·罗宾对他说：

"别回来啦。卡车装满后，让兄弟们就直接去罗克福尔仓库，懂吗?"

"老板，那你怎么办?"

"把摩托车给我留下就行了。"

那人离开了。

亚森·罗宾把书架活动的部分推回原处，然后又清除干净搬家具时留下的痕迹。把脚印擦掉后，掀开门帘，走进了长廊，这个长廊连接着塔楼和城堡。有一个玻璃橱柜位于长廊的中段，他到城堡侦察，目的就是为了这个橱柜。

橱柜内收藏着很多奇珍异宝，有无与伦比的钟表、戒指、念珠、鼻烟壶以及做工精美的工艺品。锁被他用钳子毫不费力地撬开了，亚森·罗宾抓起那些珍宝后，有一种难以言表的愉悦感。

他带来了一个专门装这些宝贝的大布袋，他抓起袋子，斜背到肩上。大布袋被装得满满的，他又把浑身上下，里里外外的口袋都装得满满当当的。亚森·罗宾又看到了一叠珍珠发网，这是为祖先喜爱、当代人所追捧的宝贝，他一把抓了起来。

忽然，他的耳边传来一声轻响。

他侧耳一听，不错，的确有声音。他突然记起来：在客厅的走廊尽头，有一套房间从一道内梯一直通到这儿。这套房间以前没有人住，今晚，与昂德罗夫妇一起来的那位小姐住到了这儿。

亚森·罗宾连忙把手电筒关上了，熄灭了电光。他刚走到一个窗洞，楼梯上方的一扇门就打开了。走廊霎时被一线微光照亮了。

半躲在窗帘后的亚森·罗宾，看不到任何东西。但他感觉到——来人轻轻地走下楼梯，但只走了几步就停下来。亚森·罗宾希望那人别向前走了，快点回房去。可是，那人不但下来了，而且在走廊中走了好几步。忽然，那人发出了一声叫声，可能是看到了已被撬坏的橱柜，里面四分之三的东西都没了。亚森·罗宾闻到了淡淡香水的气味，他知道这是一个女人。她的衣服几乎碰到了他用以遮身的窗帘。亚森·罗宾似乎感到自己听到了这个女人的心跳声。同时，她也觉察到在暗处，在她伸手可及的背后，隐藏着一个人……

"她一害怕就会走开的……她没理由不走。"

亚森·罗宾寻思着，但是结果却大大出乎他的预料。这个女人没有动，她手中的蜡烛也不颤抖了。她迟疑了片刻，然后回过身子，仿佛在倾听这不寒而栗的寂静中的动静。忽然，她撩起了窗帘。

他们四目相视。

亚森·罗宾变得吃惊而又慌乱，低声地说道：

"是你……怎么会是你……内莉小姐！"

没错！的确是内莉小姐。是那次令人难以忘怀的航程中的旅伴，在横渡大西洋客轮上令他做过美梦的那位小姐，她亲眼看见了他的束手就擒，不但没有出卖他，还把他藏有窃来的珠宝钞票的柯达相机十分机警地扔到海里……是温柔的内莉小姐！他只要一想到她，一想到这个笑吟吟的可爱人儿，就感觉狱中那漫长难熬的日子，不那么难挨了！但有时想起她，又让他感到很忧伤！这次的相遇——夜半更深在这座城堡的相遇，竟又是如此捉弄人！两个人都惊得目瞪口呆，谁也说不出话来，仿佛都被这令人难以置信的巧遇惊呆了。内莉小姐的身体晃了几晃，她的情绪非常激动，她只得坐了下来。但亚森·罗宾仍站在她对面。

几秒钟，却是如此漫长！渐渐恢复意识的亚森·罗宾，感到自己的形象就像个小丑：胳膊中夹着各式小玩意，衣袋都被装得鼓鼓的，还背着个塞得满满的几乎快要爆裂的大布袋。站在那儿的他，感到极不自在，他满脸通红，和行窃时被人当场活捉一样。在她眼中，不管以后发生什么，他都是贼，都是一个窃贼！是把手伸到别人口袋的扒手！是溜门撬锁入室盗窃的强盗！忽然，落到地毯上一只表，接着又是一只……他夹着的其他东西也纷纷落了下来。他猛地打定主意，让一部分物品掉到扶手椅上，口袋和布袋里的所有东西他也都掏了出来。

之后，他才感到站在内莉小姐面前稍微自在了些。他走上前，想和她说句话。但她却向后退去，然后忽地站起来，向着客厅惊恐地跑去。门帘在她身后合上了。他跟进去。只见她站在那里不停地抖着，两只眼睛恐惧地凝视着空落落的大厅。

他立刻对她说：

"明天，下午三点，我保证物归原处……会把家具送回……"她不答话。

他重复说：

"我保证，明天，下午三点……一言既出，驷马难追……明天下午三点……"

接下来，双方长时间地沉默着。亚森·罗宾不敢再打破沉默，看到内莉小姐那愤怒的表情，他非常难过。他没再说一句话，悄悄地走了出来。

他想：让她走吧！……让她觉得可以自由地走开！……让她不再怕我！……

但她突然一颤，结结巴巴地说：

"你听……是脚步声……我听到有人走路的声音……"

他十分诧异地盯着她。她惶恐不安，仿佛危险就在眼前。

"我什么也听不到，"他说，"不过，还是……"

"什么！必须逃跑……快逃……"

"逃跑……为什么？"

"你只能这样……只能这样……啊！别呆着了……"

一口气她跑到了走廊，凝神听着。噢，没人。声音可能从外面传来的？……她又听了听，放下心来，于是又走了回去。

亚森·罗宾早已不见了。

德瓦纳发现城堡遭劫，立刻就想到："韦尔蒙就是亚森·罗宾，一定是他干的。"只能这样解释，否则根本解释不通。不过，他脑海里这个观点也只是一闪而过。因为韦尔蒙不可能不是韦尔蒙，他不可能不是那个著名画家，因为他是表兄埃斯特旺的圈内好友。警察队长接到报案后即刻赶了过来，德瓦纳没有把自己这个荒谬的想法告诉他。

在德瓦纳的城堡内，一上午人来人往，川流不息。花园、走廊里拥满了人：乡村警卫队、警察、迪耶普的警察局局长、看热闹的村民，在城堡的四周还有很多人议论纷纷。那些军官带领的部队也已经到了。他们演练着，到处是噼噼啪啪的枪声，更给这热闹的场面增添了几分紧张气息。调查的结果是没找到任何痕迹。门窗没有破损，毋庸置疑的是，家具肯定是从暗道运出去的。但是，在地毯上也没有找到任何遗留的脚印，墙上也没任何异常的印记。只有一件事出乎了人们的意料，也充分证明了是亚森·罗宾所为：那本著名的《蒂贝尔梅斯尼尔编年史》又被放回原处。国立图书馆丢失的那本相同的书，也在旁边放着。十一点钟，军官们集合完毕。虽然丢失了很多艺术珍宝，他多少有些懊恼，但德瓦纳还是十分高兴地欢迎了军官们的光临。毕竟他家财万贯，不会被这点损失影响了情绪。昨晚到来的昂德罗夫妇和内莉小姐也下楼来了。

宾客互相打过招呼后，发现还有一位客人没到：奥拉斯·韦尔蒙。他难道不会来了吗？

因韦尔蒙的缺席，乔治·德瓦纳的疑心又被重新唤了起来。但到十二点整，奥拉斯·韦尔蒙却走了进来。

德瓦纳高声说道：

"你来啦！来得可真早哇！"

"我迟到了？"

"没有。但是，你忙乎了一夜，是有理由迟来的……你应该早了解消息了吧？"

"什么消息？"

"你最终还是洗劫了我的城堡。"

"你怎么这样说呀！"

"你先挽着安德道恩小姐入席……接下来，我再来告诉你。小姐，请允许我……"

德瓦纳见内莉小姐神色惊慌，忙打住话题。很快，他突然记起来，说道：

132

"对了，小姐，你与亚森·罗宾乘船一起旅行过……就在他被捕之前……你感觉韦尔蒙先生和亚森·罗宾长得有些相像吧，一定为此大吃一惊，是吗?"

她没有回答。韦尔蒙微笑着走到她面前，鞠躬敬礼。她挽起了他的手臂。他先把她领到座位上，然后在她对面坐了下来。席上大家谈论着亚森·罗宾，还有他盗走的家具、地道和歇洛克·福尔摩斯。只是到最后，大家谈论别的话题时，韦尔蒙才参与了讨论。他有时打趣逗乐，有时又十分严肃，一时雄辩滔滔，一时又妙语连珠。他所做的一切，似乎都想引起内莉小姐的注意。但她只是凝神思考，对他所做的一切并不理会。

大家到平台上喝咖啡。平台在城堡正面，俯临前院和法国式花园。草坪中央，军队的乐队开始演奏，花园小径上，行走着一群群农民和士兵。

然而内莉小姐并未忘记亚森·罗宾的许诺："我保证……下午三点，物归原处。"

三点钟! 此时，挂在城堡右翼的大钟，指针已经指到两点四十分。她总是时不时地看一眼钟，再看一眼韦尔蒙，只见坐到一把摇椅上的韦尔蒙，若无其事地舒适地摇着。两点五十分……两点五十五分……随着时间的临近，内莉小姐变得越来越焦虑不安起来。城堡中，院子内，田野上，到处都是人；还有正在进行调查此事的共和国检察官和预审法官。在这种情形之下，他能否送回原物，并且分秒不差，会出现这种奇迹吗?

然而……然而昨夜亚森·罗宾本人对她的许诺是那么郑重! 一直以来，他在她心中的形象：雷厉风行、办事果断，精力充沛，敢做敢当，而又信心十足。她想，他一定能做到。一切对于他来说，不是奇迹，都只是自然而然发生的事情。内莉小姐回头的刹那间，他们的目光相遇了。她忽然感到自己的脸在发烧，她忙把头转了回去。

三点钟……一声，二声，三声。奥拉斯·韦尔蒙听到钟响后，抽出了怀表看了看，然后把表又放回了口袋。几秒钟之后，只见围在草坪上的群众向四周散开，他们让出了一条道，两辆马车分别由两匹马拉着，车上坐着司务长，从花园的栅栏门驶了进来。这是辆载运军官箱子和士兵物品的军车，到达台阶前车子停了下来。司务长从座位上跳下来，他问道：

"请问，哪位是德瓦纳先生？"

德瓦纳从台阶上跑了下来。他透过篷布下看到了昨晚自己失窃的家具、油画和各类艺术品，都被摆放得整整齐齐，被严严实实地包着。

司务长出示了他的证件，并回答说是值日军官给他下达的命令。这名值日军官是今天早晨从上级那儿得到的命令。根据命令：四营二连负责把放置在阿尔克森林阿勒十字路口的动产，准时于下午三点送到蒂贝尔梅斯尼尔城堡，交给主人乔治·德瓦纳先生。命令上的签名是：博韦尔上校。

司务长接着说：

"在十字路口，东西早已准备好，在草地上摆放着，一些过路人在那儿看守着。我对此感到很奇怪，但命令是毋庸置疑的。"

一个军官走上前，仔细查看了命令上的签字：字体虽然很像博韦尔上校的签名，但却是假冒的。乐队的演奏停止了，在一片忙乱声中，东西从货车上搬了下来。内莉小姐一个人留在平台上。她显得思绪纷乱，整个人看上去心事重重，但并没有表达的欲望。突然，她瞥见韦尔蒙向她走过来，她十分恐慌，想避开他，但两侧的路被平台上的栏杆拐角全挡住了，一排巨大的花盆横在前面，里面种有夹竹桃、橙树和竹子，她能走的只有一条路，就是这位年轻人正迎上来的路。她站在那里没有动。一株竹子的嫩叶在空中摇曳着。太阳射过来的一缕阳光在她的金发上来回波动着。

他走上前，低声说道：

"我没有食言，我履行了昨夜对你的承诺。"

在她身边，只有亚森·罗宾一个人。

他犹豫不决，缺乏自信地又说一遍：

"我没有食言，我履行了昨夜对你的承诺。"

他期待着……希望能听到她说一句感谢话，或者一个动作、一个眼神，来表明她欣赏他这一行动。但她始终沉默不语。这种蔑视激起了亚森·罗宾的愤怒。他深深地感到，自己和内莉小姐之间有一条无法逾越的鸿沟。当她知道真相后，更是如此。他本想替自己辩解，请求她的原谅，表明自己是一个光明磊落的男子汉。但现在他什么也不想说也不想做了，解释半天有用吗？想证明什么，自己的清白无辜，太可笑，太荒谬了！他充满惆怅，往昔的很多记忆也涌上心头，他怅然说道：

"往事如烟！那是很久以前的事了，似乎隔了一个世纪。不知你是否还记得在'普罗旺斯'号的甲板上度过的那漫长的时光？啊，是啊，和今天一样，你的手中也拿着一朵玫瑰，同这朵一模一样，发着淡淡的清香……我向你要……你可能没听到……然而，当你离开后，我捡起了它……你一定忘了……但我现在仍保存着……"

她依然没有回答，仿佛离他非常远。他继续说道：

"想想那些美丽的日子，请你忘记现在你所知道的事情吧。但愿过去和现在紧紧相连！但愿我仍是昔日的我，而不是昨夜你看到的我，请你看着我，哪怕仅仅一秒钟，像过去那样看着我……我求求你……我难道已不是从前的我了吗？"

她如他所希望的，抬起头看了看他。然后，她一句话也不说，用手指轻轻指了指他食指上戴着的戒指。那只戒指指环朝外，宝石托朝内，上面镶着一大颗红宝石。这只戒指是昨夜的战利品——是乔治·德瓦纳的。亚森·罗宾脸一红。他尴尬地说道：

"你是对的。以前怎么样，将来还会怎么样。亚森·罗宾就是亚森·罗宾，他也只能是亚森·罗宾。他和你之间，是不会有什么回忆的，更不可能有什么交集……请原谅……我早就该明白，即使我在你身边站一下对你也是一种侮辱……"

他拿着帽子，顺着栏杆走开了。内莉在他前面走着。他想上前拉住她的手，恳求她原谅，但他没有勇气，只能眼睁睁地看着她消失在自己的视线中，就像在"普罗旺斯"号的那天一样，只能眼睁睁地目送她离开。她走上了通向大门的台阶，苗条的身影衬映在前厅的大理石上。不一会儿，就不见了。

太阳恰巧被一团飘过的云絮遮住了。亚森·罗宾怔怔地望着沙地上留下的小小足印。突然，他身子一颤，像触到了电一般：在一把竹椅上，那是内莉小姐刚刚倚靠过的，有一朵玫瑰花放在上面，就是那朵他不敢要的发着淡淡清香的玫瑰……或许是她遗忘的？但究竟是她有心还是无意的呢？他急忙握到手上。花瓣纷纷落下，他像收藏珍贵的纪念物那样，一瓣一瓣地捡了起来。

"算了吧，"他自语道，"在这儿我已无事可做了，也没有留下的必要了。尤其是，等到歇洛克·福尔摩斯来了，事情就不妙了。"

花园里空无一人。但在大门边的小楼周围，有一队警察在那儿守着。他钻进矮林，越过围墙，想抄近路前往火车站，于是穿越田野中的一条蜿蜒小道。走了不到十分钟，路变得越来越窄了，只剩下两边陡坡之间的一条夹缝。

当他走进峡谷时，看到有个人迎面走来。那是个五十岁上下的男人，身体非常健壮，脸上干干净净，右手握着一根沉甸甸的拐杖，肩上还挎着个小包。看他的衣着和外表，应该是个外国人。他们擦身而过，那人用很难觉察的英国腔说道：

"先生，请问……这是通往城堡的路吗？"

"先生，一直向前走，到墙角然后往左拐。人们都焦急地等着你呢！"

"啊！"

"是啊，我的朋友德瓦纳先生昨晚就向我们公布了你要到的消息。"

"这个该倒霉的德瓦纳先生，他的话太多啦。"

"能向你第一个致意，我真是太高兴了。在歇洛克·福尔摩斯众多的崇拜者中，很难找到一个比我更虔诚的了。"

他的声音中包含有一丝难以觉察的讽刺意味。话音刚落，他就后悔了，因为歇洛克·福尔摩斯把他从头到脚仔细打量了一番，目光犀利而且有神。亚森·罗宾感到自己被他的目光抓住了，封闭了，记录在案了，从来没有一架照相机如此准确如此真切地照过他。

"快门已经摁下了，"他想道，"再也没必要和这老头子装了。只是……他是否认出我了？"

他们相互致意。此时，从远处传来了嘚嘚的马蹄声。一队警察过来了。两人不得不退到了茂密的草丛中，他们紧贴着斜坡，以免被撞着。警察从他们旁边走过去，彼此之间隔得很远，队伍拉得很长。亚森·罗宾想：最重要的是，现在他是否认出我了呢？如果我被他认出来，他还有机会把我拦住。这事真令人忐忑不安。

最后一个警察走过去后，歇洛克·福尔摩斯直起身子，他的衣服沾满尘土，他默默无语地拍打着。一枝荆棘绊住了他挎包的皮带。亚森·罗宾连忙走过去帮他解开。他们又互相打量了片刻。如果这时有人撞见他们，见到的场面多么激动人心啊！因为这是两个本领高强，身带武器，身怀绝技并且命中注定要一决雌雄的人的初次相逢。他们正如两股势均力敌的力量，势必要成为对手的。

接着英国人说：

"先生，非常谢谢你。"

"十分乐意为你效劳。"亚森·罗宾答道。

他们分手了。亚森·罗宾去了火车站，歇洛克·福尔摩斯向着城堡走去。预审法官和检察官的调查没有任何结果，都先后离开了。大家怀着强烈的好奇心等待着歇洛克·福尔摩斯先生的到来，他们都想一睹这位闻名遐迩的大侦探的风采。当他们见了这位老实市民模样的老头时，都不免有些失望。因为，他与人们想象的相差太远了。小说中的主人公，歇洛克·福尔摩斯的大名和他们想象的那位精明诡黠、高深莫测的人物与眼前的这位先生，没有一点共同之处。

然而，德瓦纳仍充满感情地大声欢迎道：

"大师，你终于到了！多么值得庆贺的事呀！我很早就希望……我几乎都要庆幸发生了这种事，因为它让我有机会与你相识。不过我要顺便问一下，你怎么来的？"

"坐火车。"

"太遗憾了！因为我已经派汽车到月台接你了。"

"是不是还要举行一个正式的欢迎仪式？此外，还击鼓奏乐？真是太有利于开展我的工作了。"英国人低声抱怨道。

这种冷漠的语气令德瓦纳很难堪，他连忙打趣，说道：

"还好，现在活儿比我信上写得要容易多了。"

"为什么？"

"因为昨夜已发生了盗窃。"

"先生，如果你没有当众宣布我的来访，昨夜或许根本不会发生盗窃案。"

"那么会在什么时间呢？"

"明天，或以后某一天。"

"那能怎么样?"

"那样会逮住亚森·罗宾。"

"我的家具呢?"

"肯定不会被偷走。"

"我的家具在这儿。"

"在这儿?"

"下午三点钟送回来的。"

"是亚森·罗宾送回来的?"

"是用两辆军车送回来的。"

歇洛克·福尔摩斯狠狠地扯了扯挎包,又把戴在头上的帽子用力地戴了戴。

德瓦纳大声问:

"你想干吗?"

"我要回去。"

"为什么?"

"你的家具在这儿,亚森·罗宾又走远了。我的任务已经结束了。"

"但亲爱的先生,我还需要你的帮忙。昨天发生的事,明天还会发生。因为最重要问题的谜底依然没有揭开:亚森·罗宾是如何进来的,又是如何出去的? 为何几小时后,他又把赃物归还给我?"

"啊! 你不知道……"

听到还有没有解开的秘密,歇洛克·福尔摩斯的气消了些,说:

"好吧,我试试看。但是要快,不是吗? 同时尽可能不让外人参加。"

德瓦纳十分清楚,这句话显然是指在座的人。他把英国人带入客厅。福尔摩斯语气干脆,好像事先经过计算,他用字极为俭省地就昨夜的晚会、宾客、城堡的常客等,提了一些问题。接着,他检查了两本编年史,把两幅地道图做了对照,又了解了热利教士所讲到的引语,随后他问道:

"昨天是你第一次讲起这两条引语吗?"

"是的。"

"之前是否向奥拉斯·韦尔蒙先生透露过?"

"没有。"

"好。请你帮我安排汽车，我一小时后离开。"

"一小时后？"

"对，亚森·罗宾在解决你向他提出的问题时，不也没用更长的时间吗？"

"什么！我向他提出……"

"唉！是的，亚森·罗宾就是韦尔蒙。"

"我当时有些怀疑……啊！混蛋！"

"昨晚十点钟，亚森·罗宾从你这儿获得了他所缺少的关键细节。几个星期以来，他一直寻找着这个秘密。昨晚你向他提供了一切，他很快就搞明白了，于是叫来同伙，把你的城堡洗劫一空。我断言我也能如此快地探明秘密。"

他在房间里来回踱着步，大脑飞速运转着，他坐了下来，跷起长腿，紧闭双眼冥思着。德瓦纳十分困惑地站在一旁。

"他到底是睡着了，还是在思考问题？"

其间，他出去吩咐了一番。当他回到客厅时，看到福尔摩斯在长廊的楼梯下跪着，聚精会神地查看着地毯。

"你在看什么？"

"瞧……那里……有烛泪……"

"确实……新落下的……"

"在楼梯上面也能看到烛泪，玻璃橱柜附近更多。亚森·罗宾曾撬开橱柜，拿出那些小玩意，放到了这把扶手椅上。"

"那你能得出什么结论？"

"不能。所有这些事实无疑可以说明他为何要送回那些东西。但是，关于这个问题我没有更多的时间去搞清楚。现在最关键的是地道在什么位置。"

"你总是希望……"

"我不是希望，而是知道了。距离城堡二三百米远，是有一个小教堂吗？"

"是一个小教堂的废墟，那里有罗隆公爵的墓。"

"请通知你的司机，去小教堂附近等我们。"

"我的司机还没有回来……回来了会报告我的……但是，你为何认为地道一直通到小教堂？你根据什么判断的……"

歇洛克·福尔摩斯打断他的话说：

"先生，请给我提供一架梯子和一个手电筒。"

"啊！你需要手电筒和梯子？"

"当然，既然我向你提这个要求了。"

德瓦纳显得有点狼狈，他按了铃，两件东西送来了。福尔摩斯像指挥军队一样发出一个又一个明确而严格的命令：

"把梯子靠到书架上，放到蒂贝尔梅斯尼尔这个词的左边……"

德瓦纳把梯子竖起来。英国人又说：

"再往左……往右……停！你爬上去……好……是否这个词的字母都是凸起的？"

"是的。"

"我们先来看看字母 H。能向哪个方向转动吗？"

德瓦纳抓住字母 H，惊叫道：

"是的，能转动！向右，能转四分之一圈！是谁告诉你的？"

歇洛克·福尔摩斯没有吱声，又说道：

"字母 R 够得着吗？是的……把它推进去再抽出来，就像推和抽门闩那样。"

德瓦纳推动字母 R。他大吃一惊：听到里面什么东西发动起来了。

"很好，"歇洛克·福尔摩斯道，"现在，只需把梯子搬到另一头就可以了，就位于蒂贝尔梅斯尼尔这个词的右边……好……现在，如果我没有搞错，步骤都对的话，字母 L 会像个小窗那样打开的。"

德瓦纳郑重地抓住字母 L，果然打开了。但德瓦纳却从梯子上滚落下来，因为从第一个字母到最后一个字母的那部分书架转动起来，地道口露了出来。

歇洛克·福尔摩斯冷静地问：

"你没受伤吧？"

"没有，没有，"德瓦纳爬起来说，"没有伤着，不过被吓了一跳……字母动起来了……地道口张开了……"

"还有什么？絮利的话不是恰好被验证了吗？"

"先生，什么地方验证了？"

"嗨！H指'斧头'，R指'空气'，L指'翅膀'。H盘旋，R颤动，L张开……亨利四世正是这样，才能在一个不寻常的时刻与德·唐卡维尔小姐幽会的。"

"那么路易十六呢？"德瓦纳吃惊地问道。

"路易十六精通铁制品，他也是灵巧的锁匠。据说《论密码锁》就是这位国王的大作，我读过那篇文章。蒂贝尔梅斯尼尔想做他的忠臣，于是向主子展示了这一杰出的机械装置。国王为了好记，就写下了：二一六一十二。也就是说，H、R、L分别在词中位于第二，第六，第十二个字母。"

"啊！很好，我开始明白了……只是，这个……我明白亚森·罗宾是怎样出去的，我现在仍然搞不清楚他是如何钻进来的。你应该注意到了，他是通过外面进来的。"

歇洛克·福尔摩斯摁亮手电筒，在地道里走了几步，说：

"喏，全部机关都装在这里，好像钟的发条，可以从这背面找到所有字母。亚森·罗宾只需在这一边操纵机关，就可以了。"

"你有证据吗？"

"证据？你看看这摊油。亚森·罗宾甚至想到了，这些齿轮需要上油来润滑的。"歇洛克·福尔摩斯十分钦佩地说道。

"那么说，他一定知道另一个出口在哪儿？"

"我也知道，请跟我来。"

"走地道？"

"你怕吗？"

"不，但在地道里，你有把握能找到吗？"

"我闭着眼睛也能找到。"

他们先下了十二级台阶，又下了十二级，接着又下了两个十二级。随后，在他们面前是一条长长的走道，他们走了过去，两壁的砖墙有被修复的痕迹。有很多处地方渗出了水，地面十分潮湿。

"我们是走在水塘下面。"德瓦纳指出，显然很不放心。

位于走道的尽头又是十二级台阶，上面还有三段十二级台阶。他们吃力地向上爬，爬进了一个在岩石上开凿的小洞中。已经到了地道的尽头。

"见鬼,"歇洛克·福尔摩斯说道,"这里什么也没有,除了些光秃秃的墙壁。这真叫人为难。"

"我们回去吧,"德瓦纳低声说,"我认为没必要再进一步研究了。我已经清楚了。"

歇洛克·福尔摩斯抬起了头,长长地舒了一口气。他们头顶上装着与入口一样的机关,只需把三个字母转动一下就可以了。一块花岗石转动了。原来,此处就是罗隆公爵的墓碑,上面雕刻着蒂贝尔梅斯尼尔几个字。现在,他们正处于英国人所说的小教堂的废墟上。

"一直向上帝走去,就是说一直向小教堂走去。"他说,"这是引语的最后一句。"

"这真是难以相信!"德瓦纳被歇洛克·福尔摩斯的聪敏与机智所折服,不禁叫道,"你就是凭这个简略的指示,找到地道出口的?"

"嗨!"英国人说,"甚至连这点也不用。在国立图书馆的那本书上,位于地道左边的终点是个小圆圈,这点你是知道的;但右边的东西,你一定不知道。那是一个小十字架,模糊不清了,只有经过仔细地辨认才能看出来。很明显,小十字架就是指这所小教堂。"

可怜的德瓦纳简直不敢相信自己的耳朵。

"这个多年来无法解开的秘密,居然如此简单!为什么我们就猜不出谜底呢?"

"因为你们没把这三四个必不可少的因素串联起来,综合考虑,换句话说就是没把两本书和引语……除了亚森·罗宾和我,没有任何人这样做。"

"但我,"德瓦纳反驳说,"还有热利教士……我们了解的情况并不比你们少,只是……"

福尔摩斯笑道:

"德瓦纳先生,并不是人人都能揭开谜底的。"

"但我用了十年的时间,而你仅用了十分钟……"

"哦!我是猜惯了……"

他们出了教堂,英国人叫道:

"看,有辆汽车在那儿等着!"

"那是我的车子！"

"你的车子？你的司机不是还没回来吗？"

"确实……我想……"

他们走到车前，德瓦纳问司机：

"爱德华，谁吩咐你来的？"

"韦尔蒙先生让我来的。"司机回答说。

"韦尔蒙先生？你见到他啦？"

"对，在火车站附近，他告诉我你在小教堂这儿。"

"他怎么知道的？"

"他说让我等先生……还有先生的朋友……"

德瓦纳和歇洛克·福尔摩斯相互看了对方一眼。德瓦纳说：

"他知道，对你来讲，解开这个谜只是个小游戏。他这是巧妙地向你表示敬意。"

此刻，大侦探的嘴唇上轻轻掠过一丝笑容。亚森·罗宾的这种敬意让他感到很愉快。他点头说道：

"他是个优秀的男人。在路上，我一见到他就有这样的看法。"

"你见过他啦？"

"刚才我们迎面碰上的。"

"那你刚才知道他是奥拉斯·韦尔蒙，我指的是亚森·罗宾，是吗？"

"不知道，但很快我就猜到了……他言语之中带有嘲弄的语气。"

"你让他跑了？"

"是啊……当时形势对我很有利……正好有五个骑警经过那儿。"

"妈的！多好的机会啊……"

"正是如此，先生。"英国人高傲地说，"但是遇到亚森·罗宾这样的对手，我歇洛克·福尔摩斯是绝不会利用现成的机会的……我要自己创造机会……"

时间不等人，亚森·罗宾既然充满善意地叫来汽车，就应该立刻加以利用。德瓦纳和歇洛克·福尔摩斯两位先生，很快就坐进了舒适的轿车中。发动机发动了起来，车子在路上飞奔着。田野和树丛都向后急速退去，展现在他们面前的是科城地区起伏的丘陵。突然，放在一个空口袋里的小包吸引了德瓦纳的目光。

"嗨，那是什么？我指的是那个小包！给谁的？"

"哦，是给你的，先生。"爱德华对着歇洛克·福尔摩斯说道。

"给我的？"

"对，你看，上面写着歇洛克·福尔摩斯先生收，亚森·罗宾托。"

大侦探拿起小包，解开绑在上面的绳子，拆开上面的两层纸，里面是一块表。"呀！"他惊叫道，做了一个愤怒的手势。

"一块表。"德瓦纳问道，"难道是偶然……"

英国人没有说话。

"怎么？这是你的表啊！亚森·罗宾把你的表归还给你！但他把表还给你，表明是他拿走了你的表……他拿走了这块表呀！啊！表完好无损，歇洛克·福尔摩斯的表！上帝啊，多么有趣而又刺激啊！不，真的……对不起……他可比我强多了。"

德瓦纳笑够之后，佩服地说道：

"的确！他是个优秀的人，是条好汉。"

英国人没再发牢骚。一直到达迪耶普，他都没再吭声，两只眼睛死盯着移动的地平线。他的沉默非常可怕，无法估测，比最狂暴的怒气要猛烈得多。到达月台后，他没有了怒气，只是简单地说了几句话，但他的语调却让人感到他坚定的意志和强大的力量。他说：

"的确，他是条好汉。德瓦纳先生，总有一天，我会把这只伸向你的手放到他的肩上，我一定会抓住他的。到时，亚森·罗宾和歇洛克·福尔摩斯会……是的，世界太小了，我们会再相遇的……到了明天……我一定会……"

亚森·罗宾智斗福尔摩斯

一、23 组 514 号

热尔布瓦先生是位数学老师，他在凡尔赛中学任教。他看上了一张小书桌，桃花心木的。是去年十二月十八日，在一个旧货摊上发现的。在这个小书桌上，有好几个抽屉，热尔布瓦十分喜欢。他想：我把它买下来，作为苏珊娜的生日礼物送给她！尽管他的收入微薄，但热尔布瓦先生又想让女儿高兴，于是讨了半天价，最后以六十五法郎的价格买了下来。正当他写地址让人送货上门时，一个穿着不俗、举止优雅的年轻男人左顾右盼地走过来，也看到了这张书桌。他上前问道：

"请问，多少钱？"

"已经卖了。"

"哦！……应该是这位先生买了吧？"

热尔布瓦先生点了点头。看到别人也很欣赏这张书桌，他非常高兴，之后就走了。可是，他刚走几步，那个年轻人又追了上来。年轻人摘下帽子，非常礼貌地说：

"先生，很抱歉……我能冒昧地问一句……你是专门来买这张书桌的吗？"

"不是的。我来的主要目的是找架旧天平，用来做物理实验用的。"

"那就是说，你并不是必须要这张书桌？"

"但是，我也很想要。"

"是因为它是古董吗？"

"因为它很实用。"

"既然这样，你是否愿意换一张同样方便，而且更结实的书桌呢？"

"我买的这个就很结实，我想没必要换的。"

"但是……"

热尔布瓦先生是个性格孤僻、非常情绪化的人。他冷冷地说道："先生，你不要再说了！"但年轻人还是不走。

"先生，我不知道你花了多少钱……但我可以付给你双倍价钱。"

"不卖！"

"三倍？"

"哎呀！你别烦我了。"热尔布瓦先生恼怒地叫嚷起来，"这东西属于我，我绝不会卖给你的！"

年轻人看了他一眼，然后，没再说话，转身离开了。这在热尔布瓦先生的脑海中留下了极深的印象。

一小时后，书桌送来了。热尔布瓦先生招呼女儿：

"苏珊娜！这是爸爸送给你的，你喜欢吗？"

苏珊娜是个性格外向、开朗，活泼的漂亮女孩。她扑上来，抱着热尔布瓦先生的脖子，高兴地吻着，那股高兴劲儿，就好像她收到了一件王室的珍宝一样。

当天晚上，在保姆奥丹丝的帮助下，书桌被搬到了苏珊娜的卧房里。苏珊娜把抽屉擦干净，小心翼翼地把她的明信片、信匣、纸页、书信及有关菲利普表兄的几件小纪念品都放到里面。

第二天的早晨七点半，热尔布瓦先生照常去学校上课。十点钟，苏珊娜和平日一样，在学校的大门口等着父亲。每当女儿那灿烂的笑容和优雅的身姿出现在学校栅门对面的人行道上时，热尔布瓦先生都感到这是他做父亲最幸福的事。然后，父女俩一起回家。

"你认为那张书桌怎样？"

"太漂亮了！昨晚我和奥丹丝一起把铜件擦得锃亮，像金子那样闪闪发光！"

"你很满意？"

"岂止满意！我简直不敢想象从前没有它时，那些日子我是怎么过的！"

他们经过房前的小花园时，热尔布瓦先生说道：

"午饭之前，我们一起去看看那张书桌，好吗？"

"哦！行，这真是个不错的主意！"

苏珊娜跑上了楼，但当她到达卧室门口时，忽然惊叫了一声。

"怎么了？"热尔布瓦先生着急地问。

他也进了房间，看到书桌不翼而飞了。

让预审法官也摸不着头脑的是，作案方式非常简单。苏珊娜没在家，保姆奥丹丝去了市场买东西。邻居们看到——一个拿着营业牌的帮人搬东西的小伙子，把马车停到花园前，邻居们不知道家里没人，也就没产生任何怀疑。他按过两次门铃后，人们看见他不慌不忙地把书桌搬上了马车。

这里需要说明的一点：屋子里的座钟挂钟都没有损坏，所有柜橱也都完好无损，在大理石桌面上放着的苏珊娜的小钱包被放到了旁边的桌子上面，里面的金币分文不少。盗窃的动机很明确，但也更让人捉摸不透：这个不值钱的东西值得这个年轻人冒如此大的风险吗？热尔布瓦先生唯一能提供给警方的线索就是前一天的那个小插曲。

"那个年轻人听到我的回绝后，立马变了脸。他离开时的表情很有威胁性，这一点我印象非常深刻！"

但这个线索没有任何价值。警察又去询问了旧货商：他不认识热尔布瓦先生，更不认识那个小伙子；那个小书桌，他是在谢弗勒兹的一次遗物拍卖中花了四十法郎买来的。他觉得，卖价很公平。

调查没有任何进展。

但是，热尔布瓦先生却认为自己受了巨大损失。他觉得在某个抽屉的夹层中一定藏着一大笔财产，而那人掌握了这个秘密，因此他就悍然下手了。

"可怜的爸爸，我们要那笔财产有什么用呢？"苏珊娜这样问父亲。

"你不明白，假如我们有这笔钱，你就能有一笔嫁妆，这样你就能找个好婆家啦！"

苏珊娜只爱恋着表兄菲利普，可他是个平民百姓。所以，她听到父亲的话后，长长地叹了一口气。在凡尔赛这所小房子里，人们照常过着日子，只是以前的欢乐没有了，有的只是烦恼，是因失望和惋惜导致的闷闷不乐。

两个月稍纵即逝，但一桩桩严重事件却接踵而至，好事和坏事都意料不到地发生了。

二月一日下午五点半，回到家的热尔布瓦先生，坐到长椅上戴上眼镜，拿起了一份晚报，他开始读了起来。他对政治没兴趣，翻过第一版，一篇文章却引起了他的注意。只见报上赫然印着：

新闻协会第三次抽彩。

23 组 514 号中奖，奖金一百万法郎。

报纸从他指间悄然滑落。他感到自己的眼前四壁都在晃动。他的心脏停止了跳动：23 组 514 号，这是他购买的彩票号码！他是让朋友帮忙偶然才买的。他从没有想到过自己会如此走运，但这次，他的确是中了！

他慌忙把记事本掏了出来，衬页上清楚地写着 23 组 514 号。可是，他把彩票放到哪儿了？

他冲进了书房。他记得把彩票夹到了信封之间。对，就是在信匣中！可是，他刚刚迈进门的脚却停了下来，他的身子不由得晃了几下，他感到心一阵阵地发疼：桌上没有信匣！他突然想了起来，这几个星期来，他都没有见过信匣！因为，热尔布瓦先生每晚都要伏案给学生批改作业的，他一直都没有看见过。这时，从花园砾石的小路上传来了脚步声……

他喊道：

"苏珊娜！苏珊娜！快上来！"

苏珊娜闻讯赶了过来，匆匆忙忙地跑上楼。

他哽咽着，结结巴巴问道：

"苏珊娜……那个匣子……你看到那个信匣……"

"哪个匣子？"

"就是很久前的一个星期四我带回来的……上面画有卢浮宫图案的……我一直就放在这张桌子上的！"

"爸爸，你回想一下……我们把它放在……"

"什么时候？"

"就在那天晚上……你应该明白……就是你买回书桌的那一

晚上……"

"到底放哪儿了？快说呀……你快急死我了……"

"哪儿？……书桌抽屉里呀！"

"就在那张被偷走的书桌？"

"对呀……"

"在被偷的书桌里！"

他表情惶恐地又重复了一遍。突然，他抓起苏珊娜的手，压低了声音说道：

"女儿啊……信匣中放着咱们的一百万。"

"啊！爸爸，你在说什么，这怎么可能？"她天真地问道。

"一百万！"他说，"我中彩了，我中了新闻协会的彩票！"

这突然而至的灾难把他们压得喘不过气来。他们对视了很久，谁也不敢打破沉默。

最后，还是苏珊娜发了话：

"爸爸，这钱他们还是要付给你的。"

"怎么可能，为什么要这么说？"

"付钱要凭据的？"

"当然要！"

"你没有吗？"

"噢，对，我有。"

"在哪儿？"

"信匣里！"

"就在那丢失的信匣中？"

"对。这样会有另一个人去领那一百万了。"

"可恶。喂，父亲，你不能想办法阻止他吗？"

"阻止？怎么办呢？那人太厉害了，他本领大得很……你知道……书桌的事……"

他猛地站起身来，一跺脚，喊道：

"哼！休想！他休想拿走我的一百万！他拿不到的！他凭什么拿走？不管如何，不管他有多大本事也休想！如果他敢去领奖，他就等于是自投罗网。哼！走着瞧吧，伙计！"

"爸爸，你想到办法了？"

149

"为了咱们的权利，无论如何，我都要誓死保卫它！我们会成功的……一百万是我的，我一定要得到这一百万！"

几分钟后，他给巴黎发去一封电报，全文如下：

巴黎，卡布遣会修院街，地产信贷银行总裁先生：我是23组514号彩票的中奖者，请使用合法手段阻止一切冒领行为。

热尔布瓦

几乎是在同一时间，地产信贷银行还收悉了另一封电报：

23组514号彩票在我手中。

亚森·罗宾的一生是一部富有传奇色彩的冒险史。每当我要讲述其中的一个故事时，总感到非常困惑，因为我认为他最平常的冒险经历，读者也很了解。的确，我们的"国贼"——亚森·罗宾，这一雅号是大众给他起的。他的每一个举动都在报纸上报道过，他的每一次成功都被人们从各个角度研究过，他的每一次行动都被人们点评过，而且评述得如此仔细，通常只有英雄的壮举才被叙述得这样淋漓尽致。比如：《金发女郎》的离奇故事，有谁没有看过？还有用大字标题刊发、十分怪异的插曲：《23组514号》《昂利—马尔坦大道的杀人案》《蓝钻石》……英国闻名退迩的大侦探歇洛克·福尔摩斯的介入，因此而激起的千层浪。这两位大师的每一次交手，又是多么激动人心啊！或许，公众还没忘记，在报贩们齐声吆喝"亚森·罗宾被捕喽"时，街上的人们喧哗着、叫嚷着、议论着的场景！

我做的事情，就是给这些故事添枝加叶，把谜底展示给大家。在亚森·罗宾的传奇故事中总是带有阴影，我要把这些阴影消除掉。我把那些读过多次的文章复制，对过去的采访材料再重新抄写。我需要对它们进行归纳、整理、分类、核实。亚森·罗宾是我真诚的合作者。他对我热情无比，有求必应，就像很难描述的华生对他的知己和生死之交福尔摩斯一样。大家还记得这两份电报发表后，公众的哄然大笑吗？对公众来说，仅仅是亚森·罗宾的大名就意味着事情又一次出人意料，同时又意味着这肯定是一出既刺激又好看的戏，而他的观众则是全世界。

地产信贷银行立刻对此展开调查，查明这组彩票是由中间商——里昂信贷银行凡尔赛分行，卖给了炮兵少校贝西，但少校已经坠马身亡。从他的密友处获悉，他在死前不久由一个朋友接手了这组彩票。

热尔布瓦先生肯定地说道：

"贝西少校的朋友就是我。"

地产信贷银行总裁说：

"请你拿出证明来。"

"证明？这非常容易，我能找到二十个人来证明，少校生前曾和我多次往来，我们经常在阅兵场咖啡馆会面。恰巧就是在那家咖啡馆，他因为手头拮据，为了帮他的忙，我才花了二十法郎买下了这组彩票。"

"对这笔交易，你能提供证人吗？"

"不能。"

"既然如此，单凭你所说的这些，根本无法证明彩票就是你的！"

"在我们来往的书信中，有一封信提到了此事。"

"哪封信？"

"和彩票放在一起的那封。"

"请拿出来让我们看看！"

"都放在了被偷走的那张书桌里！"

"那就等找回来再说！"

关于这件事，亚森·罗宾也做了公布。《法兰西回声报》因此荣幸地成为他的正式喉舌。

亚森·罗宾似乎是该报的主要股东之一。与此同时，这家报纸也刊出了一份启事，声明亚森·罗宾的法律顾问德蒂南先生已经收到了贝西少校写给他本人的亲笔信。

那条爆炸性消息，听了令人如此开心，亚森·罗宾居然找了律师！他竟然遵守法律规则，指定一个法律界人士作为他的代言人！

新闻媒体全部拥进德蒂南先生的家。他是个十分有影响的激进派议员，为人刚正不阿，睿智多谋，性格也十分多疑，经常会有些反常的动作。非常遗憾的是，德蒂南先生从来没有见过亚森·罗宾本人，他本人对此也深感遗憾。但是，他的确接到了亚森·罗宾的指令。亚森·罗宾能够选上他，他感到非常荣幸，打算尽全力为当事人辩护。他打开新立的案卷，从里面拿出少校的信。信的内容确实证实有转让彩票的事，但没有提到受让者的名字。"亲爱的朋友……"信的开头只是这样简单地称呼。亚森·罗宾在少校的信上面，还加了个注释："'亲爱的朋友'指的就是我。因为我的手中握着最有力的证据。"

大群记者又立即拥到热尔布瓦先生家，热尔布瓦翻来覆去只有一句话：

"'亲爱的朋友'指的就是我。我的彩票和少校的信是被亚森·罗宾一起偷走的。"

"请他把证据拿出来！"亚森·罗宾在回答记者提问时，这样说道。

在同一群记者前，热尔布瓦先生大声叫嚷着：

"既然书桌被他偷走了，那信和彩票一定是在他手里啦！"

亚森·罗宾回击：

"也请他把证据拿出来！"

两个自称是 23 组 514 号彩票的所有者公开斗争，他们这场斗争是如此绘声绘色，热闹非凡。记者们一会儿拥到这边，一会儿又奔到那边。这边的亚森·罗宾冷静、沉着，不动声色；而那边的热尔布瓦先生却十分可怜，他暴跳如雷，被气得几乎要发疯。

报纸上通篇报道的都是不幸者的哀怨斥责。他用质朴感人的口气向公众描述着自己的不幸：

"先生们，女士们，你们知道吗，我女儿苏珊娜的陪嫁被这个坏蛋偷走了！对于这笔钱我自己并不在乎，但苏珊娜怎么办？想想看，这不是一笔小数目，它是一百万！是十个十万法郎啊！唉！我早就知道书桌里是藏有财富的！"

有读者对他讲，书桌被偷走时对手根本不知道彩票在抽屉中，更不可能想到能中大奖。但对他说这些没有任何意义，热尔布瓦先生仍喋喋不休地说：

"得了吧，他知道……不然，为什么费那么大周折去偷那件破家具？"

"我们谁都不知道他偷书桌的缘由，总之，不会是为了那张只值二十法郎的小纸片！"

"不，是一百万！……他知道……他什么都知道！……啊！那强盗你们不了解！……抢走的又不是你们的一百万！"

这场对话或许本可以长时间地持续下去，但到第十二天时，亚森·罗宾给热尔布瓦先生寄来一封写有"机密"二字的信。这令他感到非常不安：

先生：

你我之间的争吵，引起了公众们看热闹的极大兴趣。现在你不觉得我们该严肃起来了吗？我决定认真对待此事了。情况我们彼此都很清楚：我拥有一张无权取钱的彩票；你的优势是，你有权取钱，但你的手中并没握着彩票。我想，我们谁都离不开谁。但是，你拒绝向我转让你手中的权利，我同样也不同意把我的彩票转让给你。

怎么办？事情终究要解决的！我想有一个很公平的办法：平分！五十万归你，另外五十万归我。难道这种所罗门式的判决不能满足你我彼此公正的需要吗？这个判决是公正的，同时也必须立刻实行，你没有时间讨价还价。形势所逼，你只能有一个选择——答应。

你只有三天的考虑时间。星期五早晨，在《法兰西回声报》的小广告栏中，希望我能看到一个写给亚·罗先生的启事，没必要署名，你只需采用含蓄的文字说明你愿意接受我的建议。这样，你就能立马拿到彩票去领取那一百万法郎。但要给我留下五十万。至于交钱方式届时我会告诉你的。

如果你拒绝，为了获得同样的结果我会采取行动的。到那时，你的固执会使你拥有更多的烦恼，同时，你还要支付附加费用二万五千法郎。

请接受我的敬意。

热尔布瓦先生被亚森·罗宾完全气昏了头，他犯了个大错误，他把信到处拿给人看，还允许别人抄下来。他的愤怒令他做了很多傻事。

"妄想！他休想得到一文钱！"在一大群记者面前他叫嚷道，"想和我平分属于我的东西？妄想！如果这家伙愿意，就撕了彩票吧！"

"有五十万总比一文钱也得不到好吧？"

"关键不在这儿。事情关系到我的权利。我要到法庭上争取我的权利。"

"控告亚森·罗宾吗？这可能会很可笑。"

"不，我控告的是地产信贷银行，那一百万他们必须付给我。"

"但是，你必须拿着彩票，至少你要有买彩票的凭证啊！"

"我有证据，偷走我书桌的亚森·罗宾早已承认了！"

"但是，在法庭上亚森·罗宾的那些话，根本不可能作为证据的！"

"我管不了那么多，我豁出去了！"

公众拍手叫好。人们又开始对此下赌注，一些人觉得热尔布瓦先生会在亚森·罗宾的威胁下就范，另一些人则认为亚森·罗宾只是吓吓他。但是大家都很担心，此次双方的力量悬殊太大，只要一方发起猛烈进攻，另一方会像被追逐的困兽那样惊慌失措的。星期五，《法兰西回声报》被人们抢购一空，公众迫切地查看第五版的小广告栏，没有致亚·罗先生的那行字。亚森·罗宾的建议被热尔布瓦先生用沉默拒绝了，这等于是在宣战。当晚，人们从报上获悉，苏珊娜被劫持。在这出被人们称作亚森·罗宾的情景喜剧的节目中，最有意思的是警察所扮演的喜剧角色。亚森·罗宾实施的所有行动，警察根本嗅不到任何风声。亚森·罗宾随心所欲地为所欲为，他的一切活动，包括写信、讲话、发通知、威胁、下命令、行动，都不在警察管辖的范围之内。好像世界上根本就没有什么警察局局长，更没有警察分局局长、侦探之类的。总之，他的行动任何人都阻拦不了。摆在亚森·罗宾面前的，永远是一条康庄大道，不存在任何障碍。

但是，警方还是在四处乱碰乱撞！一提到亚森·罗宾这个名字，整个警局系统都好似着了火，开了锅，气得直翻白沫：他是对手，是一个一直在愚弄你、鄙视你、向你发起挑衅，甚至无视你存在的对手。对待这样一个对手，能有什么办法？据保姆提供，在九点四十分时苏珊娜出了门。十点过五分后，她父亲从学校出来，没有看到女儿在人行道上同先前那样在原处等他。所以，这起劫持事件，应该是在从家到学校或者至少在学校附近的短短二十分钟内发生的。

在离她家三百米远的距离，有两个邻居说遇见过苏珊娜。一位太太还看到一个年轻的姑娘顺着林荫大道走去，体貌特征与苏珊娜一样。后来呢？后来就不得而知了。

人们向火车站和入市税征收处的职员询问，但四处打听的结果是，没有找到任何与劫持姑娘有关的线索。在维尔—达弗莱，从一个食品杂货商口中得知，一辆从巴黎开来的汽车曾在他这儿加过机油。证人还确定：除司机外，车上还有一位满头金发的女人。一个小时后，车从凡尔赛开回来。因为交通阻塞得厉害，汽车只能减速，于是商人又看到，在那位金发女郎的身边，又多了一位披着面纱和肩巾的女郎。可以确定的是，那一定是苏珊娜·热尔布瓦小姐。但是，大家想一想：在光天化日之下进行劫持，而且是在车水马龙的市中心大街上进行的！

到底是如何劫持的？又是在哪儿进行的？因为没有听到任何呼救

声，更没有找到任何可疑的行动。

食品杂货商对汽车的特征进行了描述：一辆二十四马力深蓝色的标致车。警方偶然找到了车行负责人博伯－瓦尔图尔夫人，从她那儿找到了劫持者的一点情况。在星期五上午，一位金发女郎租赁了她的标致车，时间是一天，但从那以后她再也没见过那个女人。

"司机呢？"

"司机是头一天雇佣的，名叫埃尔内斯特，品行非常好。"

"他在这儿吗？"

"不在，车被他开回来后就不见了。"

"还能找到他吗？"

"能。可以通过介绍他来的人找找。瞧，这是他们的姓名。"

接下来，警察调查了这些人家，但得到的结果是没有人认识这位名叫埃尔内斯特的人。

尽管人们试图通过线索来走出黑暗，但结果却又重新落入了新的黑暗之中，又遇到了新的谜团。

女儿的失踪对热尔布瓦先生来说，是一场从一开始就输不起的战斗。他非常懊悔，悲痛万分，只能屈服。很快，一条小启事刊登在了《法兰西回声报》上。公众议论纷纷，认为热尔布瓦先生只能屈服，没有其他的办法。亚森·罗宾再次获胜。四个白天黑夜过后，这场战争结束了。两天之后，热尔布瓦先生迈进了地产信贷银行的院子。他被带到了总裁的面前。然后，递上了 23 组 514 号彩票。总裁吓了一大跳：

"啊！你拿到了？他还给你了？"

"是我一时糊涂，忘了放到哪儿了。现在找到了。"

"但你不是在报纸上声明……这里面有问题……"

"那是我在瞎说。"

"但是，我们还是需要证明！"

"少校的信可以吗？"

"当然可以。"

"喏。"

"好的。把这些文件先放到这儿。我们要有半个月的核查时间。如果没有任何问题会通知你来领钱的。先生，我相信，从现在起到那时，你如果不对外再说什么，在绝对沉默中了结此事，会对你有好处的。"

"我也是这样认为的。"

热尔布瓦先生没再发表任何谈论，总裁也是如此。但是，有些秘密，即使没有任何人泄露，也还是保不住。当公众获悉热尔布瓦先生拿到了亚森·罗宾还给他的 23 组 514 号彩票后，不禁是又吃惊又佩服。把宝贵的彩票这张大王牌甩在牌桌上的人不愧是个好牌手！当然，他这样的做法很有分寸，他之所以甩出这张牌是为了换回一张可以恢复平衡的牌。但是，假如他的女儿自己逃回家呢？假如被扣押的苏珊娜被警察救出来呢？

"敌人的弱点被警方识破，加强侦破""亚森·罗宾是在不攻自破，他搬起石头砸自己的脚""他垂涎已久的一百万，最终一个苏也得不到"。那些冷嘲热讽喜欢看热闹的公众一下子转了方向，笑话起亚森·罗宾来。必须找到热尔布瓦小姐。可就是找不到，她也没有逃跑！只能说第一局亚森·罗宾获胜了。可是，最难办的事在后面！苏珊娜在他手中，只能平分给他五十万法郎，才能换回热尔布瓦先生的女儿。究竟在什么地方进行这笔交易？又是如何进行的呢？进行交换时，必须先把时间、地点约好，可万一热尔布瓦先生去报警呢？这样一来，他有可能大获全胜——既救回女儿又得到金钱。

被记者采访的热尔布瓦先生不想多说，他一直都闷闷不乐，让人猜不透他的想法：

"对于现在的情况我无话可讲，我在等待。"

"你的女儿怎样呢？"

"正在继续找。"

"你收到亚森·罗宾的信了吗？"

"没有。"

"你肯定是没有？"

"没有。"

"那也就是说写了。亚森·罗宾有何指示？"

"无可奉告。"

记者又转向德蒂南先生，对于记者的发问，他同样也十分谨慎。他郑重地回答：

"你们知道的，我的当事人是罗宾先生。因此，我绝对要严守秘密的。"

对于他们这种守口如瓶的态度，公众被激怒了。很明显，暗中人家早制订好了计划。在热尔布瓦先生的周围，警察日夜监视着，亚森·罗宾早已撒出并且还收了网。公众认为最后的结局只能有三种：亚森·罗宾大获全胜；亚森·罗宾被逮捕；此公案会可笑又可悲地悄然流产。但是，公众的这种好奇心只得到了部分的满足。所以，本书是第一次将确切的事情真相公布于众。

三月十二日，星期二。这位教师收到了一封信。信封看上去十分普通，这是地产信贷银行寄来的通知。

星期四下午一点，热尔布瓦先生乘坐火车去了巴黎。两点钟时，他手上拿到了一百万法郎的现钞。

当他用颤抖的手指清点着钞票时——这笔巨款，不就是用来作为苏珊娜的赎金吗？此时，在距离大门不远处的一辆汽车中，有两个人交谈着。其中一位头发灰白，面容刚毅，显然与他小职员的装束模样很不相称，此人就是戈尼玛探长——亚森·罗宾的死敌。

他对福朗方队长说：

"现在还不晚，我们早到了五分钟，马上就要看到那家伙了。一切准备好了吗？"

"准备好了。"

"去几个人？"

"一共八个。其中两个人骑自行车。"

"我原先计划要三个。八个够了，但不算太多。不管怎样，别让热尔布瓦溜了，不然就全完了。他肯定会找亚森·罗宾见面，用其中五十万法郎作为他女儿的赎金。"

"这家伙为何不让咱们跟他一起去？那样会简单得多！只要我们同去，他就能留住一百万。"

"是啊，但是他不敢这样，他害怕。如果他想耍人家，他女儿就永远回不来了。"

"哪个人家？"

"他。"

戈尼玛郑重其事、非常严肃地说出这个字眼，就仿佛在说一个超自然的生物，他已经感到他的威胁了。

"说来真可笑，这位先生被迫被我们保护着免遭他本人的伤害。"

"亚森·罗宾一到,整个世界就都颠倒了。"戈尼玛叹道。

一分钟过去了。

"注意!"他说道。

热尔布瓦走了出来,从卡布遣会修院街的尽头拐到了左边的大马路上,慢慢地顺着路旁的店铺朝远方走去,一边走一边看着橱窗中陈列的商品。

"这位先生太沉着了,"戈尼玛说道,"如果那一百万在你口袋中,相信你肯定不会这样沉得住气。"

"他到底要干什么?"

"噢!显然,他什么也不能干……别管他,我们还是防着亚森·罗宾,我们的对手是亚森·罗宾啊!"

此时,来到一个报亭前的热尔布瓦,挑选了几份报纸,找好零钱后打开了一张,他把报纸凑到眼前,一边看一边慢慢走着。突然,他来了一个大步,跳进了一辆早已停在人行道边的小汽车中。汽车的发动机肯定是没有熄火,车子立刻开动了。很快,绕过马德莱娜教堂消失了。

"妈的!"戈尼玛大喊一声,"又是他的花招!"

他撒开腿就跑,别人跟在他后面也跑了起来。他们刚跑过马德莱娜教堂。忽然,戈尼玛哈哈大笑了起来。原来,在马勒泽尔贝大马路的十字路口,汽车抛了锚。热尔布瓦先生正从车上下来。

"快!福朗方……那个司机……可能就是名叫埃尔内斯特的家伙!"

福朗方跑上去盘问着司机。这个司机名叫加斯通,是出租汽车公司的司机。十分钟之前,一位先生包了他的车,让他在报亭附近停下,不要熄火,等待另一位先生,只要他一到,立刻就出发。

"那第二位先生给你的地址呢?"福朗方问道。

"没给地址……'马勒泽尔贝大道……梅西纳大街……小费付双倍'……只有这些。"

这时,热尔布瓦先生又迅速地跳上了前面的一辆出租马车。

"车夫,去协和广场地铁站。"

在王宫广场热尔布瓦先生下了地铁,出站后,又跳上另一辆马车,一直到交易所广场,然后又上了地铁,之后,在维里耶大街上了出租马车。

"车夫,克拉佩隆街二十五号。"

克拉佩隆街二十五号和巴蒂尼奥尔大道紧挨着，其间只有拐角处的那座房子相隔。热尔布瓦先生上二楼后，按了按门铃。一位先生打开了房门。

"德蒂南先生是在这儿住吗?"

"我就是。你应该就是热尔布瓦先生吧?"

"正是。"

"先生，我正在等候你。请进!"

中学教师走进律师事务室时，时钟恰好指到三点。他立刻问道:

"约定的时间到了。他还没到吗?"

"还没有到。"

热尔布瓦先生坐到椅子上，一边擦着额头上的汗水，一边看着自己的手表，仿佛不知道几点钟似的。之后，他慌张地问道:

"他肯定会来吗?"

"先生，你问的事情也正是我最想了解的。我从未像此刻如此焦急过! 不管怎样，他的到来是要冒大险的。半个月以来，警察一直严密监视这幢房子……甚至我也遭到了怀疑。"

"他们也怀疑我! 况且我也不能保证跟踪我的警察都被我甩掉了。"

"那么……"

"如果那样，也不是我的错!"中学教师大叫起来，"根本不能怪我，我又没有答应他什么! 好，我盲目地服从他:在指定的时间取到钱，按他指定的方式到了你家。对于女儿的不幸我尽到了责任，我不折不扣地遵守了诺言，也该他履行诺言了。"

他又用同样焦急的声音补充道:

"他会把我女儿给我带来的，是不是?"

"但愿如此。"

"那么……你见过他了?"

"我? 没有! 仅仅收到了他的一封信，要我在此接待你们二位，三点之前还让我把仆人都打发走，在你到来和他离开的这段时间里，不许任何人打扰。他还说，假如我不同意，则在《法兰西回声报》上刊登两行启事通知他。但是，能为亚森·罗宾效劳，真是我的荣幸，我岂能拒绝?"

热尔布瓦抱怨着:

"唉，这一切他究竟要怎样了结呢？"

他把钞票掏出来，码在桌上，分成了数量相等的两叠。接着他默默无语地愣在那儿。只是不时地竖起耳朵……听听外面有没有动静。时间一分一秒地逝去了，他越来越紧张。德蒂南先生也如坐针毡。

有一段时间，德蒂南先生甚至也丧失了律师的沉着冷静，猛地站起身来，说道：

"假如他不来了……你还有别的办法吗？责任只能归咎于他太不谨慎。他相信我们，好，我们的确是正人君子，不会把他出卖，但是，危险并不只在这里才有呀！"

热尔布瓦先生被完全击垮了，他双手按住钱，结巴地说：

"上帝！快让他来吧！快让他来吧！只要能换回我的女儿，这钱我可以都给他！"

恰在这时，门开了。

"热尔布瓦先生，只需一半就可以了。"

在门口，一位举止优雅的年轻人站在那儿。中学教师立刻认了出来，在凡尔赛旧货市场和他谈话的年轻人恰恰就是他。他冲到来人面前：

"我的女儿在哪儿？苏珊娜她在哪儿？"

亚森·罗宾小心地把门关好，一边从容不迫地摘掉手套，同时，又对律师说：

"亲爱的德蒂南先生，你愿意为我的权利辩护，真是不知如何感谢你。你的这份情义，我会终生难忘的！"

德蒂南先生小声说：

"但是，我没有听到你按门铃……我也没听到门响……"

"我就是让门铃和门在别人没听到的时候发挥作用。但我终究是来了，这才是最主要的。"

"我的女儿怎么样了？你是如何对待她的？"教师又喊起来。

"上帝啊，你真是个急性子！好了，先生，你放一百个心，你的女儿会马上回到你的怀抱的！"亚森·罗宾说。

亚森·罗宾来回走了几步，然后，用表扬的语气说道：

"热尔布瓦先生，我非常欣赏你刚才的表现，十分机灵。那辆汽车如果不抛锚的话，我们只需到星形广场见面就可以了，德蒂南先生也没必要为这次来访担惊受怕了。总之，一切都是命中注定的。"

他看到桌上摆放的两叠钞票，喊道：

"啊！不错！一百万法郎都在这儿……我们不要再浪费时间了，你同意吗？"

"但是，热尔布瓦小姐还没来呢！"抢在亚森·罗宾之前，德蒂南先生挡住了桌子。

"怎么？"

"难道她不是必须在场吗？"

"我明白，我明白，亚森·罗宾是不能叫人完全放心的。假如五十万被他放进口袋后，却不把人质放回来，怎么办？啊，亲爱的德蒂南先生，我真是得不到人家的理解啊！因为命运让我干了性质有点特殊的……事情，你们在怀疑我的真诚！其实我为人不仅谨慎正直，而且还真诚高尚。再说，亲爱的律师朋友，假如你害怕，现在就可以打开窗户呼救了，在街上有十几个警察正在蹲守呢！"

"真的吗？"

亚森·罗宾撩起窗帘说道：

"我觉得，热尔布瓦先生是根本不能把戈尼玛甩掉的……我跟你说什么了？瞧，那位老朋友正在那儿！"

"这可能吗？"热尔布瓦先生说，"我向你发誓……"

"没出卖我，对吗？……这点我绝不怀疑。但是，这帮家伙非常聪明。瞧，我看到福朗方了……格莱奥默……还有迪约齐……看来，我的好朋友们都到了！"

律师先生惊讶地看着他，他居然那么沉着，还哈哈大笑，仿佛是在做游戏，没有一点危险似的！

这份泰然自若，让德蒂南先生比看到警察更放心，他从放钞票的桌子旁走开了。

从两叠钱中亚森·罗宾各抽出二十五张，然后，递给了德蒂南先生。

"亲爱的律师先生，这份是亚森·罗宾的酬金，这份是热尔布瓦先生的。我们应该付给你这么多。"

"我不要一文钱。"

"什么？我们给你造成了这么多麻烦！"

"我非常乐于有这些麻烦。"

"亲爱的律师先生，我是不是要这样理解：亚森·罗宾的任何东西你都不会接受，是因为他的名声不好。"他叹气道。

他转身把这五万法郎递给教师先生：

"先生，作为我们友好相逢的纪念，请允许我把这些钱交给你，作为给热尔布瓦小姐的结婚贺礼。"

热尔布瓦上前一把抓过钞票，嘴里还嘟囔着：

"我女儿她还没嫁人呢！"

"她没嫁人，都是因为你的反对。其实她急着要结婚！"

"你怎么知道？"

"我还知道年轻的姑娘经常没有得到爸爸的允许，就做起温馨的梦。庆幸的是有个叫亚森·罗宾的守护神，在书桌的抽屉中发现了这些可爱的秘密。"

"你没有找到别的东西吗？"德蒂南先生问道，"说实话，我非常想知道，你为何看上了这件家具。"

"亲爱的德蒂南先生，是因为历史的原因。与热尔布瓦先生的看法正好相反，书桌中没有任何财宝，除了那张彩票之外。而且当时我并不知道里面有彩票。我之所以很想买下它，是因为我寻找了它好多年，因为这张用桃花心木和紫杉做成的书桌，上面绘有树叶饰柱头，发现于波兰玛丽·瓦留斯卡那所秘密的住所中。其中的一个抽屉上刻有：献给法兰西皇帝拿破仑一世，忠诚的仆人芒西庸敬献。这行字上面，还有用刀尖刻的几个字：送给你，玛丽。后来，拿破仑又命人仿制了同样的一张送给约瑟芬皇后。所以，玛尔梅松宫的那张书桌，比起从此我收藏的这张来，只是件不完美的复制品。"

热尔布瓦先生埋怨道：

"啊，假如在旧货市场那儿我了解这些，我一定会让给你的！"

亚森·罗宾笑道：

"这样的结果是你留下 23 组 514 号彩票。这笔奖金就全归你了！"

"可你也不必劫持我的女儿呀！她一定被这一切吓坏了。"

"这一切？"

"是指她被劫持！"

"亲爱的先生，你搞错了，我并没有劫持热尔布瓦小姐。"

"你没有劫持我女儿?"

"当然没有。是谁说的劫持、暴力?是你女儿自愿当我的人质。"

"自愿?"热尔布瓦先生又说了一遍,他被完全弄糊涂了。

"而且,几乎是她自己提出的这个主意!怎么?热尔布瓦小姐如此聪明,又因为心中藏有爱情,她绝对是想得到自己的陪嫁的!我向你发誓,我没费太大工夫,就让她搞清楚,只有采用这个办法才能制服你的固执。"

德蒂南先生感到越听越有趣,他提出不同见解:

"可整个事件中,难度系数最高的是你如何与她谈拢。我很难想象热尔布瓦小姐会让人接近她。"

"哦!当然我很难接近她,我甚至没有认识她的荣幸。是我的一个女朋友,她愿意与她谈判。"

"应该是汽车中的那位金发女郎吧!"德蒂南先生插问道。

"对。在中学附近她们谈了一次。一切都谈妥后,热尔布瓦小姐和她新结识的女朋友便外出旅行了。在比利时和荷兰,她们游览了很多名胜古迹。玩得十分愉快,也很有收获。以后,热尔布瓦小姐会亲自和你说的……"

前厅传来了敲门声,只响了很短促的三声。之后,又单独响了两声。亚森·罗宾说道:

"她们到了。亲爱的律师先生,如果你愿意……"

德蒂南先生赶快去开门。

两个年轻女人走了进来,苏珊娜很快扑到了父亲怀中,金发女郎则走到了亚森·罗宾身旁。她身材高挑,而且很匀称,皮肤很白很细,蜷曲松散的一头金发披在肩上,闪着光亮,十分耀眼。她一袭黑服,除了戴着一串煤玉环项链,身上没有其他首饰,但让人感觉气质优雅,超凡脱俗。亚森·罗宾和她说了几句,之后向热尔布瓦小姐表达敬意:

"请原谅,小姐,让你受苦了。但是,希望你不要感到不幸……"

"不幸?不,我甚至感到太幸福了,假如不是想到我可怜的爸爸。"

"现在一切都好了。再拥抱他一次吧!趁这个好机会,和他好好谈谈你的表兄。"

"我表兄……我不明白你的意思?……"

"不,你明白……你的菲利普表兄……就是那个年轻人,你珍藏着

163

他的信。"

苏珊娜脸一红，有些不自在，最后真像亚森·罗宾劝她的那样，又扑到父亲怀里。

亚森·罗宾十分感动地看着父女二人。

"真是善有善报！多感人的场面啊！被幸福包围的女儿，还有幸福的父亲。亚森·罗宾，你要知道，这幸福是出自你的杰作！以后他们会祝福你的……他们或许还会虔诚地给儿孙使用你的名字来称呼！啊！家庭！……家庭！……"

他走到窗边，说道：

"我的老朋友戈尼玛还在街上吗？……他也很喜欢观看这样的动人场面！……但是，他不在那儿了！……不见人影了！……他们都不在了！……见鬼，事态严峻了！……说不定他们现在已经到了大门口，也很可能进了房门，甚至上楼了！"

热尔布瓦先生不由自主地一动。既然女儿已经找回来了，现实感又回到他身上。如果他的对头被捕，他就能得到另外五十万！他本能地向前走了一步。亚森·罗宾好像偶然似的挡住他的去路：

"热尔布瓦先生，你能告诉我去哪儿吗？是保护我吗？你的心肠太好了！请你别费心费力了。再说，我向你发誓，他们比我还为难。"他想了想，继续说："你想他们能知道什么呢？知道你在这里，或许还猜到热尔布瓦小姐也在这里，因为他们可能看到两个女人一起走了进来。但他们绝对想不到我也在这儿。就在今天早上，他们把这栋房屋从地下室到阁楼刚刚搜了一遍。我到底如何进来的呢？根据各种可能性，他们一定想在我飞进来时把我抓住……可怜的宝贝……除非他们猜测是我派来的陌生女人，并对此进行交换……等她一出去将她抓捕。"

门外响起了一声门铃。

亚森·罗宾猛地做了个手势，热尔布瓦先生被他震慑住，他站在原地不敢动弹。亚森·罗宾用冷漠、威严的语气说道：

"先生，想一想你的女儿，最好在原地别动，希望你放明白点，不然……至于你，德蒂南先生，你可是向我保证过。"

热尔布瓦先生像被钉到了地上，一动也不动。德蒂南先生也待在原地。亚森·罗宾从容地弹了弹帽子上的灰尘，然后不慌不忙地说道：

"亲爱的律师先生，你什么时候需要我的帮忙，请随时吩咐。热尔布瓦小姐，向你致以最真诚的祝福，请代我向菲利普先生转达问候！"

从口袋中他掏出了一只双层金壳大怀表：

"现在的时间是三点四十二分，热尔布瓦先生，你走出客厅的时间必须是三点四十六分……不许早一分钟，你听到了吗？"

"他们很快会强行闯入的！"德蒂南先生忍不住说。

"亲爱的律师先生，你难道忘记了法律？戈尼玛先生绝对不敢私闯法国公民的住宅。即使我们打桥牌时间都有富余！但是，请谅解，你们三位似乎都有些激动，我就不……"

他把表放到桌上，打开客厅的门问金发女郎：

"准备好了吗，我亲爱的朋友？"

他闪到后面让金发女郎先出了门，然后恭敬地向苏珊娜小姐行了个礼。他走出门去，并随手带上了门。前厅响起了他的声音：

"戈尼玛，你好，最近身体好吗？代我向夫人转达问候，改天我请她吃饭……再见，戈尼玛！"

门外又响起了一声门铃，声音巨大而猛烈，接着，一声接一声，响个不停。楼梯平台上人声嘈杂。

"三点四十五分。"热尔布瓦先生含糊地说。几秒钟后，他坚决走到前厅，亚森·罗宾和金发女郎早已不见了踪影。

"爸爸！……不要这样！……再稍微等一下！"苏珊娜喊道。

"再等一下？你疯了！……对于这个家伙还要手下留情吗？他带走的是五十万呀！"

热尔布瓦先生打开了门。戈尼玛一个箭步冲了进来。

"那女人呢？亚森·罗宾在哪儿呢？"

"几分钟之前他还在这儿，现在已经走了！"

戈尼玛得胜似的喊道：

"我们一定能抓住他的……房子已经被包围得水泄不通。"

德蒂南先生反驳道：

"那便梯呢？"

"便梯一直通向院子，而院子只有一个出口，那就是大门。我们在那儿有六个人把守。"

"但亚森·罗宾不是从大门来的……我想他肯定也不会从大门出去……"

"那从哪儿出去?"

戈尼玛反问道:

"难道从空中吗?"

很快,戈尼玛撩开一个帘子,里面是一道长长的走廊,一直通到厨房。戈尼玛从走廊跑下去,看到便梯门上了两重锁,便从窗子探出身,对下面一个警察喊道:

"有人跑出来吗?"

"没有!"

"哈!"他叫道,"他们一定是在屋里!……他们肯定躲在某个房间!……亚森·罗宾这次逃不掉的!……啊!我亲爱的亚森·罗宾先生,我一直被你嘲弄,这次我可以报仇了!"

晚上七点钟时,警察局局长迪杜伊先生还没收到情报,他感到奇怪,于是亲自去了克拉佩隆街。他向看守楼房的警察询问了情况,然后,直接去了德蒂南先生家。律师把他领进卧房。在那儿,他看到一个人,准确地说是看到了地毯上的两条腿,因为他的上半身钻到了壁炉里。

"嗨!嗨!"一个沉闷的声音叫着。

"嗨!嗨!"

从里面,远远传来回音。

迪杜伊先生笑道:

"戈尼玛,你怎么成了烟囱工?"

在壁炉中搜查了半天的侦探,整张脸被弄得黑乎乎的,衣服上也沾满了柴灰,因为兴奋两眼炯炯发亮,简直认不出来了。

"我在找他呢。"他小声抱怨。

"找谁?"

"亚森·罗宾同他的女朋友。"

"原来如此!但是,你觉得他们躲到了烟囱里?"

这时,戈尼玛站起身子,用满是柴灰的手抓起上司的袖子,语气低沉而又愤怒地问道:

"局长先生,你说他们到底在哪儿?他们一定躲到了某个地方。他们和你我一样,都是人,都是有血有肉的人,不可能化成烟飘走了!"

"当然不会。但是,他们还是跑了。"

"怎么跑的? 从哪儿? 房子都被包围了, 甚至屋顶上都有警察!"

"旁边的那座楼呢?"

"和这座楼不通。"

"其他楼层呢?"

"已经查问了所有住户, 他们都说没看到人……也没听到动静。"

"你确定认识所有住户?"

"对! 所有住户。看门人为他们担保。再说, 为了安全考虑, 每套房子中我都布置了人。"

"那么, 一定能把他们捉住。"

"局长, 我也是这么考虑的。必须把他们抓住, 而且一定会把他们抓住, 他们一定还在这儿, 他们不可能消失了! 局长, 你放心, 即使今晚抓不住, 明天一定抓住! 我就守在这儿过夜!"

的确, 他就睡在了这儿。第二天也是如此, 第三天也同样。但整整三天三夜, 都没有发现亚森·罗宾和金发女郎, 而且没有找到半点蛛丝马迹可以证明他的假设是成立的。正因为如此, 他始终坚持自己最开始的观点。

"既然找不到他们逃走的痕迹, 那么, 他们一定还在楼里。"或许他的心中没有这么自信, 但是他的嘴上仍不愿承认, 不可能的! 一千个不可能! 一男一女两个人怎么能像童话中的精灵那样消失不见了呢? 他仍在搜查, 而且勇气不减, 似乎希望发现他们藏在这幢楼的某个不可进入、与砖石混为一体的角落中。

二、蓝 钻 石

　　德·奥特莱克男爵住在昂利·马尔坦大街一百三十四号。这位老将军曾是第二帝国时期的驻柏林大使。他的哥哥在六个月前将这幢小公馆送给他。三月二十七日晚上，奥居斯特嬷嬷用长柄暖床炉为老将军暖好床，并点亮了夜里照明的小灯。在陪伴小姐轻柔的读书声中，老将军在一张舒适的安乐椅上睡着了。

　　十一点，嬷嬷告诉陪伴小姐，因修女有特殊情况，她当晚要回修道院，在院长身边过一夜。

　　"昂图瓦内特小姐，一切都忙停当了，我要走了。"

　　"好的，嬷嬷。"

　　"厨娘请了假，公馆里就只有你和男仆两个人了。"

　　"别担心，男爵会很安全的。我会敞着门睡在他隔壁。"交代完，修女便离开了。

　　一会儿后，男仆夏尔走了进来，"夏尔，还是那样：检查一下你房间的电铃，保证它完好无损。铃一响就立刻下楼直奔医生家去。"刚刚清醒的男爵吩咐道。

　　"将军你总在担心发病。"

　　"我身体不行了……不行了。哟，昂图瓦内特小姐，读到哪儿了？"

　　"你还不打算上床吗？"

　　"不，不，我晚睡。而且自己上床就可以。"

　　过了二十分钟，老人又打起了瞌睡。陪读小姐踮着脚尖走开了。就在这时，夏尔也起身仔细关好了一楼的所有护窗板，一如平日。厨房里，那扇通向花园的门的销子，他也顺带插上了。挂好前厅各道门上的保险链后，他回到四楼的小房间，躺下睡着了。大约过了有一个小时，他从床上一跃而起：电铃响了，而且持续了有六七秒钟那么久……

　　"该死，"夏尔完全清醒后，寻思道，"这回又是什么新花样？"他匆忙穿上衣服，跑下楼，停在门口，习惯性地敲了敲门。没有回答，他推门走了进去。

"哟，黑漆漆的。怎么把灯关了？"他嘟囔道。

"小姐？"他喊了一声，没人回答。

"在吗，小姐？……怎么回事？男爵先生病了吗？"

他感受到了周围一片死沉沉的寂静，向前走了两步，他发现了脚边倒翻的椅子。而后，他摸到了别的东西：独脚小圆桌、屏风。不安中，他回到墙边，摸了开关，打开电灯。

房子中间，在桌子和带镜的衣柜之间，一具尸体静静地躺着，不是别人，就是他的主人——德·奥特莱克男爵。

"啊！这难道是真的？……"他结巴道。

眼前的景象让他惊慌失措，目瞪口呆。屋子里一片混乱：一个水晶大灯被打得粉碎，挂钟躺在火炉前的大理石地面上，椅子也翻倒在地。所有这些迹象都表明，这里发生了一场可怕的殊死搏斗。尸体不远处，一把钢刀的刀把闪烁着寒光，刀刃上还流淌着鲜血。一块沾满血迹的手绢在床垫上方吊着。

夏尔因恐惧而惊叫起来。那尸体挣扎了一下，绷直身子，又缩成一团……最后抽搐了两三下，就再也不动了。他靠近尸体，发现男爵脖子上，一道细细的刀口里不断涌出血来，滴到地毯上，变成一块块黑色的印迹。

极度的恐怖定格在男爵的脸上，成为永恒。仆人不自觉地连声叫道：

"有人杀了他！有人杀了他！"

他意识到可能还有一桩杀人罪，不由得哆嗦起来。陪伴小姐就睡在隔壁，她会不会也遭到了毒手？

他推开隔壁的门，发现一个人也没有。他想，昂图瓦内特小姐可能被绑架了，又或者案发前出去了。

他回到男爵的卧室，发现书桌完好，没有被撬坏。每晚，男爵都会把钥匙串和钱夹放在桌上。此刻，在这些东西的旁边，正放着一把金路易。夏尔打开了钱夹，发现其中的一层放着些钞票，是十三张一百法郎的钞票。他失去了控制，本能地、下意识地、未加思索地将其抽出，塞进衣袋，跑下了楼梯，快速地抽出门闩，摘下安全链，关上门，然后逃进花园。

夏尔本是个老实的人，栅门刚一合上，新鲜空气、冰凉的雨水就让他清醒了过来。他停住脚步，对自己并不光明磊落的行为感到不安，竟然感到恐怖起来。

这时，一辆出租马车恰巧经过，他连忙叫住车夫：

"朋友，这里有人被杀了！快去警察分局报案！把局长叫来……快去！"

车夫扬鞭催马急速离开。夏尔想要回去，可是办不到了，栅门关上了，他没有钥匙，从外面打不开。而且，即便按门铃也没有用，公馆里没有一个活人。夏尔就只好在街边小花园里踱步，在米埃特那边，这些花园组成了一条郁郁葱葱的灌木带，并且精心修剪过。一小时后，警察到了，他才得以把案情告诉他们，并上交了那十三张钞票。

接着，警察让找来的锁匠撬开了栅门和前厅门，这费了他们不少劲。上了楼，警察分局局长扫了一眼男爵的房间，立刻问道：

"你瞧，房间可不像你所说的一片混乱啊！"

他回过头看到，夏尔大惑不解地好像被钉在了门槛上：所有家具各归各位，安放整齐！座钟端端正正地摆在壁炉上，两个窗户之间独脚小圆桌安静地立着，椅子也扶起来了，被打碎的水晶大灯不留一片碎渣。这一切让他惊讶得呆住了，张口结舌，只蹦出了这么一句话：

"尸体……男爵先生……"

"死者呢？到底在哪儿？"警察分局局长大声问道。

与此同时，他走到床边，掀开大毯子，发现：床上，法国前驻柏林大使奥特莱克男爵躺着，身穿将军礼服，还挂着荣誉勋章。

他双目紧闭，脸色安详。只听，仆人结结巴巴地说：

"肯定有人来过了。"

"从哪儿来？"

"我不知道。不过我走后，肯定有人来过……喏，那边地上一把很薄的钢刀不见了……还有，床头柜边上垂着的一块血手绢……也不见了……它们被收走了……一切都被人整理好了……"

"那么，那是谁呢？"

"是凶手!"

"我们发现所有的门都上了锁!"

"可他一直待在公馆里。"

"既然你没离开过人行道,那他应该还待在公馆里。"

仆人稍加思索后缓缓地说:

"是的……是的……我是离栅门不远……但……"

"那么,据你所知,最后留在男爵身边的是谁呢?"

"陪伴小姐,昂图瓦内特。"

"她上哪儿去了?"

"她的床没铺开,我想,她也许是趁奥居斯特嬷嬷不在公馆,出去了。这并不奇怪……她漂亮……年轻……"

"那她是怎么出去的?"

"从大门呗!"

"可你闩了门,挂了安全链!"

"那是后来的事了!她大概早前就出去了!"

"案子发生在她走之后?"

"绝对是。"

人们仔仔细细搜查了一通公馆,没有任何发现,凶手大概是跑了。但是怎么跑的呢?是谁找准了时机,回到犯罪现场,消除痕迹的呢?是他还是他的同谋?这些问题亟待司法当局的解答。法医在早晨七点钟就来了。警察局局长也于八点赶到。接着来的是共和国检察官和预审法官。公馆里人山人海,有警察、侦探、记者、德·奥特莱克男爵的侄子和他的其他家族成员。

警察正在搜查公馆的每个角落,并据夏尔的回忆琢磨尸体的位置。奥居斯特嬷嬷到后,他们盘问了她。除了发现她对昂图瓦内特·布莱阿小姐的失踪很吃惊外,其他毫无所获。她说,十二天前她雇了那年轻姑娘,因为她看上了她端正的品行。她决不相信那姑娘会在夜里把病人一人丢下,跑出去玩。

"况且,"预审法官强调,"就算她出去,也早该回来了。我们要注意这点:她到底出了什么事?"

"依我看,凶手可能劫持了她。"夏尔说。

这是个还算说得过去的假设，与某些现象相符。警察局局长应和道：

"劫持？我看，八九不离十了。"

"这绝不可能，甚至与事实和调查结果完全相反。"一个声音说，"总之，与现象完全不符。"

这话语气相当武断，语调相当激烈。但当大家看到说话的人是戈尼玛时，谁也没有感到吃惊。换了是别人，这种有点放肆的口气，大家是绝对不会原谅的。

"哟，戈尼玛，是你呀！我可一直没有察觉你在呢！"迪杜伊先生说。

"我都来两小时了。"

"所以，除了 23 组 514 号彩票、克拉佩隆路事件、金发女郎、亚森·罗宾这些，你也对别的案子感兴趣？"

"嘿嘿！"老侦探冷笑了一声，"亚森·罗宾未必与这个案子无关……不过，案件没有新的进展，所以我打算暂且把彩票案放一放。看看这里究竟发生了什么。"

戈尼玛绝非身手不凡，无法成为人家学习的楷模，没有办法将自己的名字记载在《司法年鉴》上。杜宾、勒科克、歇洛克·福尔摩斯的那种天才和智慧，他没有，但是他很能折中调和、察言观色，精明而又有韧劲，甚至还有点直觉。他最大的长处是可以独当一面。大概除了亚森·罗宾对他施展的迷惑手段，其他任何事都不可能影响到他。

不管怎样，今早他很精彩地扮演了这一角色，从而深得法官好评。

"首先，"他开始问话，"夏尔先生请说明一点：你第一次进屋看见的所有家具，都被打翻或是弄乱，而第二次进来时，却都回到了原位，对吗？"

"正是这样，回到原位没错。"

"很明显，能把它们放回原位的人肯定对每一件家具的位置都很熟悉。"

这一论断大大启发了在场的其他人。戈尼玛又问：

"还有一个问题：夏尔先生……你是被铃声吵醒的，那么，你觉得是谁按的铃？"

172

"当然是男爵先生。"

"姑且假设是吧。那么，他又是什么时候按的铃呢？"

"搏斗之后……临死之前。"

"这不可能。因为你说看见他是躺在离电钮四米多远的地方断气的。"

"那只能是在搏斗中按的了。"

"也不可能。因为据你所说，电铃持续不断地响了有七八秒钟的样子，你觉得对方会让他不慌不忙地按铃这么长时间吗？"

"那肯定是在搏斗之前，在受攻击的时候。"

"更不可能。你说过，从听到铃响到你进入这间房，最多只要三分钟。如果男爵先生先按了铃，那就是说搏斗、下刀、男爵咽气、凶手逃跑都发生在这三分钟里。我再说一遍：这绝不可能。"

"可是铃还是响了。"预审法官说，"不是男爵的话，又是谁呢？"

"是凶手。"

"这又是为什么呢？"

"我不知道。但这至少表明凶手是公馆里的人，这样就能解释为什么他知道电铃直通男仆的房间。"

戈尼玛的这几句话，迅捷、明确而又合乎逻辑，把问题提到了点子上，缩小了怀疑范围。老侦探清楚地表达了他的想法，最后预审法官下了结论："总之，你的意思就是昂图瓦内特·布莱阿有很大的嫌疑。"

"我不仅仅是怀疑她，确切地说是指控她。"

"指控她是同谋吗？"

"指控她就是杀死德·奥特莱克男爵的凶手。"

"那么，证据呢？"

"这绺头发是我在死者手里发现的，此外，在他身上发现有指甲掐的印子。"

他向大家出示了那一绺像金线一样闪闪发光的头发。夏尔嗫嚅道：

"没错，这的确就是昂图瓦内特小姐的头发。"

他又补充道：

"……并且……还有一点……我认为那把刀……第二次被收走了的那把刀……是她的……裁书页的刀。"

屋内笼罩着一阵长久的、令人难堪的静寂。好像凶案主谋是一个女性，就显得更为可怕。这时，预审法官提出了异议：

"即便昂图瓦内特·布莱阿杀死男爵证据充分，我们也得弄清楚她是怎么逃走的，怎么做到在夏尔出去后又回来，在警察分局局长来之前又再次逃走。戈尼玛先生，关于这一点，你怎么看？"

"还不清楚。"

"那么……"

戈尼玛显得有些为难，最后，他下决心说：

"唯一可以确定的是：这个案子在某些手法的运用上与 23 组 514 号彩票案一模一样；说得更具体一点就是消失的方式完全一样。像亚森·罗宾进入德蒂南先生家，又带着金发女郎离开一样，昂图瓦内特·布莱阿在公馆里的出现和消失也具有同等的神秘性。"

"这说明……"

"这就让我忍不住想到这两件事十分巧合，至少是有些奇怪：十二天前，奥居斯特嬷嬷雇来了昂图瓦内特·布莱阿，而那天恰好就是金发女郎从我手里溜走的第二天。更巧的是，金发女郎颜色耀眼的头发，闪烁着金子般的光泽和这几根一模一样。"

"所以，你是指，昂图瓦内特·布莱阿……"

"就是金发女郎。"

"因此，这两个案子的策划人是亚森·罗宾？"

"是的，我认为。"

人群中突然响起一阵大笑，原来是警察局局长，他忍不住说道：

"亚森·罗宾，又是亚森·罗宾，一切都是亚森·罗宾干的。无处不在的亚森·罗宾哦！"

"他在他所应该在的地方！"戈尼玛恼怒起来，大声说。

"他出现在哪儿总要有点理由吧？"迪杜伊先生说，"我觉得这次的理由尚不清楚。书桌没有被撬开的痕迹，钱夹也还在，甚至桌上还放着金币。"

"都对！除了那颗著名的蓝钻石。"戈尼玛喊起来。

"什么钻石？"

"蓝钻石！镶在法兰西王冠上的那颗著名的钻石！起初，它由 A 公爵卖给了莱奥尼德·L……他死后，德·奥特莱克男爵买下了它，以纪念他曾狂热爱过的一位著名女演员。凡是像我这样的巴黎人不会忘记这件事。"

"很明显，"预审法官说，"如果找不到蓝钻石，那么我们还能勉强相信这一说法……可是，原先那蓝钻石在哪儿呢？"

"男爵先生把它戴在左手上，从不摘下来。"夏尔回答说。

"我观察过他的手了。"

戈尼玛走近尸体，语气坚定：

"你们看，上面就只有一个金戒指。"

仆人说：

"你再看看手掌那边。"

戈尼玛用力掰开男爵攥紧的手指，只见托子转到了里边，一颗蓝钻石在托子正中熠熠生辉。这一情形惊得戈尼玛完全呆滞了，只听他讷讷地说道：

"见鬼！这就搞不清……"

"我希望，那倒霉的亚森·罗宾不会再无故受你猜疑了吧？"迪杜伊先生冷笑道。

思索片刻，戈尼玛即用他格言式的口气回答道：

"刚好相反，事情越弄不明白，亚森·罗宾的嫌疑就越大。"

这桩奇案发生的第二天，司法当局对此只有这样的初步了解。这些情况模糊不清、互不连贯，就是以后开展的预审调查也没法使之变得更为连贯、协调、确切，哪怕是一点点。一如金发女郎的神秘莫测，昂图瓦内特·布莱阿的来来去去也是完全无法解释，让人毫无头绪。更让人解释不清的是：这个一头金发的神秘女人杀了德·奥特莱克男爵，却没有摘走他手上那颗带有传奇色彩的宝石，这到底是为什么？她又是谁？这一切激起了人们的好奇心，而这桩案子就显得越发罪恶，以致舆论大哗。

在这种无休止的声讨中，只有少数一部分人获利，那就是德·奥特莱克男爵的继承人。在昂利·马尔坦大街公馆里，他们正在举办家具摆设展览，预备在德鲁奥大厅拍卖。不过是些俗气的现代家具，还有一些毫无艺术价值的摆设，仅此而已……但是，那枚熠熠生辉的蓝钻石戒

175

指，就着一个衬着石榴红天鹅绒的底座，在房间中央静静地躺着。上面还有一层玻璃罩。两名警察看守在旁边。它，硕大无比，精美绝伦，极其纯净，碧蓝得像一泓清水映出的蓝天，又像白布上隐隐透出的那种蓝光，非常迷人。人们欣赏赞叹，迷醉不已……人们怀着恐惧的心情参观着，看着死尸躺过的地方，卧室里淌满鲜血的地毯已经抽走了。四面墙壁尤其令人恐惧。他们不可穿透，而那杀人的女魔却能畅通无阻！人们清清楚楚地看到：壁炉的大理石板坚固无比不能摇动，镜子的槽板并没有藏着可以使柜门转动的机关。人们还想到了地洞、地道以及连着阴沟和地下墓穴的通道。

蓝钻石的拍卖会在德鲁奥大厅进行。里面被人群挤得水泄不通，人们疯狂抬价，气氛火热。

巴黎所有的富人都来了。想买的人，想证明自己买得起的人，除了证券商、艺术家、名媛贵妇，还有两个部长、一个意大利男高音歌唱家，甚至还有个流亡国王。为了巩固自己的信用，他一个劲地抬价，用颤抖的声音满不在乎地一直抬到了十万法郎。十万！他拿出十万毫不为难，接着那个意大利歌唱家抬到了十五万，这时法兰西喜剧院一个走红的女演员喊了十七万五千。叫价到二十万时，这些人通通泄了气。到二十五万时，仅仅剩下两个人：一位是著名的金融家、金矿之王赫希曼，另一位是美国富婆德·克罗宗伯爵夫人。后面这个女人收藏了大量珍贵的宝石和钻石，并因此享誉天下。

"二十六万！二十七万！二十七万五！二十八万！"主持人大声喊着，不停变化着叫价，来回看着两个竞价者："……这位夫人出价二十八万，还有人要出价吗？"

"三十万。"赫希曼低声说。

接着是一阵沉默，克罗宗伯爵夫人在大家的注视下，微笑地站着，稍稍靠着面前的椅背，微微发白的脸色，显出她内心的慌乱。她当然知道，所有在场的人也都知道，竞价的结果只有一个：蓝钻石将必然地、合乎情理地归金融家所有，因为他的财产多达五亿多法郎，这足够支持他的爱好。但是，她还是开了口：

"三十五万。"

接踵而来的又是一片静寂。人们又把目光移向金矿之王，等着那不可避免的竞价。大家相信他肯定会猛抬一下，主持人便一锤定音。可是，出人意料的是，赫希曼面无表情，一言不发，手里拿着刚撕开的信封，眼睛直盯着右手的一张字条。

"三十五万！"

主持人又喊一声：

"一次……两次……还来得及……还有人报价吗？……我再说：一次！……两次！……"

赫希曼依旧默不作声。沉默仿佛凝固了时间。但锤子还是落了下来。赫希曼不由得为之一震，好像在迷糊中被锤声惊醒。

"四十万！"他大喊了一声。

太迟了。拍卖已成定局，不可改变。大家疑惑地拥到赫希曼身边。到底出了什么事？他怎么不早点报价？他笑起来：

"说真的，我也不知道出了什么事。只是那一刻走了神。"

"是吗？"

"没错，刚才我拿到一封信。"

"这封信难道足以……"

"让我分神。没错，来得正是时候。"

戈尼玛出席了钻戒拍卖会，也在人群中站着。他来到一个侍应生跟前：

"交给赫希曼先生那封信的大概就是你吧？"

"对。"

"谁让交的？"

"一个女人。"

"她在哪儿？"

"在哪儿？……喏，先生，那边……就是那个戴厚面纱的女人。"

"要出去的那个？"

"没错。"

戈尼玛朝门口跑过去时那女人正在下楼。他看见了就追上去。可是人流在门口挡住了他。等他越过人群来到外面时，他再也见不到那女人了。他返回大厅，走近赫希曼，一番自我介绍后，就向他要那封信。赫希曼把信交给他。那封信是用铅笔写的，看得出来写得很赶，笔迹金融家并不熟悉。上面写着：

　　蓝钻石会带来不幸。想想德·奥特莱克男爵吧。

　　蓝钻石的磨难并没有就此画上句号。早前，德·奥特莱克男爵的遇害、德鲁奥大厅拍卖会上的插曲，使它大大出了名。而一件六个月后发生的大事，则使它变得家喻户晓。这年夏天，那颗克罗宗伯爵夫人花了大价钱才弄到手的钻石被人偷走了。

　　这是一个有趣的案子，那些激动人心的戏剧性情节曾使人兴致勃发。我们来简要地叙述一下。现在，这些情节终于都清楚了。八月十日晚，在俯临索姆河湾的城堡客厅里，克罗宗夫妇迎来了他们的客人。他们演奏着音乐，伯爵夫人在弹钢琴，琴边的一件小家具上摆着各种首饰，德·奥特莱克男爵的戒指也在其中。一小时后，伯爵先生、他的两个表亲德·安代尔兄弟以及德·克罗宗伯爵夫人的密友德·莱阿尔夫人都先行离开了。仅剩下伯爵夫人和奥地利领事布莱尚夫妇三人闲聊着。一会儿后，伯爵夫人把客厅桌上的大灯给熄了。与此同时，布莱尚先生也起身关了钢琴边上的那两盏小灯。厅里顿时一片黑暗，一丝惊慌弥漫在大家的心头。接着，领事点起蜡烛，他们三个人就各自回房了。但是，伯爵夫人刚一进房间，就想起那件还留在客厅里的首饰，随即打发女仆去拿。女仆拿回首饰盒后就把它放在壁炉上，之后女主人就睡了，也没有清点。第二天，克罗宗夫人发现那个蓝钻石戒指少了。她将此事告诉了丈夫。商讨后，他们马上得出结论：偷戒指的不会是女仆，那就只有布莱尚先生了。过后，伯爵立马向亚眠中心警察局报了案。局长下令马上开始调查，并安排人暗中监视奥地利领事，消除他出手或送走这枚戒指的可能。城堡周围有警察日夜在守护。一晃两个星期过去了，什么事情都没有发生。紧接着，布莱尚先生宣布要动身。于是当天他就被起诉了。警察局局长正式出面，下令领事夫妇交出行李以备搜查。在领事的一个钥匙从不离身的小提包里，警察搜出一个牙粉瓶，人们惊奇地发现：那大戒指就在瓶里！布莱尚夫人为此晕倒在地，警察逮捕了她的丈夫。被告采取的辩护方式也让大家记忆犹新。他说，戒指出现在他的行李里，只有一种可能，那就是克罗宗先生借故报复。

　　"伯爵很粗鲁，他的妻子很不幸。经过一番长谈，我极力劝伯爵夫人离婚。知道这件事后，伯爵就拿了戒指，在我临走时混进我的洗漱用具中，来报复我。"

可是，伯爵夫妇坚决不撤诉。双方各执一词，都讲得通。谁对谁错，只消个人评判。再没有什么新事件发生，使得天平倾向一边。议论持续了一个月，期间大家不断推测和调查，却始终没有找到半点确凿的证据以利于定案。

流言蜚语搞得克罗宗夫妇疲惫不堪，洗清对自己指责的证据又始终找不到，不得已只好求助于巴黎警察局，请求派人帮助解开疑团。而来人正是戈尼玛。

四天时间里，老探长这里嗅嗅，那里看看，偶尔还在花园里散散步，同女仆、司机、园丁、附近邮局的职员进行长时间的谈话。此外，他还察看了布莱尚夫妇、德·安代尔兄弟以及德·莱阿尔夫人住的套间。某天的一个早晨，他不辞而别了。

一个星期后，有人发来一封电报：

明日（星期五）晚五时在布瓦西·当格拉街日本茶馆相见。戈尼玛。

星期五下午五时整，伯爵夫妇的汽车在布瓦西·当格拉街九号门前停下了。在人行道上，老侦探在旁等候着，不加任何解释就把他们带到了二楼的日本茶馆。

房间里两个人已经就座。戈尼玛介绍道：

"这位是热尔布瓦先生，凡尔赛中学教师。亚森·罗宾偷了他五十万，你们或许有些印象。这位是莱翁斯·德·奥特莱克先生，德·奥特莱克男爵的侄子、财产继承人。"

四个人坐下来。过了几分钟，第五位也到了，他就是警察局局长。不过局长先生迪杜伊似乎很不高兴，向大家致意后，便说：

"总署里有人把你的电话内容转告给了我，戈尼玛，到底出了什么事？事情有这么要紧吗？"

"十分重要，局长。只要一个钟头，有几起案子就要水落石出了。是我最近参与调查的那几起。我觉得你必须得在场。"

"必须到场的还有迪约齐和福朗方吧？他们也在下面门口转悠

着呢。"

"是的，局长。"

"你准备怎么做呢？逮捕人吗？还是其他什么好戏？好吧，戈尼玛，你给我们讲讲吧！"

戈尼玛迟疑片刻才开了口，拖着节奏故作神秘地说：

"首先，布莱尚先生与戒指失窃一案毫无关系，我敢保证！"

"嘀，结论一般……不过看得出来十分认真哦。"迪杜伊先生说。

伯爵问道：

"就……就只发现了这一点？"

"不。戒指失窃的第三天，你的其中三位客人坐汽车兜风，偶然来到了克莱西镇，当中的两个人去参观著名的战场，另一位匆匆跑到邮局，寄了一个用绳子扎好的小盒子，按规定封好，他声明里边的东西值一百法郎。"

克罗宗先生颇不以为然：

"这有什么好奇怪的呢？"

"但我得告诉你，这个人没用真名，而是用卢梭这个名字寄的东西，而那收件人是住在巴黎的一位贝卢克斯先生，他在收到邮件的当晚就搬了家。这么一来也许你就觉得不大正常了吧？也就是说，装在那盒子里的正是你的那枚蓝钻石戒指。"

"是我表亲德·安代尔兄弟中哪一个吗？"伯爵问。

"不，与他们无关。"

"那么是德·莱阿尔夫人？"

"对。"伯爵夫人吃了一惊，叫起来：

"你这是在指控我的好朋友？"

"请原谅，夫人，我能问你一个小问题吗？"戈尼玛问道，"这位德·莱阿尔夫人参加蓝钻石拍卖会了吗？"

"对，她坐在另外一边，我们不在一起。"

"劝你买这枚戒指的就是她吧？"伯爵夫人努力回忆。

"对……确实是……她应该是头一个告诉我的人……"

"夫人，你的回答我记下了。如果第一个告诉你那枚蓝钻石的人是德·莱阿尔夫人，她还劝你买下的话，证据就成立了。"

"但……她不会……"

"对不起，我只能说，你们只是泛泛之交，并非报上所写的那样，是你的密友。但报纸这么一说，她就没有嫌疑了。你们去年冬天才认识的。并且，我完全可以向你证明，她谎报了她的过去、她的社会关系，有关她的一切都是假的。自始至终，布朗什·德·莱阿尔夫人并不存在，从今往后也不再存在。"

"可是?"

"可是什么?"戈尼玛问。

"是啊，这是一个十分离奇的故事。可是，她为何选定我们为目标呢? 即便拿了戒指的真是德·莱阿尔夫人，但把戒指藏在布莱尚先生的牙粉瓶里这一行为还是无从解释，不是吗? 活见鬼了! 理所应当要把冒险偷到的蓝钻石留在自己手上的。关于这一点，你又怎么解释呢?"

"我还弄不清楚。我们可以亲自问问莱阿尔夫人。"

"这么说，她还是存在的?"

"存在……但又不存在。简单地来说是这么回事。三天前的晚上，我去了特鲁维尔的博里瓦热旅馆。对此你一定很奇怪。这一切只因那天我在读报的时候，发现在特鲁维尔的外地人名单上写着'博里瓦热旅馆，德·莱阿尔夫人'。根据了解到的资料，这位德·莱阿尔夫人的体貌特征以及其他的一些情况与我要找的那一位相符。但那时她已经离开，只留下了巴黎的地址，科利泽街三号。两天前，我去了这个地方，发现德·莱阿尔夫人并不存在，住这儿的是一个叫莱阿尔夫人的女人，她住在三楼，是个钻石经纪人，前天旅行回来了。昨天我以一个中间商的身份上门找她，说自己在为一些有能力购买宝石的人士服务，并留了个假名，约她今天在这里开始我们的第一笔买卖。"

"怎么，你这是在等她?"

"就在五点半。"

"你确信……"

"她绝对就是克罗宗城堡的莱阿尔夫人，这点我确信无疑。我手上有无可辩驳的证据……听……是福朗方的信号……"

外边一声口哨响起。

"没有时间了。克罗宗先生和夫人，还有奥特莱克先生，请你们都到隔壁房间去……热尔布瓦先生，你也一样……我把门开着，一听到信号，你们就马上出来。局长请留下。"戈尼玛立即站起来说道。

"如果上来一些别的人呢?"迪杜伊先生观察着下面。

"这绝不可能。这是我朋友新开的茶馆，除了那金发女郎……他不会让任何活人上来。"

"金发女郎? 你说的是金发女郎?"

"局长，就是这位传说中的神秘的金发女郎，亚森·罗宾的同谋和朋友。我已经掌握了确凿的证据指控她，不过，我想在你面前让她原形毕露，并召集被她劫掠的人一起做证。"

他把头探出窗外:

"她正走近我们……就要进来了……哈，再也逃不掉了。福朗方和迪约齐把守着大门……金发女郎就要落在我们手里了，局长!"

几乎在同一时刻，一个身材高挑、脸色苍白、一头惹眼金发的女人在门口站住了。

突如其来的激动让戈尼玛透不过气来，他屏气凝神，沉默不语。她真真切切地站在他的对面，就要由他摆布了! 这是有史以来跟亚森·罗宾的战斗中最伟大的一次胜利! 报复的快感多么强烈! 但这一胜利似乎来得太过容易，他忍不住担心，奇迹会不会帮助金发女郎从自己手里溜走，像亚森·罗宾经常遇到的一样。她在门口伫立，吃惊于这片刻的静默，不安地看着四周。

"她想开溜! 她要离开!"戈尼玛不无担心地想道。就在这时他一个箭步插在她身后。而她正转过身，想要出去。

"不! 不!"他说，"怎么这时候就要走?"

"先生，这气氛，我糊涂了……让我……"

"你不应该走开，夫人。相反，必须得留下。"

"可是……"

"住嘴吧，你别想逃掉!"

她脸色煞白，禁不住倒在了一把椅子上，气急败坏地问:

"你这是要干什么? ……"

戈尼玛以胜利者的姿态抓住了金发女郎，他努力克制住自己的得意，说:

"这是我要给你介绍的那位朋友，之前我跟你提过他。他想买些首饰，尤其是钻戒，之前约定好的东西能弄到吗？"

"不……不……我不知道……我记不得了……"

"不，你会记得的……你的一个熟人可能交给过你一枚有色钻石，是不是这样？再好好想想……'大概是蓝钻石吧。'那时我笑着说。你这么回答：'正是，我也许有你想要的东西。'有印象了吗？"

她惊恐得说不出话来。手上的小提包也掉在了地上，她立即拾起来，抱在胸前，看得出手指还在微微颤抖。

"瞧，莱阿尔夫人，你大概是信不过我们。"戈尼玛说，"我要给你看些东西，一些我掌握的东西。"

他从钱夹里拿出一张纸摊开，是一绺头发。

"你看这是昂图瓦内特·布莱阿的头发，没错，就是男爵揪下来，攥在手里的那一绺。热尔布瓦小姐认出，这和金发女郎头发的颜色一样……这么巧，与你头发的颜色也一样……惹眼的金色。"

莱阿尔夫人愣愣地看着他，似乎真不明白他所说的话。他接着说：

"这是两个香水瓶，标签没了，香水也用完了，不过香味还相当浓。今早，经热尔布瓦小姐辨认得知，这是金发女郎用的香水，早前她们一起旅行过两星期。莱阿尔夫人在克罗宗城堡的房间里发现了其中的一只，另一只是从博里瓦热旅馆你住过的房间里找到的。"

"你这是什么意思？……金发女郎……克罗宗城堡……"

侦探没有理睬，接着在桌上并列摊放了四张纸，"最后，"他说，"请看这四张纸。这张上面留有昂图瓦内特·布莱阿的笔迹，第二张是拍卖蓝钻石时赫希曼先生收到的条子，留在第三张上的是莱阿尔夫人在克罗宗城堡做客时留下的笔迹，这第四张……是你的，夫人……是你在特鲁维尔的博里瓦热旅馆的门房那里记录的姓名住址。经过比较，不难发现这四份笔迹其实是一样的！"

"疯了，先生！你疯了！这代表什么呢？"

"夫人，让我告诉你，"戈尼玛激动地大喊，"这意味着：那个金发女郎、亚森·罗宾的朋友、他的同谋，正是你。"

当下，他推开了隔壁房间的门，径直冲过去推着热尔布瓦先生的肩膀，把他推到莱阿尔夫人面前。

"热尔布瓦先生，认得这个女人吗？她就是劫持你女儿的人，你应该在德蒂南先生家里见过她的。"

"认不出。"

大伙儿如临电击，不觉为之一震。戈尼玛晃了一晃：

"认不出……怎么会？……来，好好想想……"

"想过了……两个人头发颜色一样……脸色也一样，煞白煞白……可模样一点也不像。"

"我不相信……不可能会出错……德·奥特莱克先生，那，昂图瓦内特·布莱阿，你认出她了吗？"

"我在伯伯家见过的……不是她。"

"另外我想补充一点，这位夫人也不是什么莱阿尔夫人。"

德·克罗宗伯爵夫人肯定道。这绝对是致命的一击。戈尼玛绝望了，昏昏然然地低垂着头，一动不动，目光茫然。

这一切都是徒劳，是枉费心机的努力，仿佛一栋苦心孤诣搭起的楼房瞬间倾塌。迪杜伊先生站起来：

"夫人，请原谅，很抱歉我们弄错人了。忘了它吧。可是，有一点我不明白，你为什么慌张……你一来态度就很奇怪。"

"上帝啊，先生，我怕……十多万法郎的首饰在我的包里放着呢，以你朋友的举止，我又怎能放心？"

"但你一直都不在家？……"

"干这行就必须这样，不是吗？"

迪杜伊先生无话可说了，便转向部下：

"戈尼玛，你在了解情况时太过轻率了。刚才还那么对这位夫人，我会在办公室里听你讲清楚。"

会见结束。警察局局长正准备走，一件让人困惑的事发生了。

莱阿尔夫人走到侦探身边：

"我听到他们叫你戈尼玛先生……我没听错吧！"

"没有。"

"是这样啊，今天早晨我刚收到一封信，是给你的。信封上标注'请莱阿尔夫人转交戈尼玛先生'。起初我以为是谁在跟我开玩笑，因为我不曾认识叫这一名字的人。不过，那个写信的人也许知道我们有约会。"

出于个人直觉，戈尼玛真想一把抓过信立即毁掉。可是，上司在场，他可不敢，只好当众拆开信封，声音特别小，在场的人勉强能听到：

"从前，有一个金发女郎，一个亚森·罗宾，还有一个戈尼玛。戈尼玛很坏，千方百计加害漂亮的金发女郎。好心的亚森·罗宾加以阻止，并让金发女郎做了德·克罗宗伯爵夫人的密友，为她取了德·莱阿尔这个名字，和一个诚实的女商人一样，或只是相近。女商人相貌特征显著，一头金发，脸色苍白。好心的亚森·罗宾寻思：'要是坏戈尼玛追查金发女郎，我就把目标引向那个女商人吧！'一切小心谨慎地进行，十分顺利。某一天，亚森·罗宾往坏戈尼玛常看的报纸寄了条小消息。还让真金发女郎故意在博里瓦热旅馆的房间留了一个香水瓶，并在旅馆登记簿上记下莱阿尔夫人的姓名住址，一个陷阱就设好了。戈尼玛，你觉得如何？我真想亲口给你叙述这个有趣的冒险故事，详详细细一字不漏。因为我知道你会是第一个笑的人，谁都知道你智力超群。故事确实有趣。我得承认：我的确是好好地乐了一回。

亲爱的朋友，谨致谢忱，并向杰出的迪杜伊先生致意。"

"亚森·罗宾什么都清楚！"戈尼玛嘟嚷道，脸上不带一丝笑意，"当中的有些事甚至我没向任何人透露过！局长，他竟然知道我会请你来！他还知道我发现了其中一个香水瓶，真是太不可思议了！……他怎么能知道……"

他捶胸顿足，狠揪自己的头发，显得极为沮丧。这让迪杜伊先生禁不住生出了些许同情。

"好啦，戈尼玛，忘了它吧。下一次好好干！"警察局局长陪着莱阿尔夫人起身离开。

又过了十分钟。这期间戈尼玛反复读着亚森·罗宾的这封信。与此同时，德·克罗宗夫妇、德·奥特莱克先生以及热尔布瓦先生，他们三人在一个角落里进行着热烈的交谈。最后，伯爵走向侦探：

"亲爱的先生，此事最后的结论是：我们毫无进展。"

"很抱歉，我得说我的调查证明了金发女郎是受亚森·罗宾指使，不可否认，她就是这些冒险活动中的女主角。这难道不是一种进步？"

"这毫无价值。问题也许还是一如既往地扑朔迷离。一个金发女郎为了偷蓝钻石而杀人，却没有立刻把它带走，得手后，却又栽给了别人。"

"我也弄不清这问题。"

"当然，不过某些人或许可以……"

"你是指？……"

伯爵迟疑不决，这时伯爵夫人接过话，明确地说：

"我想是他，据我看他是除你以外唯一可以和亚森·罗宾斗一斗，并可以战胜他的人。戈尼玛先生，如果我们请歇洛克·福尔摩斯帮忙，会冒犯到你吗？"

戈尼玛当即露出了尴尬的神色。

"不会……只是……我没弄明白……"

"是这样，这些神秘事件勾起了我的兴趣，我非得搞个一清二楚。当然，热尔布瓦先生和德·奥特莱克先生也深有同感。我们商量着要给这位英国著名的侦探写封信。"

"夫人，我得承认，"侦探落落大方地说，"你说得对，我老到已经无力与亚森·罗宾斗了，歇洛克·福尔摩斯又能成功吗？当然，我希望他成功，你知道我对他也是十分敬佩……不过……他也不一定……"

"不一定会成功吗？"

"我是这么认为的。在我看来，福尔摩斯与亚森·罗宾决斗，只有一个结果：在这场战斗中，英国人终将失败。"

"无论如何，你能从旁协助吧？"

"当然可以，夫人。我保证毫无保留地全力协助。"

"你能告诉我们他的住址吗？"

"贝克街二百二十一号。"

就在当晚，德·布莱尚领事被撤销了诉讼。一封集体署名的信寄给了歇洛克·福尔摩斯。

三、歇洛克·福尔摩斯拉开战幕

"先生，请问你们几位要吃点什么？"

"什么都行，"亚森·罗宾回答，他的态度显然是对饮食不感兴趣，"……随便来点吧。但是不要上肉，也不要上酒。"

听到他的话，服务生鄙视地走开了。

我连忙问道：

"怎么？我们要吃素食？"

"现在，我越来越不想吃肉食了。"亚森·罗宾肯定道。

"是胃口不好，还是因为你的信仰、习惯造成的？"

"都不是，是为了健康的考虑。"

"你从来没犯过禁吗？"

"当然不是。在交际场上，为了显得不是很特别……"

我们两人的这顿晚餐是在临近北站的一个小饭馆吃的，是亚森·罗宾邀请我来的。他总是喜欢这样，早晨时给我拍个电报，见面的地点约在巴黎的某个角落。每次看到他，他总是精力充沛，热情好客，而又幸福天真的样子；而且，还总是给我带来一件意想不到的趣闻、一段回忆，抑或一段富有传奇色彩的奇遇。

那天晚上，我感到他比平时要开心，从他的笑声中就能感受到。他的话比平时要多，带着他独特的讥讽。他的这种讥讽优雅、轻松、快活、自然。看到他这样，我也非常开心，不由得表达了我的满意之情。

"啊，是啊，"他大声说，"这段时间一切都太妙了。在我的身上生命似乎是个永远也用之不尽、取之不竭的宝藏。况且，上帝也明了我的生活是从来不精打细算的！"

"你或许是太挥霍了。"

"我和你说，这个宝藏是取之不尽的！因此，我有资本去尽情地花费、浪费。我把我的青春和力量撒向四方，于是更美丽的青春和更强大的力量又回到我的怀抱……再说，我的生活简直是太美好！……只要我愿意,难道不是吗?一觉醒来……我就能成为政治家、企业家、演说家……上帝啊,我可以向你发誓,我从来就没有这样想过!现在我是亚森·罗宾,将来还是亚森·罗宾。在历史上我找寻不到一个可以和我相比较命运的人,找不到!没有任何一个人比我更紧张,更充实……拿破仑怎样?或许可以比比……但是,当他的皇帝职位快结束的时候,在法兰西的战役中他被欧洲各国痛击的时候,每打一仗都自问是否是最后一仗。"

这是在开玩笑,还是他的正经话?他的声音激动起来,继续说:

"你看,问题就出在这儿。危险!不断危险的感觉!就像我们所呼吸的空气,时刻呼吸着危险的气息!你会看到这危险在你的周围号叫着、呼啸而过!它窥视你,走近你……在风暴中心,保持着平静……不要不忍心活动……否则就全盘皆输……只有一种感觉,就像司机在开车时的感觉,但是,司机开车时开上一上午就要休息一会儿,而我却要永不停息地永远开下去!"

"多么富有感情的演讲!"我叫起来,"……你是否应该让我知道你到底是因为什么特殊原因在这儿兴奋呢?"

他微微一笑,说:

"噢,你真是个不错的心理学家。确实是有一件特殊的事。"

他倒了一大杯水,一饮而尽,说道:

"今天的《泰晤士报》,你看了吗?"

"没有。"

"可能是今天下午,大侦探歇洛克·福尔摩斯过了海,应该在六点抵达巴黎了。"

"啊?他来干吗?"

"德·奥特莱克的侄子、克罗宗夫妇,还有热尔布瓦先生邀请他进行一次小小的旅行。还有戈尼玛,他们都在北站会合。如果没猜错的话,现在六个人正在密谋呢!"

对亚森·罗宾先生,尽管我有很强的好奇心,但是如果不是他主动告诉我,我是绝对不会询问他任何问题的。当时我一直有一个问题,总想问,但却一直忍着。再说,在当时的蓝钻石案件中,并没有披露他的名字,至少没有正式披露。所以,我就一直耐心等着。

他又说:

"有关那位优秀的戈尼玛的文章,《泰晤士报》已经刊登了。这篇文章报道,德·奥特莱克男爵是被我的女友——金发女郎暗杀的,并且还企图窃得德·克罗宗夫人那枚著名钻戒。当然,我被指控为这起罪行的幕后策划人。"

我轻轻一颤:这一切是真的吗?我是否该认为一个人会被他的生存方式、偷窃习惯,还有事件本身的发展逻辑促成犯罪呢?我仔细打量着他,他十分平静,那双真诚的眼睛一直望着我。

我又低头看到了他那双手,这是一双漂亮的手,是一双确实不会冒犯他人的艺术家的手……

我低声说:

"戈尼玛是个幻想狂。"

他反对道:

"不,不,戈尼玛十分有心机,甚至有时的表现应称为有才华。"

"有才华?"

"对。例如,这次的采访他安排得就非常巧妙。首先,他先把他的英国竞争对手要来巴黎的消息公布出来,以此让我有所警戒,好给这个英国人设点障碍。其次,他表明了他走到了哪一点,以此说明福尔摩斯只是在他已发现的线索上坐享其成。这真是个高明的做法。"

"不管如何,你现在要面对两个对手,而且都是什么样的对手啊!"

"嗬!其中的一个不用认真对付的。"

"那另一个呢?"

"你指的是福尔摩斯?啊!我承认我和他之间是棋逢对手。恰好,这正是让我感到兴奋的原因。我今天如此开心正是因为这一点。首先,这是个关于自尊心的问题。公众觉得这个有名的英国大侦探要战胜我并没有那么简单。其次,你想一想,歇洛克·福尔摩斯要和我这样的斗士进行决斗,让人多么兴奋啊!总之,我必须要全力以赴。因为,我了解他,他是绝对不会后退半步的。"

"他很强。"

"非常强。作为侦探,我觉得他的过去和现在都是无与伦比的。但我有个优势,那就是他进攻,我是防守。我的角色让我更容易些。再说……"

他难以觉察地笑了一笑,把话说完:

"再说，我了解他的打法，但他并不清楚我的。我预计要在暗处给他几下，好让他动一动大脑……"

他用手指轻轻敲了敲桌子，心醉神迷地说：

"亚森·罗宾即将大战歇洛克·福尔摩斯……法国即将大战英国……总而言之，这次我可以报特拉法尔加的仇了！……啊！可怜的人……我早已准备好，可他没有丝毫觉察……我得到了通知……"

突然，他住了口，好像被呛了一下，猛地咳起来，咳得全身不住地发抖。他把餐巾挡住脸。

"吃些面包？"我问，"还是喝点水？"

"不，不用。"他闷声说道。

"那……你要什么？"

"我要呼吸点新鲜空气。"

"我去把窗户打开？"

"不用。我出去……快，把外套和帽子赶紧给我，我要走……"

"啊？怎么了？……"

"刚进来了两位先生……你看那个高个的……出门时，你在我的左边走把他挡住，别让他发现我。"

"就是在你身后坐着的那个？"

"对，就是他……因为个人原因，我宁愿……出门后再和你解释……"

"他是谁？"

"歇洛克·福尔摩斯。"

他努力克制自己，似乎对自己这种激动的表情难为情似的。他放下餐巾，喝了杯水，恢复了常态，笑着对我说：

"是不是很可笑啊？我并不是个容易激动的人，但是，突然见到他……"

"你到底怕什么？你已经化了装了，你不会那么容易被认出的。我每一次和你会面，都感到是遇上了一个陌生人。"

"但他会认出我。"亚森·罗宾说，"虽然我们只见过一次。但我感到他把我的一生都看透了，不但把我的伪装看穿了，还看透了我的本质，总之……总之……我没想到……多么怪异的相遇啊！……在这样的一个小饭馆中……"

"那么，"我说，"我们走吧？"

"不……不……"

"你又要干什么？"

"也许最好的办法是直接采取行动……把我自己交给他……"

"这是你的真实想法吗？"

"当然……且不说我占了便宜，我还要问问他，看他都想了解些什么情况……啊！看，我感到我的脖子、肩膀正被他死死地盯着……他正在寻思……回忆呢……"

亚森·罗宾又在开动大脑。他的嘴角浮起了一丝诡黠的微笑。我想他这是出于好冲动的本性，而不是形势所迫，是一时的心血来潮。忽然，他猛地站了起来，转过身，十分开心地鞠躬致意说：

"你好！真是太巧了！太难得了！……请允许我介绍一位朋友给你……"

有一两秒钟，那个英国人表现得有些不知所措，之后，他做了个本能的动作，似乎想扑向亚森·罗宾。亚森·罗宾见状摇了摇头：

"你如果要这样做就不太礼貌了……且不说样子很难看……况且也是徒劳。"

英国人看了看周围，似乎是要搬救兵。

"这样也不好。"亚森·罗宾说，"再说，你确信自己有能力抓到我吗？来吧，把你高尚斗士的姿态拿出来。"

此时，英国人并不想当什么高尚的斗士，但这或许是他最合适的选择。因为他半站起身，冷酷地介绍道：

"这位是我的合作者和好友——华生先生，这位是亚森·罗宾先生。"

华生听到这番介绍后，一副傻傻的样子，十分滑稽、可笑。他的眼睛睁得大大的，嘴巴也张得很大，看上去就像是在一个油光滑亮、皮肤绷得紧紧的与苹果相似的脸上划开了两条线；圆脸的周围是草茎似的短髭和像刷子一样的头发。

"华生，你总是掩饰不住傻傻的样子，即使遭遇最自然的事。"福尔摩斯带着挖苦的意味冷笑道。

华生结结巴巴地问：

"为什么你现在不抓捕他？"

"你没看到这位绅士站的位置吗，华生？他就在我和门之间，离门也就两步的距离，我连动一动小指头的时间都没有，他会跑向外面的。"

"这算不了什么!"

亚森·罗宾从桌子的这一边转过去坐了下来，让这位英国人站在了他与门之间。这意思是说，让福尔摩斯支配。华生两眼盯着福尔摩斯，想看看他是不是敢于欣赏这个大胆的举动。但英国人却带着一副令人捉摸不透的神气。但是，过了一会儿，他叫道：

"服务生!"

服务生跑来了。

福尔摩斯吩咐说：

"来点威士忌、啤酒和苏打水。"

和约签下了……直到下达新命令为止。

很快，我们四人围坐在一张桌子前，若无其事地聊起了天。歇洛克·福尔摩斯的模样很普通，和平常人没什么区别。就像我们每天遇到的常人：他五十上下的年纪，特别像个在办公桌前记了一辈子账的会计。他的下巴刮得光光的，还有他有点笨重的老实人外表，都表明他只是个诚实而普通的伦敦公民。只是那双眼睛特别与众不同：目光犀利、灵活，能看透人的内心。然而，这就是闻名遐迩的歇洛克·福尔摩斯，就是那位凭观察、直觉、细致入微、聪明睿智闻名的侦探奇才。似乎是大自然的即兴之作，把两个虚构的出类拔萃的侦探，如加博里约笔下的勒科克，爱伦·坡笔下的杜平加以糅合，最后按照自己的规则创造出另一个不同凡响的，更不真实的角色。当人们听到有关他的那些精彩绝伦的故事时，都会想到，福尔摩斯只是个传说中的人物，是那个从作家柯南道尔大脑中幻想出来的英雄。

由于亚森·罗宾预计逗留很长时间，福尔摩斯随即把谈话切入正题：

"而我逗留时间的长短取决于你——亚森·罗宾先生。"

"哦!"亚森·罗宾笑道，"假如真的是取决于我，那就请今晚立即上船回国吧。"

"不，今晚早了点。我希望过八到十天……"

"如此说来，你这样繁忙?"

"我的事情很多，埃克莱斯顿夫人绑架案、英中银行失窃案……瞧，亚森·罗宾先生，你觉得一周时间够吗？"

"假如只是侦破蓝钻石双头案，一周的时间绰绰有余。除此之外，假如在这个双头案的侦破过程中你的办法占了上风，对我的个人安全造成威胁的话，我也需要一些准备时间的。"

"据我推测，我需要八到十天的工夫，才能占据上风。"英国人说。

"可能第十一天时抓捕我？"

"不。第十天，最后的一天。"

亚森·罗宾思考了一会儿，摇了摇头说：

"恐怕难呀……"

"是难，但是却很有可能……肯定……"

"完全肯定。"华生说，似乎他已看明白他的合作者要采取的行动办法，把亚森·罗宾最终逮捕归案似的。

歇洛克·福尔摩斯微微一笑：

"对，华生在这儿，他在这儿，能为你证实这点。"他又说：

"这些案子都是几个月之前发生的，很显然，我手中没有握着王牌，我因此需要调查的依据和基本要素的线索一点也没有。"

"例如说烟灰、泥点……"华生强调说。

"而且，我除了利用戈尼玛先生发表的引人注意的结论外，还要搜集相关的文章、观察到的情况，等等，以此来形成我的观点。"

"从分析中，或者从假设中总结出自己的想法。"华生教训人似的说。

亚森·罗宾对福尔摩斯的口气非常尊敬，他说：

"先生，我想询问一下你对案子的大致看法，不知算不算冒昧呢？"

看到这两个人面对面坐着，手肘支到桌子上，严肃慎重地讨论着问题，好似在解决一个难题抑或很有争议的一点来促成双方达成协议，真是非常让人感动的事情。相反，这其中也含有绝妙的讽刺，他们两个像艺术家似的，兴致勃勃，以此为乐。看华生的样子也一定感到开心惬意。

歇洛克·福尔摩斯把烟斗慢慢装好，点上火，说：

"这个案子我觉得根本不像想象的那么复杂。"

"确实非常简单。"华生说，他是个忠实的回音。

"我说'这案子'，是因为，我认为这几起案子其实只是一起案子。

德·奥特莱克男爵的死亡、关于戒指的故事，再加上，23 组 514 号彩票的秘密，都应该只是一个'金发女郎之谜'案子的不同方面。照我看来，只要找到同一案件中三个插曲的关联，也就是需要证实三件事实际上是一个案子就可以了。至于戈尼玛的判断，稍微有些肤浅。他在罪犯逃遁的方式，来去无影无踪的能力上看到了它们的一致。但是，我认为，单单奇迹这种说法并不能让人信服。"

"那么……"

"那么，依我看，"福尔摩斯明确指出，"这三件事所表现出来的特点，应该是你有意显露出来的。你的目的尽管我还没看透，但显然，你想把案件领入你预先设计好的范围，这一切对于你不仅仅是一种方案、一种需要，而且是成功不可或缺的条件。"

"你能说详细些吗？"

"很简单。你在与热尔布瓦先生进行谈判和交易时，单单选择德蒂南的住所作为碰头地点。你之所以这样做，是因为你认为那个地方比其他地方都安全，甚至于公开宣布在那儿与金发女郎和热尔布瓦小姐见面。"

"就是中学教师的女儿。"华生明确说道。

"接下来，我们谈谈蓝钻石。自从德·奥特莱克男爵拥有它之后，你是否想把它据为己有呢？没有。但当男爵继承了他哥哥的公馆后，情况就迥然不同了。六个月后，昂图瓦内特·布莱阿搬进了公馆，进行了初次尝试——但并没拿到钻石。再之后，轰动一时的拍卖在德鲁奥大厅进行。这次拍卖没有受到其他因素的影响吗？只要是最有钱的收藏家就一定能拍到这件首饰吗？否。当赫希曼银行家将要买到手时，他收到了一位女士的恐吓信，最终，被这位女士游说、影响的德·克罗宗夫人拍得了钻戒。钻戒到了这位夫人手上后，立刻失窃了吗？没有。你还缺少作案的手段。于是，就穿插了一段幕间休息。后来，伯爵夫人来到城堡住下。这也正是你一直期盼的。很快，戒指不翼而飞了。"

"难道戒指的被盗，仅仅为了出现在布莱尚领事的牙粉瓶中吗？这未免太奇怪了。"亚森·罗宾反驳道。

"得了吧！"歇洛克拍了一下桌子，"你的这些谎话不用来蒙我了。只有傻瓜才会上你的当。你这一套对我这个老狐狸可无效！"

"这就是说……"

194

"这就是说……"福尔摩斯停顿了一下，似乎是为了突出效果。最后，开口道：

"在牙粉瓶中藏着的那枚钻戒不是真的，真的在你手中。"

亚森·罗宾有一段时间没有吱声，然后，他盯着福尔摩斯说：

"先生，真的很佩服你，你果真厉害！"

"很厉害，是不是？"华生强调说，言语中充满敬佩之意。

"是的。"亚森·罗宾肯定道。

"真相水落石出了。一切都搞清楚了。那些预审法官，那帮对案件有浓厚兴趣的记者，没有一个不背离真相的。这真是奇迹，是直觉和逻辑推理铸就的奇迹！"

"唔！"英国人感叹道，受到一个知音如此赞扬和恭维，他觉得很舒服，"其实，只需好好思考一下就可以了。"

"其实只需善于思考就可以了。但是，善于开动大脑思考的人却是何其寥寥啊！既然假设的范围缩小了，道路扫清了……"

"现在，我只需搞清楚为何这三件事会选择在克拉佩隆街二十五号、昂利—马尔坦大街一百三十四号和克罗宗城堡大墙里发生就可以了。事情的关键就在这儿，其余的不过是废话和孩子猜的字谜。你不这样认为吗？"

"正是这样认为。"

"亚森·罗宾先生，既然这样，我说在十天后完事，是说错了吗？"

"你会在十天后揭晓真相的。"

"到那时，你会被逮捕。"

"不会。"

"不会？"

"只有遭遇非常偶然的局势，还有一连串令人诧异的厄运，我才有可能被抓。但我肯定这是不会发生的。"

"亚森·罗宾先生，形势和机遇不能办到的事，依靠意志和顽强的毅力能够做到。"

"福尔摩斯先生，假如这个人的意图遭遇另一个人用他的意志和毅力设下的不可逾越的障碍呢？"

"亚森·罗宾先生，在我这儿，没有不可逾越的障碍。"

他们深深地对视了一眼，沉着而大胆，但并没有挑战的意味。这是两把在格斗的剑，铁碰铁，钢碰钢，铮铮作响。

"好吧！"亚森·罗宾叫起来，"终于遇上了一个！一个好对手，而且是个凤毛麟角的对手！是大侦探歇洛克·福尔摩斯！终于可以开心一阵了！"

"你不怕？"华生问。

"差不多吧，华生先生。"亚森·罗宾起身说道，"证据，就是我要尽快安排退路……不然很可能束手就擒。福尔摩斯先生，我们说定了，十天？"

"十天。今天是星期天，再下个星期三，案子将彻底了结。"

"我被逮捕？"

"毋庸置疑。"

"哎呀！可是我多么喜欢安静的生活啊！在日常琐事中度过平凡的每一天，没有烦恼，没有警察的打扰，周围的一切是富有同情心的感动，啊！……这一切都不得不改变了！光彩炫目的勋章就要翻过背面了！晴天过后即将是雨天……再也别想欢笑了。再见吧！"

"你趁早吧，一分钟的时间也别再耽搁。"华生说。因为福尔摩斯显然很尊重他，华生也由此很关心他。

"华生先生，我一分钟也不想再耽误，我只对你说一句，今天结识二位我非常开心。福尔摩斯先生有你这样志同道合的合作者，我真是羡慕极了。"

大家彬彬有礼地道别，就像角斗场上两个无仇无怨的斗士，因为命运的逼迫，不得已要互相无情地拼杀。

亚森·罗宾抓起我的胳膊，把我拉到外面：

"亲爱的，你认为如何？把这段小插曲写在你即将给我写的回忆录中，效果一定非常棒。"

他顺手把饭店的门带上，走了几步，又停下来：

"吸烟吗？"

"不。但我认为你也是不吸烟的。"

"我也不吸。"

不过，他还是用蜡绳把烟点燃了一根，挥了几下，才把蜡绳熄灭。可是没等吸着，他就把烟丢到了地上，跑向马路对面，与从暗处刚走出来的两个人会合到一起。那两个人似乎是接到信号赶过来的。亚森·罗宾与那两个人在对面的人行道上交谈了几分钟后，回到了我的身边。

"请原谅，这可恶的福尔摩斯想让我出丑。但我向你发誓，他奈何不了我亚森·罗宾的……哼！他会了解我的为人的，他也会知道我的厉害的……再见，还是那难以形容的华生说得对，我不能再耽搁一分钟了。"

他匆匆忙忙地走了。

这个令人终生难忘的夜晚。至少，我参与的那部分情节就这样结束了。因为，几个小时内，又发生了很多事件。因为另两位就餐者的透露，让我有幸了解了这些事件的情况。

亚森·罗宾离开我后，歇洛克·福尔摩斯先生掏出表看了看时间，之后，他站起身来：

"现在八点四十了。我与伯爵夫妇九点钟在火车站会面。"

"走吧！"华生喊道，接着把两杯威士忌一饮而尽。他们走出了门。

"华生，不要回头……或许我们后面有人跟着。果真如此的话，你要做出满不在乎的样子……你想想看，华生，把你的看法说出来，为什么亚森·罗宾要到这家饭馆来？"

华生毫不迟疑：

"吃饭呗！"

"华生，我们在一起工作的时间越久，我就越发现你在不断地进步。我保证，现在你真让人刮目相看。"

在黑暗中，福尔摩斯的表扬令华生很不好意思，他的脸都红了。

福尔摩斯继续说道：

"对，他是来吃饭的。但也很可能是来试探一下，看我是不是真像戈尼玛在记者招待会上宣布的那样，去和克罗宗会面。所以，为了迷惑他，我要去见他们。但是，为了争取时间抢在他前面，我又不能去。"

"啊？"华生被这番话弄糊涂了。

"现在，你从这条街走，乘一辆马车，然后再换乘另一辆，之后再换乘一辆，然后再回到这里，把我们在行李寄存处的箱子取出来，再快步跑回爱丽舍大旅馆。"

"爱丽舍大旅馆？"

"对，你去那儿开间房间，好好睡上一觉。然后，再等我的消息。"

华生以为自己担负了重要使命，自豪地走了。歇洛克·福尔摩斯把火车票掏出来，登上了开往亚眠的快车。车上，德·克罗宗伯爵夫妇早已等候多时了。

见面后，彼此很有礼貌地问候。然后，福尔摩斯点燃了第二锅烟，他不慌不忙地站在车厢走廊上吸了起来。

列车摇摇晃晃地开起来。十分钟之后，福尔摩斯坐到了伯爵夫人的身旁，他问道：

"夫人，戒指你带来了吗？"

"是的，先生。"

"我能看看吗？"

他接过戒指，仔细地看了起来：

"和我想象的一样，是块人造的钻石。"

"人造钻石？"

"对，是一种新工艺，在高温下熔合钻石粉……熔合成一块。"

"不！我的钻石是真的。"

"你的钻石确实是真的，但这块不是你那块。"

"那我的呢？"

"在亚森·罗宾那儿。"

"但是这块呢？这究竟是怎么回事啊？"

"你的真钻石被他调了包，他把假的放到了布莱尚先生的牙粉瓶中。你是在那儿找到的。"

"这样说来，这个是假的？"

"绝对是。"

伯爵夫人惊呆了，她愣在那儿半响说不出话。伯爵对这番话不大相信，他把戒指拿到手中翻来覆去地仔细看。过了很长时间，伯爵夫人才支支吾吾地说：

"这怎么可能？直接偷走真钻石不就行了，为什么要多此一举呢？况且，他到底是如何偷的呢？"

"这正是我要尽力搞清楚的事情。"

"在克罗宗城堡吗？"

"不，我要到克莱伊下车，再回巴黎。我和亚森·罗宾之间的争斗要在巴黎进行。其实，在任何地方较量都差不多。但是，让亚森·罗宾最好认为我正在旅行。"

"可是……"

"夫人，你的担心是什么？最担心的是你的钻戒，对吗？"

"对。"

"那请你放心。和我刚订的协议相比，这事要简单得多。我向你担保，歇洛克·福尔摩斯肯定会把真钻戒还给你。"

火车开始减速，假钻戒被福尔摩斯放进了口袋。然后，他打开了车门。伯爵被这一举动吓坏了：

"你……为什么从反面下车？"

"亚森·罗宾一定派人在监视我，我这样做不会给他们留下任何痕迹。再见！"

一个铁路职员试图阻止福尔摩斯的做法，却没起到作用。他径直朝站长室走去。

五十分钟后，他跳上另一列开往巴黎的火车，于午夜前到达了车站。福尔摩斯越过车站和餐厅，冲到了马路上，向一辆出租马车跑去：

"车夫，去克拉佩隆街。"

在确定没人跟踪他之后，他吩咐马车停到了克拉佩隆街进口处，他仔细察看着德蒂南先生的住所和旁边的两座房子。之后，他迈开步丈量了一段距离，把一些特征和数据记在了记事本上。

"车夫，昂利—马尔坦大街。"

在拉蓬普街和昂利—马尔坦大街的交界处，福尔摩斯付了车钱走了下来。他沿着人行道一直走到了一百三十四号，又对从前德·奥特莱克男爵的公馆和相邻的房子进行了仔细地观察，对每幢房子的正面长度都做了计算，还丈量了房前小花园的进深。

四周空无一人，两旁的林荫大道上种着四行树。路旁的煤气路灯发出暗淡的光亮，与浓重的夜色徒劳地抗争着。公馆的一部分被其中一束惨淡的光亮照射着。写有"出租"的招牌挂在了公馆的栅门上。两条小径已经荒芜，它们包围着一个小草坪。房子没有人居住。大窗户里面早已是空空荡荡的。

"真是人死楼空啊！"他寻思着，"如果我能进去看看，该多好。"

他只要有想法，就要立即实现。可是，栅栏太高，该如何进去呢？爬上去是不行，他伸手从口袋中拿出了手电筒和一把总是带在身边的万能钥匙。他发现有一扇门已经微微打开，感到十分诧异。他闪到花园中，留心不把门合上。但是，刚走了两三步，他就站住了：刚有一道亮光从三楼的一个窗户闪过！之后，亮光在第二、第三个窗户闪过。只见一个人影映在了墙上。亮光下到二楼，在一间间房子里游荡了很长时间。

"半夜一点钟，敢在遇害的德·奥特莱克男爵房间中散步，这个大胆的家伙是谁？"歇洛克寻思道，十分感兴趣。

要搞清这个人的真面目，就必须亲自去看看。他毫不犹豫。可是，当福尔摩斯穿过煤气灯的光区上台阶时，可能是被那人发现了，因为楼上的灯光立即熄灭了。歇洛克·福尔摩斯没见这灯光再亮起来。他登上台阶，轻轻推开了大门。门是开着的，里面没有任何动静。他在黑暗中摸索着，他摸到了楼梯扶手，直接上到二楼。仍是死一般的寂静。仍是伸手不见五指的黑暗。

他来到楼梯口，进了一个房间，走近窗边。窗外的夜色渐渐退去了一些。福尔摩斯看到那人已到了外面，可能是走的另一道楼梯，从另一道门出去的。沿着两个花园紧隔墙边的灌木丛，他正向左边走去。

"妈的！"福尔摩斯叫道，"他要跑掉！"

他立即冲下楼梯，跨过台阶，去阻挡他的退路。但是，人呢？他没有看见，几秒钟后，福尔摩斯才看出有团深黑的东西蹲在灌木丛中，一动不动。英国人琢磨着，那人本可以轻易地逃走，可他为何没这样做呢？难道是为了蹲在那里监视打扰他秘密工作的不速之客吗？

"不管怎样，"他想，"这人肯定不是亚森·罗宾。因为亚森·罗宾的身手要比他灵活得多。或许是他的一个手下。"

过去了好几分钟。歇洛克一动不动，盯着窥伺他的对手。可是，对方也一动不动。福尔摩斯不是死等不行动的人。他检查了一下手枪，看转轮是不是转，又将匕首拔出鞘，大胆冷静、不畏危险地向对手靠过去。

只听"咔嚓"一声，那人的子弹也上了膛。歇洛克猛地向那团黑影扑去。那人没来得及闪躲，就被英国人重重地压到了身下。他们猛烈地、玩命地搏击着。歇洛克感到那人想拔刀。但他被胜利在望的意愿、活捉亚森·罗宾同伙的想法强烈鼓舞着，他认为自己的力量是不可抵挡的。他打翻对手，把全身重量都压到他身上，那倒霉蛋的喉咙被福尔摩斯的五指像铁钳似的紧紧掐住，福尔摩斯抽出另一只手去摸手电筒，快速地按下按钮，俘虏的脸被光束照亮了。

"华生！"福尔摩斯大吃一惊，叫道。

"歇洛克·福尔摩斯！"华生哽咽着低声说道。

精疲力竭的两个人，大脑一片空白，他们缠在一起，很久没说话。寂静的夜空被汽车的喇叭声划破了。树叶被微风吹得瑟瑟发抖。愣在原地的福尔摩斯，手还卡着华生的喉咙。华生的呼吸越来越弱。

突然，一股无名火从歇洛克的心中冒了出来，福尔摩斯放开华生的喉咙，又抓起了他的肩膀，用力摇晃着：

"你到这儿干什么？快说呀！……什么？……难道我让你蹲在矮树丛中监视我吗？"

"监视你？"华生嘟囔道，"可我根本就不知道是你呀。"

"那是谁呢？你来做什么？你本应该躺在床上的！"

"我上床了。"

"应该睡着的！"

"我睡着了。"

"但不应该醒来！"

"你给我的信……"

"我的信？……"

"有一个人拿着你的信送到爱丽舍大旅馆……"

"我的信？怎么可能，你疯了？"

"我向你发誓。"

"信呢？"

福尔摩斯接过那张纸，借助手电光，他吃惊地看到：

华生，下床。赶快前往昂利—马尔坦大街。进公馆察看，然后画一张精确的房屋平面图，一切干完后，再回来睡觉。

歇洛克·福尔摩斯。

"我正在测量房间时，"华生道，"看到花园里进来了个黑影。我只有一个念头……"

"就是把黑影抓住……真是个不错的主意……但是，来。"福尔摩斯一边拉起华生一边说道，"华生，如果下次再收到我的信，必须先搞清是否有人模仿我的笔迹。"

"这么说，"此时，华生开始有些明白，"你没写这封信?"

"噢! 当然没写!"

"那是谁呢?"

"亚森·罗宾。"

"为什么他要这样做?"

"唉! 我不知道，这正是让我感到不安的地方。这鬼东西为什么要打扰你? 如果是冲着我来的，我会知道的，但是，他却找的是你。我想不出他这样做的用意……"

"那我立刻回旅馆。"

"我也回去，华生。"他们走到栅门前。

华生在前面走，用力一拉铁棍:

"哟，你把门关上了?"他问。

"没有，我进来时特意让门虚掩着的。"

"可是……"

歇洛克上前亲自拉了一下，有些慌张，凑近锁头一看，大骂了一句:

"他妈的……门被锁上了，锁上了!"

铁门被他用力地摇撼着，福尔摩斯立刻明白过来，他这是白费力气，只好停止了这个动作，泄气地说道:

"我明白了。是他! 他想到我会在克莱伊下车，当晚就展开调查，于是在这儿给我设了个漂亮的小圈套。另外，为了不让我寂寞，他好意地把你请来和我一起关在这儿，目的就是让我浪费掉一天的时间，或许还向我表明最好只管我自己的事。"

"你的意思是说，我们成了他的俘虏?"

"完全正确。歇洛克·福尔摩斯和华生成了亚森·罗宾的俘虏。事情真是太奇妙了……可是，不，不，还不能完全这样认为……"一只手拍了拍福尔摩斯的肩膀，是华生的手。

"你看上面，上面……有一盏灯!"的确，二楼的一扇窗户亮了。

他俩赛跑似的各自顺着刚才下来的楼梯冲上二楼，同时到达亮灯的房间门口。一截蜡烛点在房间的中央，旁边还有只篮子，里面有半个面包，两只鸡腿和一瓶葡萄酒。

福尔摩斯哈哈大笑:

"真是奇事！有人把我们的夜宵送来了。这里是魔宫嘛！嗯，是真正的童话！好了，华生先生，别哭丧着脸了！这多么有趣呀！"

"你还觉得有趣？"华生忧心忡忡地嘀咕道。

"我觉得是这样的！"福尔摩斯大叫起来，非常开心似的，显得有点做作，"就是说我从没见过比这更滑稽的事。真是场精彩的喜剧……亚森·罗宾真是搞恶作剧的高手！……他骗了你，可骗得十分潇洒……现在如果用全世界的财宝来跟我交换，我也不会放弃这场盛宴上的席位的……华生老朋友，快为我郁闷吧。我都蔑视自己了。你不是具有帮人承受不幸的高贵品质吗？那还抱怨什么？此刻，你可以把你的匕首捅进我的喉咙，或者，把我的匕首捅进你的喉咙……这正是你要做的，你这个坏朋友。"

福尔摩斯说了很多挖苦和幽默的话，终于让可怜的华生振作了起来。他吃了只鸡腿，喝了一杯葡萄酒。当蜡烛燃尽后，他们不得已躺在了地板上，睡觉时头抵着墙，处境艰难、荒唐的一面显露出来了。这一夜，他们睡得并不是很安心。

早晨，华生醒后，感到腰酸背疼，身体都冻僵了。一声轻轻的响动吸引了他的注意，只见歇洛克·福尔摩斯弯腰跪在地上，用放大镜仔细检查着地板上的灰尘，一些几乎被擦掉的白粉笔记号被他辨认出来。那是些数字，福尔摩斯在本子上记了下来。

这种活儿很特别，华生觉得有趣，便跟着福尔摩斯去了每个房间。在另外两间房里福尔摩斯找到了同样的粉笔记号，还发现有两个圈在橡木护墙板上，有个箭头画在一面的墙裙上，有四个数字分别写在楼梯的四级台阶上。

过了一小时，华生问：

"这些数字十分精确，是不是？"

"是的，很精确。我不知道这些数字被谁发现了会高兴。不过，不管怎样，它们总代表着一些意思的。"

"意思很简单，它们一定是地板条的数量。"

"啊！"

"没错的，那两个圈表明在这两块墙板的后面是虚的，你可以自己去敲一敲。箭头指示的是升降机。"

歇洛克·福尔摩斯吃惊地望着华生：

"啊？我的好朋友，你是如何知道的？对于你的聪明才智，我真是感到自惭形秽。"

"啊！这很容易，"华生满心欢喜地说，"这些是我昨晚画的，遵照你的吩咐……准确地说是遵照亚森·罗宾的吩咐，因为在那封信中就是这样写的。"

此刻华生的危险，可能远比昨晚在灌木丛中和福尔摩斯搏斗时还大。福尔摩斯咬牙切齿，恨不得立刻掐死他。但这种坏情绪被他忍住了，他的脸似笑非笑，非常难看。他说：

"非常好，你干得真漂亮。我们有了大收获。在别的地方你还施展了这种令人钦佩的分析和观察的本领吗？我还要用你这些观察和分析的结果呢！"

"我？没了，就这些。"

"太可惜呀！不过头开得不错。可是，既然只有这些了，我们也只能走了。"

"现在？怎么走？"

"依照正人君子的好习惯：从大门离开。"

"但门是锁着的。"

"有人会打开。"

"谁？"

"那些在街上闲逛的警察。"

"但是这样……"

"怎么？"

"太丢人了……一旦人们了解了真相，知道亚森·罗宾把你——歇洛克·福尔摩斯，我——华生关到屋里，会怎样议论呢？"

板着脸的福尔摩斯，冷冷地说道：

"亲爱的，那你想怎么安排？他们是会捧腹大笑。但是，我们不可能把这里当住所吧！"

"那你就不再想想别的办法？"

"是的。"

"昨晚给我们送夜宵的人来回都没经过花园，说明一定还有一条路，我们再去找找，没必要去求警察……"

"你说得有道理。但是你好像忘了，巴黎警察为了找这条路浪费了半年时间。你睡觉的时候，我已经上上下下把公馆都检查了一遍。唉！我的华生先生，对亚森·罗宾这一猎物，我们还没掌握他的习性，他没给我们留下一点痕迹！这家伙……"

十一点钟，英国人和他的助手重获了自由，他们被警察带到附近的警察所。所长先生亲自盘问了他们一番，之后，客客气气地，却又让人非常恼火地把他们送出来：

"先生们，你们的遭遇我深表歉意。对于法国人这种好客的表现，你们或许很反感。天啊！二位这一夜怎么过的？居然搞得如此狼狈！唉！这个亚森·罗宾，就不能对人客气一点。"

一辆汽车在爱丽舍大旅馆停了下来。福尔摩斯和华生走了下来。华生去总台索要房间的钥匙。服务员找了半天，然后，十分惊讶地问道：

"先生……可是，你不是早已把房间退了吗？"

"什么！怎么回事？"

"今天早晨，我们接到了你的亲笔信。是你的朋友帮忙带过来的。"

"哪位朋友？"

"就是替你转交信的那位先生……瞧，这上面还附有你的名片。这是吧？"

华生拿过来一看，正是他的名片，信上也有他的笔迹。"天呐，"他低声叹道，"又叫这家伙要了！"

他又紧张地补问道：

"那我的行李呢？"

"也由你朋友带走了。"

"啊！……你居然把我的行李让他带走了？"

"是的，因为有你的名片和信件，我们只好照做了。"

"的确……的确……"

在香榭丽舍大街，两人信步走着，他们步伐沉重，谁也没说话。这是一个艳阳天，秋高气爽，空气轻柔而舒适。走到圆形广场，歇洛克把烟斗点燃，又向前走去。华生叫道：

"福尔摩斯，我真是不理解，你为什么如此沉得住气！你被别人要弄了，玩弄了，就像猫玩弄老鼠……你却一句话也不说。"

福尔摩斯停了下来，说道：

"华生，我在思考你那张名片。"

"那么……"

"那么，有人料到与我们交手，所以预先把你和我的笔迹搞到手，然后又弄到一张你的名片备用。想想，这些事情说明了什么？说明此人机智过人、目光敏锐，做事不但手段多而且十分谨慎，真的是很有才能啊！"

"你的意思是说……"

"意思是说武装如此精良、手法如此独特、准备如此充分的对手，只有我有资格与他较量，只有我才能战胜他。而且，就像你所预料的那样，华生。"他又笑着补充道，"看来，第一回合我并没取胜。"

六点钟，下午版的《法兰西回声报》刊登了一条花边新闻：

十六区警察分局局长泰纳尔先生，于今天上午释放了歇洛克·福尔摩斯和华生先生。亚森·罗宾先生于昨晚把这二人关在已故德·奥特莱克男爵的公馆中，二位先生在那儿度过了美好的一夜。

另外，他们的行李被人取走，亚森·罗宾已遭到指控。此次，亚森·罗宾只是给他们一点小小的教训，请他们不要逼他采取更严厉的措施。

"去你的！"报纸在歇洛克·福尔摩斯手中揉成一团，"恶作剧！这是我对亚森·罗宾唯一的指责……太顽皮了……公众也太抬举他了……这人有股顽劣习气！"

"这么说，歇洛克，你还照样沉得住气吗？"

"永远沉得住气。"福尔摩斯回答道，语气显得非常愤怒，"气恼有什么用？我非常自信：最后的胜利属于我！"

四、黑暗中的几线光亮

福尔摩斯的个性坚强，从不为厄运左右。但不管一个人有多么坚强，在重新投入战斗前，也需要养精蓄锐。

"今天就当是给自己放个假。"福尔摩斯说。

"那么我呢？"

"你？华生，去买几件内外衣服来。我乘隙休息一下。"

"你休息吧，福尔摩斯。我来守着。"

华生说这几句话时显得十分自豪，仿佛是个被安排在前沿哨所、身处险境的哨兵。他高挺胸脯，绷紧肌肉，用锐利的目光扫视着他们租住的旅馆小房间。

"守着吧，华生。我该抓紧时间拟个作战方案，一定要比对手的更为切实可行。华生，你应该已经察觉到，我们低估了亚森·罗宾。案情得从头研究研究了。"

"如果时间允许，案件发生前的情况也要好好研究一下。但来得及吗？"

"老伙伴，我们还剩九天呐！这些事情花不了五天。"

整个下午，除了抽烟、睡觉，这位英国人什么也没干。直到第二天，才有所行动。

"华生，一切都准备好了，我们走吧。"

"走！"华生意气勃发，"我得承认，我脚上痒痒的，早就坐不住了。"

接下来，福尔摩斯与三个人进行了长谈。第一个是德蒂南先生，福尔摩斯仔仔细细地检查了他的套房。然后，他发电报邀苏珊娜·热尔布瓦小姐前来，问了问有关金发女郎的一些情况。最后要会见的是奥居斯特嬷嬷。自从德·奥特莱克男爵遇害后，她就回到了圣母往见会修院。他们见面的时候，华生都等在外面。谈完后，华生都会问：

"满意吗？"

"很满意。"

"我料到是这样。我们选择了一条对的路，走吧!"

他们走了很久，访问了昂利—马尔坦大街一百三十四号左右的两幢楼房，接着就一直走到了克拉佩隆街。福尔摩斯察看着二十五号楼的正面，一边接着说：

"很明显，一定存在一些通道，秘密地连接起这些建筑……不过，我始终弄不清楚……"

华生第一次在心底对他的伙伴、天才的合作者，无所不能的本事产生了怀疑，说得这么多，做得这么少，这是为什么？

"为什么?"福尔摩斯大声回答了华生的疑问，"因为那该死的亚森·罗宾做事不按常理，与他交手，就好像是在虚空的环境中工作，成功与否全凭偶然。要从脑子里抽出真相，而非具体事实所能提供，然后还得检验它是否与实际情况相符。"

"那秘密通道呢?"

"什么! 就算秘密通道被我发现了，亚森·罗宾走进律师家，伙同金发女郎杀害德·奥特莱克男爵后逃走的那条，仅凭此我就能说有所进展了吗? 就有可以进攻亚森·罗宾的武器了吗?"

"永远进攻，绝不停歇!"华生喊道。

话音未落，他就惊叫起来，向后退了退。不明物体从天而降，砸在他们的脚边。仔细一瞧是半袋沙子。砸在身上的话，准会严重受伤。福尔摩斯抬起头，只见几个工人正在六楼阳台的脚手架上忙着。

"嗬! 真是幸运。"他叫道，"要是再偏一点，这个袋子准要砸在我们脑袋上了，好像真是……"

他打住话头，直冲楼内，跑上六楼，刚一按铃，就闯进房间，可把仆人给吓坏了。他立即跑上了阳台，不见一个人。

"那些工人呢? ……"他问仆人。

"刚离开。"

"从哪儿走的?"

"便梯。"福尔摩斯向外探了探，有两个人出了楼，推着自行车，跨上座凳骑走了，一会儿便踪影全无。

"他们在这脚手架上干多久了?"

"这二位吗？他们是今早才来的新伙计。"

福尔摩斯回到华生身边。

他们回到了旅馆，一路上闷闷不乐。苦恼的沉默宣布第二天的结束。次日，还是一样的日程安排，他们坐在昂利—马尔坦大街上的一条长凳上，不住地观察对面的几幢楼。华生很灰心，没有一点精神。

"福尔摩斯，你希望获得一些什么样的发现呢？希望亚森·罗宾从这些楼里出来？"

"不。"

"希望金发女郎出现？"

"不。"

"那是？"

"我只希望发生一件小事，不管多小，只要能充当我的出发点就行。"

"可能吗？"

"在这种情况下，我身上可能会发生一些意外事件，比如一点火星点燃火药桶。"

单调乏味的上午发生了一个令人不太愉快的插曲。在大街上两条车道之间的马道上，一个先生骑马偏了方向，碰到了坐在长凳上的福尔摩斯，马屁股匆匆擦过福尔摩斯的肩膀。

"哈哈！"他冷笑道，"我的肩膀还差一点就会被碰断"。那先生调教着自己的坐骑，一副手忙脚乱的样子。英国人抽出手枪，瞄准了那位先生。华生赶紧制止：

"疯了吧你，歇洛克！嗨！……什么！……难道你要杀死这位绅士？"

"快放开，华生……快放开我！"

二人厮打起来。就在这时，骑士制服了坐骑，给了它两马刺，快速离开了。

"现在，开枪吧！"华生喊道，脸上洋溢着得意的神色。

"可是，大笨蛋，你知道，他也是亚森·罗宾的同伙！"福尔摩斯气得直发抖。

华生显得十分可怜，讷讷地问：

"你说的是谁？那位绅士吗？……"

"对，是亚森·罗宾的同伙！就像往我们头上砸沙袋的工人一样！"

"你确定是？"

"不管是不是，本来有办法对证的。"

"你是指杀了他？"

"打死马就行了。如果没有你的干扰，我们就抓到亚森·罗宾的一个同伙了。你明白你干得有多蠢了吧！"

下午过得相当乏味，两人始终沉默着。五点钟，他们在克拉佩隆街散步，正小心翼翼地远离房子。对面三个青年工人挽着手，唱着歌朝他们冲了过来，到了他们跟前还继续走着不肯松手又偏不让开。恰巧碰上一肚子不高兴的福尔摩斯。结果，双方拉开了战幕，福尔摩斯摆出拳击的架势，给了其中的一个当胸一拳，另一个工人的脸上也遭了狠狠一击，他们都被打倒在地。于是，他们不再恋战，相携着逃离。

"嗨！"福尔摩斯大叫道，"痛快……我正愁一肚子火没地方发哩……他们倒自个儿送上门来了……"

华生倚在墙上，他见到后走了过去，问：

"哎！怎么了，老伙伴？你脸色惨白。"

老伙伴伸出那条垂下来的手臂给他看：

"不知怎么的……胳膊生疼。"

"胳膊疼？很疼？"

"是……是……右胳膊……"

他使出了吃奶的力，胳膊还是不能动弹。歇洛克先是轻轻地碰他的胳膊，接着越来越用力。他是想看看华生到底有多疼。华生说很疼。于是，他焦急地扶着华生进了一家附近的药房。刚一进屋华生就昏了过去。

药剂师带着助手跑过来检查，经诊断确定是骨折。必须马上做手术，并住院治疗。医生还没来，他们就给病人脱衣服。华生疼得死去活来，叫唤个不停。

"好……好……很好。"福尔摩斯扶着伤臂，说，"忍着点，老伙伴，五六个星期就会痊愈的……那些个坏蛋，我早晚要找他们算账！你知道……尤其是他……因为这还是亚森·罗宾那混蛋指使的……啊！我向你保证，哪天……"

他突然打住话头，松开了华生的胳膊。倒霉的华生在一阵剧痛中，又晕过去了。福尔摩斯拍打着脑门说：

"华生，我明白了……这是偶然吗？"

他站立不动，两眼发直，断断续续道：

"对，就是这样……一切都明了了……远在天边，近在眼前……嘿！我早知道，只能动脑子……啊！好华生，我保证你会很满意的！"

他丢下老伙伴，径直冲到街上二十五号楼的门前。门右上方的一块石头上刻着：

建筑师，代斯唐热，一八七五年。

二十三号门前也有相同的铭文。到目前为止，一切不出他所料。可是，昂利—马尔坦大街的那幢房子又刻着什么呢？一辆马车过来了。

"车夫，昂利—马尔坦大街一百三十四号，快！"

他站在马车上策马快跑，允诺车夫一笔可观的小费。

"快！……再快点……"

马车驶到了拉蓬普街的拐角，他紧张到了极点！他窥到了真相吗？只见，公馆的一块墙石上刻着：

建筑师，代斯唐热，一八七四年。

邻近的几座房子也同样刻着：

建筑师，代斯唐热，一八七四年。

福尔摩斯激动不已，好几分钟在马车里只是定定地坐着，不能动弹，高兴得发抖。这是黑暗中的一线微光！敌人的第一个踪迹终于在那千百条小路纵横交错的幽暗森林之中显现出来了！他跑到邮电局，打了到克罗宗城堡的电话。接听的是伯爵夫人。

"喂！……是夫人你吗？"

"福尔摩斯先生吗？一切都好吧？"

"都好。我要你快点告诉我一句话……喂！……"

"你说。"

"克罗宗城堡建于何时？"

"城堡三十年前遭了火灾，后来又重建了。"

"谁建的？什么时候？"

"台阶上头的石板上刻着一行字：建筑师，吕西安·代斯唐热，一八七七年。"

"谢谢，夫人，再见！"

他离开邮电局，嘴里念念有词：

"代斯唐热……吕西安·代斯唐热……这个名字不生疏呀！"

他路过一家阅览室，就进去查阅了一本现代名人辞典，抄下有关代斯唐热的词条：

"吕西安·代斯唐热，生于 1840 年。罗马大奖获得者。荣誉团军官。诸多深受好评的建筑物的设计者……"等等。

他又回到了药房。这时华生被人送进了病房。他就赶到病房。老伙伴躺在病榻上，胳膊还在夹板里固定着，浑身烧得发抖，不停地说着胡话。

"胜利了！胜利了！"福尔摩斯叫道，"有线索了。"

"什么线索？"

"取得胜利的线索！这下前途就光明些了！还能找到一些蛛丝马迹，关于……"

"你指烟灰吗？"华生问。对形势的关心使他为之一振。

"一些别的东西！你想想，华生，我查出了金发女郎那几件案子的神秘联系。我问你，为什么亚森·罗宾选中这三幢房子作案？"

"对，这是为什么？"

"因为建造这三所房子的是同一个建筑师。这很容易猜，你说呢？当然……只是没有人会这么想……"

"确实没有人，除了你。"

"除了我。我终于明白，真相其实就是：同一个建筑师组合起相同的建筑图纸，这样一来三次行动就能巧妙地完成。这一系列行动看上去神奇，实际上很简单、很容易！"

"真叫人高兴啊！"

"老伙伴，是时候了，我快忍不住了……已经第四天了……"

"还剩六天。"

"啊！从此以后……"他兴高采烈，激情洋溢，都坐不住了，这些一反常态的行为表明他是何等快活。

"不过，刚才在街上，我想到，这些坏蛋本可以打断你的胳膊，那么也一样可以打断我的。你说呢，华生？"这个可怕的假设，让华生不禁打了个寒噤。

福尔摩斯又说：

"这对我们来说是个有益的教训。你知道，华生，我们在明处与亚森·罗宾作战，必然会遭到偷袭，这是我们的大忌。幸好，你只是伤了，还不算太坏……"

"我只断了一条胳膊。"华生嘟哝道。

"本来可能断两条的。少充好汉了。我在明处，被他们监视，失败是迟早的事。如果在暗处，就能行动自由，我们就有一定的优势，不管敌人有多么强大。"

"戈尼玛可以帮助你吗？"

"想都别想。直到我能说出：亚森·罗宾在这儿！这是他的窝，应该怎样逮住他，到那时我才会去找戈尼玛，他之前给过我一个是佩尔戈莱兹街他的住所，一个是夏特莱广场的瑞士小酒店的地址。在这以前，我要单独行动。"

他走近病床，把手放在华生受了伤的那一只胳膊的肩上，关切地说：

"老伙伴，你自行珍重。你以后要负责牵制亚森·罗宾的两三个手下。他们总想等我来看望你，以便找到我的踪迹。可是白搭。这任务很是重要！"

"重要任务。非常感谢。"华生感激涕零，"我一定尽心尽力。不过，依你的意思，你不再来了？"

"为什么还要来？"福尔摩斯冷冷地问。

"对……对……我会照顾好自己，尽快好起来的。好吧，歇洛克，能最后帮我一次，给我弄点喝的吗？"

"喝的？"

"是呀，渴死了，浑身滚烫滚烫的……"

"怎么回事！……马上……"

他摸了摸两三个瓶子，发现了桌上的那包烟丝，就装满烟斗点了起来。一瞬间，他似乎是没听见朋友的请求，径直走了出去。剩下老伙伴用可怜巴巴的目光徒劳地乞求一杯水。

"代斯唐热先生！"

开门的仆人对来客从头到脚打量了一眼。这个小个子男人头发灰白，胡子拉碴，邋里邋遢地穿着黑色长礼服，与大自然赐予他的丑怪模样十分匹配。坐落在马勒泽尔布大马路和蒙夏南街拐角处的这所豪宅的仆人用恰如其分的轻蔑口气回答道：

"代斯唐热先生又在又不在，依情况而定。先生你有名片吗？"

这位先生没有名片，只有一封引荐信。仆人把信转交给了代斯唐热先生。建筑师便吩咐把来访者引进来。

来访者被带进了一间圆形的大房间。这四壁放满了书的房间占去了公馆一翼。建筑师问道：

"你是斯蒂克曼先生？"

"是的，先生。"

"我的秘书生病了，推荐你来负责图书编目工作，尤其是德文图书的编目工作。他在我的指导下已经开了个头。你做这类工作还习惯吗？"

"习惯，先生，早就习惯了！"

斯蒂克曼先生操着一口相当重的日耳曼口音。条件齐备，协议便迅速达成了。代斯唐热先生和新秘书立即开始了工作。歇洛克·福尔摩斯成功进入阵地。

为了避开亚森·罗宾的监视，这位著名侦探隐姓埋名，想方设法，以好几种身份来引得一些人的亲善和信任，从而进入了吕西安·代斯唐热的公馆，他的女儿克洛蒂尔德也在里面住着。总之，在四十八小时之内，他要过最复杂的生活。

他打探得知：代斯唐热先生因为身体不大好，希望得以休息，因此退出了商场，在他收集的各种建筑学图书之中寻找快乐。除了这些蒙着灰尘的古旧典籍，没有什么可以引起他的兴趣。他的女儿克洛蒂尔德，被人当作怪人，她像父亲一样，总是独自一人在房间里待着，足不出户。不过，他们住处不一，女儿在公馆的另一侧住着。福尔摩斯在一个本子上登记代斯唐热报出的书名，一边寻思：这一切虽不能最终决定些什么，但是，也算是往前跨了一大步了！当然，也许这并不能帮我找到这些问题的答案：代斯唐热先生是亚森·罗宾的同伙吗？他还继续与亚森·罗宾见面吗？那三幢房子的图纸究竟还在不在？那些图纸上有没有暗示别的同样做了手脚的房子的地址？亚森·罗宾及他的团伙也许就住在那些房子里面。代斯唐热先生也是亚森·罗宾的同伙！这个德高望重的荣誉团的军官竟会为盗贼工作？貌似说不通。退一步说，即便他们是同谋，代斯唐热先生也不可能预见到三十年后会出现一个亚森·罗宾，这个人会从他建筑的房子里潜逃！因为当时亚森·罗宾大概还在吃奶哩！不管了！英国人现在只能努力工作。出于个人的神奇嗅觉和特有直觉，他感到一个秘密正围着他转悠。一些细微小事让他觉察到了这一切，无法明言，但一进公馆就强烈感受到了。

第二天一早，他还没来得及发现什么有趣的事情。而他初次见到克洛蒂尔德·代斯唐热小姐就在当天下午两点。那时，她正在书房找一本书。这个三十来岁的女人，一头棕发，表情冷淡，沉默寡言，动作迟缓，看得出是那种不管闲事的人。她只与代斯唐热先生讲了几句话，之后便走了，对福尔摩斯毫不理睬。

乏味的下午，缓慢得让人觉得长了好几倍。五点钟时，代斯唐热先生说他要出门。福尔摩斯就独自一人留在书房中一半高的环形走廊上继续工作。天色渐渐暗了下来，他也准备离开。就在这时，一阵响声传来，他感到房间里还有其他别的什么人。许久，某一时刻，一个人影从若明若暗的地方冒了出来，就在他旁边的阳台上，着实吓了他一大跳。这怎么能让人相信呢？这个隐形人待了有多久？又是从哪儿冒出来的？

后来那人下了台阶，来到一个大橡木柜前。福尔摩斯就躲在走廊栏杆垂挂的帘子后面，在地板上跪着，只见那人在满满一柜的文件中翻着。他到底在找什么呢？

门突然打开了，是代斯唐热小姐，只见她匆匆走进来，还一边对跟在后面的人说：

"父亲，你肯定不出去了？……那么我就开灯了……就一秒钟……别动……"

那人关上柜门，藏进一个大窗子的窗洞里，拉上窗帘遮住自己。代斯唐热小姐竟没有看见他？她没有听见他的声音吗？她开了电灯，十分沉着。父亲进来后，父女二人并肩坐下。她取出带来的一本书，读了起来。

一会儿后，她问：

"你的秘书不在吧？"

"不在了……你看见他了？……"

"你一直满意他吗？"

她说，像是并不知道原来的秘书病了，暂由斯蒂克曼先生取而代之。

"对……一直……"

代斯唐热先生左右摇晃着头，睡着了。

过了一会儿，年轻姑娘还在继续读书。突然，一幅窗帘撩开了，藏在后面的那个人沿着墙朝门口摸去，他这是要从代斯唐热先生身后、克洛蒂尔德面前经过！福尔摩斯看得清晰明了，他，就是亚森·罗宾！英国人乐得直打哆嗦。他猜对了，他已经成功深入到神秘案件的核心。在他预料的地方，亚森·罗宾出现了。然而克洛蒂尔德竟一动不动，虽然她对这个人的一举一动都一览无遗。亚森·罗宾差不多走到门边，已经伸手去抓门把了。但他的外衣一把掠过桌上的一件东西，那东西就砸到了地上，惊醒了代斯唐热先生。亚森·罗宾手拿帽子，面含微笑，从容地站在他的面前。

"马克西姆·贝尔蒙！"代斯唐热兴高采烈，像在欢呼，"我亲爱的马克西姆，哪阵风把你给吹来了？"

"想看看你和代斯唐热小姐的热切愿望！"

"这么说，你旅行回来了？"

"就在昨天。"

"留下来，我们一起吃个晚饭吧？"

"不。我和一些朋友约好在饭馆里吃。"

"那么，明天？克洛蒂尔德，你劝他一劝，让他明天来。这个好马克西姆，我近来可一直想着你呢！"

"真的？"

"真的。最近我在整理这个柜子里的旧文件，发现了我们的最后一本账册。"

"什么账册?"

"就是昂利—马尔坦大街的。"

"怎么?你还留着呢?不过是些废纸!有什么用?……"

他们三人到隔壁小客厅坐下。小客厅和圆厅之间留着一个大门洞。

"这会是亚森·罗宾吗?"

福尔摩斯疑窦顿生。是他,绝对是他;可是,也可以说是一个有些地方像亚森·罗宾的人,是另外的一个人。只是,他保留了他与众不同的个性、他的轮廓、他的目光、他的发色……得体的礼服、白色的领带,一派绅士气度。里面柔软的衬衣勾勒出饱满的胸部。他高兴地讲着一些趣事,逗得代斯唐热先生开怀大笑,克洛蒂尔德的唇边也浮出了深深浅浅的微笑。她的笑容似乎是亚森·罗宾寻求的奖赏,因而他十分得意,变得更为快活而风趣。在这欢快清朗的笑语声中,克洛蒂尔德不知不觉,容光焕发,一扫往日很难引起好感的冷漠。

"原来他们正相爱哩。"福尔摩斯思忖着,"可是,克洛蒂尔德·代斯唐热与马克西姆·贝尔蒙有什么共同之处呢?她知道马克西姆·贝尔蒙正是亚森·罗宾吗?"

他竖起耳朵细细探听,一直听到七点钟,话不多但还是藏着些有用的信息。然后,他小心翼翼地走下来,穿过圆厅,不用担心会被小客厅里的人看到。

出来后,外面既无汽车,也无出租马车停在站里,福尔摩斯就沿着马勒泽尔布大马路蹒跚离去。当他走到邻近的一条街上时,他把挽在手上的大衣搭在肩上,改变了帽子的形状,挺直身子,成了另一人,之后便赶回广场,眼睛紧盯着代斯唐热公馆的大门,等着。亚森·罗宾几乎在同一时刻走出来了。他沿着君士坦丁堡街和伦敦街走向市中心。歇洛克隔着百步之遥跟在他后面。对英国人来讲,这一时刻是何等美妙啊!他贪婪地呼吸,就像一条猎犬感觉到了猎物刚刚留下的踪迹而表现出来的样子。在他看来,跟踪对手真是无比惬意。这次,是这个无影无形的亚森·罗宾受到监视,而不是他。他的目光像一条挣不断的链条,牢牢地拴住了对手,使他毫无逃脱的可能。人流熙来攘往,看着不远处这个属于他的猎物,他喜上心头。

但他不久便感觉事情并不如他想象的那般简单,甚至有点奇怪:在他与亚森·罗宾之间，一些人也正朝着同一方向走。最为显眼的是左边人行道上，两个戴圆帽的大高个，以及右边人行道上，两个头戴鸭舌帽、嘴里叼着香烟的小伙子。当然，不能排除巧合的可能性。可是，让福尔摩斯更感奇怪的是，这四个人在亚森·罗宾走进一个烟草店后，站住了。而且当亚森·罗宾出来后，他们又跟上了他。只是他们又分散开来，在昂坦大道上各走各的。这更是让他十分不解。

"该死！"他想，"他被别人盯上了！"

他有些恼火，因为如果真是这样的话，他们将会夺走他亲手打败这个最可怕对手的快乐。至于光荣，他不怕别人抢走，而且想得很少。他应该没有看错，那装出的漠不关心、悠闲自在的神气，正是那些跟踪者的神态，他们跟着人家走，却又不想让人家看出来。

"戈尼玛有事瞒着我？……在要我吗？"

福尔摩斯自忖。他想着最好能走过去，和这四人中的一个谈谈，好协调一下。这时，他们已走近大马路，行人越来越密集，为了防止断线，他加快了步伐。走出街口时，他正好看见亚森·罗宾上了埃尔代街拐角一家匈牙利饭店的台阶。饭店敞开着大门。坐在马路对面的长椅上，福尔摩斯看见，在一张铺设豪华，摆着鲜花的餐桌边，三位穿大礼服的先生和两位优雅的太太正端坐着，亚森·罗宾走了过去，他们友好地欢迎他。

歇洛克又用目光搜索那四个跟踪者的身影，只见他们在邻近的一家咖啡馆的人群中散坐着，正在听茨冈人演奏音乐。看上去，他们似乎不太注意亚森·罗宾，而更注意周围的人。福尔摩斯感到十分奇怪。忽然，当中一位掏出了一根卷烟，向一位穿礼服、戴高筒帽的先生走近，那先生递过雪茄。他们肯定在谈话，因为对火不需要这么久，福尔摩斯肯定地怀疑。后来，那先生上了台阶，扫了一眼饭店内堂，发现亚森·罗宾在那儿，就走过去交谈了一会儿，之后又在旁边的一张桌子边坐下。这位先生正是昂利—马尔坦大街上骑马的那个家伙，福尔摩斯终于认清。

他这才恍然大悟：原来亚森·罗宾没被跟踪，这些人是他的同伙，他的侍卫、哨兵、随身保镖。他们在给他保驾观望！他们随时准备保卫他，随时准备给他报警，不论危险在何处发生，这些喽啰就在那儿。这四个人以及那穿礼服的先生都是他的党羽！英国人全身一阵发紧。这样一个首领领导着这样一个团伙，暗示着一股无比强大的力量！也许，他永远也别想抓住这个不可接近的人了。

他撕下一页笔记本上的纸片，用铅笔在上面写了几行字，把它塞进一个信封，吩咐一个躺在长椅上的十五岁左右的小孩说：

"喏，孩子，去叫辆马车，把这封信送去瑞士小酒店，夏特莱广场的那家，交给那儿的女出纳，快……"

拿到一枚五法郎硬币后，小孩去了。半小时后，人更多了，福尔摩斯只是偶尔能瞥见亚森·罗宾几个党徒。这时，有人轻轻碰了他一下，附在他耳边说：

"喂！怎么了，福尔摩斯先生？"

"是戈尼玛先生？"

"正是。我收到了你的字条。有什么事？"

"他在那边。"

"你是指？"

"那边……在饭店里边……往右……看见了吗？"

"没有。"

"给邻座女士斟香槟酒的那位。"

"不是他。"

"就是他。"

"我担保……唉！不过……的确，可能……啊！坏蛋，他可真像！"戈尼玛天真地嘟囔道，"其他几位呢？是同伙？"

"不是。他的邻座一位是克里芙当女士，另一位是克丽瑟公爵夫人，坐在他对面的那位是西班牙驻英国大使。"

戈尼玛上前一步，歇洛克一把拉住他。

"太冒失！你就一个人！"

"他也一样。"

"那可不是。他的人都在放哨打望，大马路上的那些……还有饭店里的那位……"

"只要我抓住他的领子，大叫亚森·罗宾，那厅堂里的人，包括所有的侍应生都会上来帮我的。"

"我倒宁愿去叫几个警察。"

"那样会引起亚森·罗宾的朋友的注意的……这可不行,你知道,福尔摩斯先生,我们没时间再去细细选择。"

福尔摩斯觉得有道理,那么最好利用特殊的场合去冒一冒险。他只叮嘱了戈尼玛一句:

"尽可能让他们晚点认出你。"

之后,他便躲到一间报亭后面。在那儿仍能观察到亚森·罗宾的动向,只见他侧身偏向邻座的女人,笑容可掬。侦探双手悠闲地插在裤兜里,只顾前行,穿过街面后,刚一踏上人行道,他就突然改变了方向,一步跨上台阶。传来一声尖厉的哨响……戈尼玛一头撞到领班身上。大概是因为他衣着不整,有损饭店的豪华形象,这位领班挡在了门口,气愤地把他往外推。戈尼玛摇摇晃晃,站立不稳。这时穿礼服的先生跑出来,为侦探和领班激烈争吵起来。两人各自扯着戈尼玛,一个拉,一个推。经过一番挣扎抗议,这个倒霉鬼还是被驱逐到了台阶底下。

人群迅速聚起围观。两个警察闻声赶到,试图分开人群,开出一条路。可是,他们既不能拨开顶着他们的肩膀,又不能扯开挡着路的后背。一股无以名状的阻力横亘其中,使人无法动弹……突然,道路一下畅通了,像被施了一道魔法……领班意识到自己错了,连声道歉,穿礼服的先生也停止了为侦探辩护。人群散开,警察走了过来,戈尼玛冲到那张之前坐着六个客人的桌子前,但,此时已只剩五个!他环顾四周……只发现大门这一个出口。

"刚才坐在这个位子上的先生呢?"五个客人目瞪口呆,他接着吼道,"……没错,你们刚才就是六个……那第六个呢?"

"你是说代斯特罗先生?"

"不,是亚森·罗宾!"

这时,来了一个侍应生:

"那位先生刚才上了夹楼。"

戈尼玛随即冲了上去。夹楼由一些单间组成,内设一道专用门通向大马路。

"哦,追吧,他走远了!"戈尼玛嘟哝道。

其实,他至多才走二百米,不过是正坐在马德莱纳到巴士底的公共马车上。马车由三匹马拉着向前行驶，不急不忙地驶过歌剧院广场，经过卡布遣会修院街。平台上，坐着两个在闲聊的戴瓜皮帽的高个。楼梯上端，马车顶层，一个小老头正在打盹儿：他，就是歇洛克·福尔摩斯。

英国人的头随着马车的晃动，左摇右摆，嘴里念念有词：

"我忠实的华生哦，你要是看见我，准会为你的合作者感到骄傲的！……唉！哨子一吹，这一盘就算完了，监视饭店的周围就没必要了，这不难预料。不过，说真的，这个鬼东西还真有点意思，值得打打交道。"

到了终点站，歇洛克俯身下望，只见亚森·罗宾走在保镖的前面，小声地说道：

"星形广场。"

"好，星形广场。约在那儿。我去。让他坐出租汽车先走吧，我们跟着那两个同伙。"

两个同伙步行到达了星形广场，按了一幢狭窄楼房的门铃。门牌上写着夏尔格兰街四十号。小街上行人零星散布。福尔摩斯躲在拐角一处凹处的阴影里。

一楼的两个窗户开了一扇，一个戴圆帽的人走过来，关上了护窗板。护窗板的上面，气窗一下亮了起来。

十分钟后，一位先生在门口按了铃。另一位几乎就是紧跟着也来了。最后，是一辆出租汽车，它在门前停下。福尔摩斯看见两个人从车上下来，亚森·罗宾以及一个裹着大衣、蒙着厚面纱的女子。

"毫无疑问，那就是金发女郎。"福尔摩斯寻思道。出租汽车接着便开走了。一会儿后，他走到房子跟前，爬上窗台，踮起脚尖，从气窗扫视房中的一切。只见亚森·罗宾靠着壁炉，滔滔不绝地讲着什么，显得十分兴奋。其他人则站在四周，认真地听着。

福尔摩斯认出，在这些人中间，有穿礼服的先生、饭店领班。至于那金发女郎，她背对着他，在一把扶手椅上坐着。

"他们在开会！"他想，"……一定是今晚的事让他们感到了不安。也许他们认为是需要讨论一下形势的时候了。啊！可以将他们一网打尽……"

　　一个同伙动了动。福尔摩斯赶紧跳下，躲回暗处。接着穿礼服的先生以及饭店领班走出了房子。二楼即刻亮了灯。护窗板被关上了。于是楼上楼下变得一团漆黑。

　　"他和她还在一楼待着，"歇洛克寻思，"两个同伙上了二楼。"

　　福尔摩斯一直守到了半夜，担心他不在时亚森·罗宾会离开，所以不敢走开。早上四点钟，街头出现了两个警察，他便走过去，向他们说明情况，请他们监视这所房子。

　　然后，在佩尔戈莱兹街戈尼玛家，他让人叫醒了他：

　　"我又抓着他了。"

　　"亚森·罗宾？"

　　"是的。"

　　"如果还像昨晚那样，那我还是再睡一觉吧。谁知道呢，我们到警察分局去吧。"

　　他们一起来到梅斯尼尔街，接着又到了警察分局局长德库安特尔先生家，之后，便带着六个警察来到了夏尔格兰街。

　　"有什么新情况没有？"见到两个看守的警察，福尔摩斯问了问。

　　"没有。"

　　布置完任务时，天也亮了。警察分局局长按了门铃，来到看门女人的小房间。看门女人见状，吓得战战兢兢，只回答说一楼没有住人。

　　"什么？没有住人？"戈尼玛叫起来。

　　"是的。勒鲁先生住在二楼，他吩咐在一楼放上家具，接待外省来的亲戚……"

　　"是一位先生和一位太太？"

　　"是的。"

　　"是昨晚和他们一起回来的那两位？"

　　"也许吧……那时我睡了……不过，我想大概不是，这是钥匙……他们没拿……"

　　警察分局局长用钥匙打开了前厅另一边的房门。一楼只有两个空房间。

　　"这不可能！"福尔摩斯嚷道，"我亲眼看见他们来的。她和他。"

　　警察分局局长冷笑道：

"这我相信。可他们后来是不是走了？"

"去二楼看看。他们应该在那儿。"

"勒鲁先生一家在二楼住。"

"也许我们可以问问他们。"

上了楼，警察分局局长按下门铃。铃响过第二声时，出来一个只穿衬衫的男人，他开了门，但满面怒容。这是亚森·罗宾的保镖之一。

"喂！什么事？吵死了……把人吵醒难道……"

突然，他一下收住话，慌乱地说：

"上帝请原谅，说真的，我是做梦吗？你是德库安特尔先生！……还有你，戈尼玛先生，是吗？我能为你效劳吗？"

戈尼玛忍不住发出一阵大笑，他笑弯了腰，脸也憋得通红，眼泪都要笑出来了。

"是你呀，勒鲁。"他结巴道，"……啊！实在有趣……啊，勒鲁，亚森·罗宾的同谋……哎呀！这可笑死我了……喂，勒鲁，你的兄弟呢？他在哪儿呢？"

"埃德蒙在吗？戈尼玛先生来了……"

又出来了一个。一见他，戈尼玛显得更高兴了：

"这怎么可能呢？没想到吧。啊！朋友们！你们在暖烘烘的毯子里睡着，老戈尼玛却在外面守着，尤其还麻烦到了一些朋友……一些远方的朋友！"

他转向福尔摩斯，向他介绍道：

"维克托·勒鲁，警察局侦探，最优秀的武装警察。埃德蒙·勒鲁，人体检测所主任。"

五、劫　　持

歇洛克·福尔摩斯一声不吭。要提出抗议吗？要指控这两兄弟？都不行。没有证据，因为没有人相信他，而他也不愿耽搁时间去搜索。

他憋住一肚子的怒火，攥紧拳头，努力克制住自己，避免在得意的戈尼玛面前显露愤怒和失望。他彬彬有礼地向勒鲁兄弟点头致意，这两位可敬的社会栋梁啊。之后，便走了出去。

回到前厅，他拐弯走向一扇通向地下室的矮门，拾起一粒地面上的红色小石头：这是块石榴石。

围着房子转了一圈，他发现在四十号门牌旁边又有这样的铭文：

建筑师吕西安·代斯唐热，一八七七年。

四十二号也有同样的铭文。

"总有两个出口。"他想，"四十号和四十二号是相通的。我怎么没有想到呢？要是留下来和那两个警察一块守着就好了。"

他问那两个警察：

"我不在的时候，有没有两个人从那边门里出来？"

"有，是一位先生和一位女士。"

他拉起探长的手臂，拖着走：

"戈尼玛先生，很抱歉打扰了你的睡眠。我只不过让你动了一动，但你竟这样嘲笑我、抱怨我，实在太过分了。"

"嚯，我可没有怨你。"

"没有？不过，玩笑再好也只能开一阵子。我想，是时候结束这件事了。"

"我也有同感。"

"今天是第七天。三天后，我将回伦敦。"

"哦！哦！"

"先生，我必须回去。因此，请你务必在星期二夜里做好准备。"

"你是说还这么干?"戈尼玛说，仍带着嘲弄。

"是的，先生，还是这样。"

"结果会是?"

"亚森·罗宾被捕。"

"你肯定?"

"我以名誉担保，先生。"福尔摩斯辞别众人，到最近的旅馆开了个房间稍事休息，恢复了精力，又信心满满。之后，便又回到夏尔格兰街四十号，他给看门女人塞了两个金路易，得知勒鲁兄弟已经出门，还了解到这房子属于一个叫阿尔曼亚的先生。接着，他就手持一支蜡烛，通过拾到石榴石的那扇小门下了地下室。

在楼梯下面，他又发现一颗一样形状的石榴石。"没错，"他想，"他们就是由这里进出的……来，试试我这把万能钥匙能不能打开一楼的小酒窖……哦……很好……看看这搁酒瓶的架子……嗬! 嗬! 这些地方没有灰尘……地上还有脚印……"

这时，一阵轻微的声响让他警惕了起来。他迅速地推上门，吹灭了蜡烛，在一摞空箱子的后面躲着。几秒钟后，他注意到一个铁架子在轻轻转动，跟着，铁架子后边的那块墙壁也动了起来。黑暗中射进一束手电筒光，一只胳膊伸进来，一个男人进来了。

他几次弯下腰又直起身，手指在灰尘中摸索，像是在找什么东西，然后把那东西扔进左手持着的纸盒。然后，他抹去自己的，以及亚森·罗宾和金发女郎的脚印，回到架子旁。这时他嘶哑地叫了一声，瞬间倒地。福尔摩斯扑到他身上。他用世界上最简单的方式，在一分钟之内，把那人打倒在地，并捆起了他的手脚。英国人低头问:

"要多少钱你才肯开口说出你知道的事……"

那人只报以嘲弄般的微笑。福尔摩斯明白这是白问了，便强搜俘虏的口袋，共有一串钥匙、一块手帕还有那个小纸盒，里面盛着十二颗石榴石，和他拾到的一样的石子。这就是所有的战利品，真是可怜兮兮!

这个人要如何处置呢? 等他的朋友来救他，然后把他们一起交给警察? 可这样有用吗? 能更好地对付亚森·罗宾? 他犹豫不决。检查纸盒之后，他发现了一个地址:太平街珠宝商莱奥纳尔。最后他打定了主意：就把那人丢在酒窖里。他把那人推上铁架，锁好地窖门，就出了房子。然后到邮局寄了封信，告知代斯唐热先生他明天才能去上班，最后他去了珠宝商那儿，把石榴石交给他。

"夫人叫我送这些宝石来。它们从在这儿买的一件首饰上掉下来了。"

福尔摩斯猜得很准。那商人回答：

"没错……那太太给我打了电话，说等会儿亲自过来。"

福尔摩斯就一直守在人行道上，五点钟时，他看见一位女士进了珠宝店，她戴着厚面纱、样子十分可疑。透过橱窗玻璃，福尔摩斯发现她把一件镶石榴石的旧首饰放在了柜台上。

不过片刻时间，她就出来了，沿着克利希方向，在英国人熟悉的街道上拐来拐去。夜幕降临，此时他还跟在女士后面，躲过看门女人，进入一幢五层的楼房。这座楼有两部分，住户很多。到了三楼，那女士停下进了其中一个房间。两分钟后，英国人掏出那串缴获的钥匙，一把把地试着开门。试到第四把时，门锁成功打开。屋里一片黑暗。几间房都空空荡荡的，像是没有住人。房门都大敞着。一线灯光穿过黑暗从一条走廊尽头透出。他踮着脚尖走过去，隔着客厅和卧房之间的大玻璃，他看见那蒙面纱的女士脱下外衣、帽子，并放在凳子上，那是卧房里唯一的凳子。然后她套上了一件天鹅绒衬衣，走向壁炉，按了一下电钮。只见壁炉右边的一半护墙板沿着墙体滑移开来，插进旁边那厚厚的护墙板后方。不一会儿，护墙板就移开了一定的宽度，女士拿着灯走了进去，消失不见了。对福尔摩斯来说，这个机关太过简单，他也顺利进去了。

他摸索着前进，四周一片黑暗，没多久他的脸就碰上了一些软软的什么东西。他就划了根火柴，发现他所在的地方是个小小的储藏室，里面放满了用三脚架挂着的衣袍。他分开衣服，来到一个遮着帘子的门洞前。这时，他弄灭了手中的火柴。只见磨损的旧帘子布那稀疏的经纬间透出了灯光。

他凑了过去。那金发女郎就在那儿，就在他眼皮底下，他伸手可及的地方。她吹灭油灯，打开了电灯。光线明亮，她的模样第一次如此清晰地显现在他的面前，福尔摩斯不禁一颤。那个费尽千辛万苦找到的女人竟是克洛蒂尔德·代斯唐热！

克洛蒂尔德·代斯唐热，杀害德·奥特莱克男爵的凶手，偷走蓝钻石的人，亚森·罗宾的神秘女友，她们是同一个人！总之，就是金发女郎！

"没错，"他想，"我就是个蠢虫！亚森·罗宾的女友留着金发，而克洛蒂尔德是棕发，所以我就没有把她们联系到一块！但金发女郎杀了男爵，偷了钻戒之后，怎么还会保留金发呢？"

福尔摩斯能看到这个房间的一部分地方。很明显，这是间雅致的女客厅，四面的墙饰浅淡宜人，小摆设恰到好处地显出些许贵气，一层低矮的台阶上搁着一把桃花心木的软垫长椅。克洛蒂尔德坐到了那上面，双手捧着头，动也不动。观察了好一会儿，福尔摩斯发现她在哭：她苍白的脸颊上满是大颗大颗的泪珠，它们滚滚流下，流过嘴巴，再一滴滴地落到衬衣的绒面上，仿佛出自永不枯竭的泉源，永不停止。这泪水缓缓而流，表露出忧愁、绝望和屈从，让人伤感。

亚森·罗宾打开了她身后的门，进来了。他们沉默着久久对视。然后，他在她面前跪着，双手搂住她，把她的头贴近自己胸口。这些动作饱含深情和怜悯。温馨的静寂把他们连在一起，一动不动。女士的眼泪渐渐收敛。

"我多么希望能让你幸福啊！"他喃喃道。

"我现在能感觉到幸福。"

"不，你在哭……克洛蒂尔德，你在流泪，我很难过。"

无论如何，这几声安慰还是打动了那女士，她认真地听着，渴望着光明与幸福，脸上露出了微笑，笑容是那么凄伤。他哀求她：

"克洛蒂尔德，请别伤心了。你不该伤心。你没有伤心的权利！"

她伸出那双纤细、柔软而白嫩的手，郑重其事地说：

"马克西姆，这双手让我不得不伤心。"

"为什么？"

"因为它们沾满血腥。"

马克西姆叫起来：

"别说了！别这样想……过去的一切都已消散，那些算不了什么……"

他吻着这双修长而苍白的手，似乎这每一个吻都帮着抹去她脑中那可怕的回忆，她的笑容渐渐疏朗。

"马克西姆，你必须爱我，必须。没有一个女人像我这样爱你。为了让你高兴，不管过去还是现在，我都在替你办事，遵照你的命令，服从你的意愿。我的良心和本性不断谴责我的行为，可是我还是无法抵挡，还是干了……那些事，我是无意识干的，就只是因为这对你有用，就只是因为你希望这样……明天……甚至永远，我时刻为你准备着那双罪恶的手。"

他辛酸地说：

"啊！克洛蒂尔德，为什么我要让你卷进这样冒险的生活？我本该只是你五年前爱过的马克西姆·贝尔蒙，而不该让你知道……我是另一个人……"

她低声说：

"你就是你，什么面目我都不抗拒。我一点也不后悔。"

"不，你怀念过去光明正大的生活了。"

"只要你在我身边，我就没有什么可后悔的。"她动情地说，"看见你，我就能包容一切错误和罪恶，就能对它们视而不见。看不见你，我的不幸、痛苦、哭泣，就会突然涌现，我为自己的所作所为感到恐惧。但是你的爱情抹掉了一切，我不在乎了！……我什么都接受……但你必须爱我！"

"克洛蒂尔德，我不爱你，是情势所迫。唯一的原因是我爱你！"

"你确定？"她说，对他的话信以为真。

"确定，我相信自己就像相信你一样。只不过，我选择了充满危险的人生，只能忍受动荡不安四处漂泊。有心，却无法把所有时间都奉献给你。"

她一听慌了：

"出事了吗？又有什么危险？快！告诉我！"

"哦！还不是太严重，不过……"

"不过？"

"我们被他盯上了。"

"你是说福尔摩斯？"

"对。那天就是他把戈尼玛请来的。而昨晚夏尔格兰街的那两个警

228

察，也是出自他的安排。我有证据。今早，福尔摩斯陪着戈尼玛搜查了那所房子。另外……"

"另外？"

"还有，我们少了一个人，让尼约。"

"那看门人吗？"

"是的。"

"今早，我让他到夏尔格兰街找我首饰别针上掉的石榴石去了。"

"但福尔摩斯肯定把他逮住了。"

"不会，石榴石已经送到了太平街珠宝店。"

"那他又在哪里呢？"

"噢，马克西姆，我怕！"

"用不着怕。不过，形势确实十分严峻。他掌握了什么？躲在哪儿？他独来独往，没有任何事情会暴露他的行踪，这是他的优势所在。"

"你打算采取什么行动？"

"克洛蒂尔德，我得小心行事。很早之前，我就想换个地方了，你知道的，就是那个不受任何侵犯的安全地方。福尔摩斯参与其中，让我不得不尽快搬走。因为他一旦发现了什么线索，就会穷追不舍，定要查个水落石出，方才罢休，他就是这样。因此，我都打算好了，后天就搬，就是星期三。预计中午就能搬完。下午两点，当一切痕迹都消除后，我就能走了。兹事体大，从现在到那时……"

"从现在到那时？"

"我们不要再见面。克洛蒂尔德，任何人都不会再去见你。千万别出门。这不只是为了我，如果我是一个人，那就没什么可担心的了。可这事牵涉到你，我就得多一些考虑、多一些防备了。"

"这个英国人绝不可能找到我。"

"他可算得上无所不能了，我也要小心防备。昨天我翻了你父亲的柜子，本来想在那个旧记录本里找点东西，却差点叫你父亲给当场逮住。那房子里有危险，处处都有危险。敌人在暗处转悠，越来越近。他是在监视我们……向我们张开了网……一切出于我的直觉，它从来没错过。"

"这样的话，"她说，"马克西姆，你就走吧，忘了刚才的一切，忘了我的没用的眼泪。我会振作起来，等着危险消除。再见吧，马克西姆。"

她拥抱他，很久才把他推到外面，福尔摩斯听见他们的声音渐远渐无。

从昨天晚上起，福尔摩斯就受到了行动需要的驱使，准备不顾一切大干一场，所以这时便也大胆地闯了进去。这是一间候见室，里面设有一架楼梯。他刚要下去，下面就传来一阵谈话声，这让他选择沿着环廊从另一个楼梯下去。下去后，他大感惊异，他发现，这里的家具式样和摆放位置他都十分熟悉。他穿过一道虚掩的门，走进了一间大圆厅。原来，这就是代斯唐热先生的书房。

"很好！很漂亮！"他说，"一切都弄清楚了，克洛蒂尔德的小客厅，金发女郎的房间，它和邻屋一套房子相通。邻屋的出口没有朝向马勒泽尔布大马路，而朝着邻近的一条街开着，大概是蒙夏南街吧……好极了！现在我终于清楚，原来克洛蒂尔德·代斯唐热就是这样一边保持着不出闺房的名声，一边和情人幽会了。至于昨晚，亚森·罗宾为什么能冷不防地在环廊上冒出来，出现在我身边，也全都清晰明了了，原来邻屋的那个房间和这间书房由一条通道连接着……"

他迅速反应道：

"又是一幢有暗道的房子，这大概也是出自代斯唐热的设计。既然来了，就不妨趁此机会在柜子里检查检查……找找材料，了解了解还有哪些房子存在暗道。"

他登上环廊，在栏杆帘子后边躲着，直到深夜。进来一个仆人关了电灯。一个小时后，英国人开启手电，走到书柜前。不出意料，柜子里满是建筑师的旧图纸、资料、预算、账本等一些东西。第二格里放着一套笔记本，它们按年代顺序排列着。他错开着抽出最近几年的那几本，查阅了摘要那一页，接着又专门查了 H 部分，发现了阿尔曼亚这个名字，它的旁边标明六十三页，他翻开轻声地读道：

"阿尔曼亚，夏尔格兰街四十号。"

下面记录着为这位雇主安装暖气设备的施工情况。边上注有：

"见马·贝案卷。"

"啊！我终于找到目标了，"他说，"我需要的正是马·贝案卷。其中肯定写着亚森·罗宾眼下的住址。"

他不停翻阅案卷，直到早晨，马·贝案卷才终于出现，是在一个簿子的第二部分上。案卷总共十五页。一页重录了阿尔曼亚先生楼房的施工情况。另一页记录了克拉佩隆街二十五号楼的施工情况，房主是瓦蒂内尔先生。再一页是昂利—马尔坦大街一百三十四号德·奥特莱克男爵公馆的施工情况，还有一页是关于克罗宗城堡的。其余是为另外十一位巴黎房主干活的施工记录。

福尔摩斯抄下这十一个姓名地址，放好卷宗归回原位，打开窗户，跳下空无一人的广场，离开前把护窗板小心地关好。回到旅馆的房间里，他庄重地点上烟斗，在烟雾缭绕中推敲了从马·贝案卷中得出的结论。其实，案卷名就是马克西姆·贝尔蒙的简称，所以也就是亚森·罗宾案卷。

八点，他给戈尼玛去了封快信：

今天上午，我也许要来佩尔戈莱兹街，我只告诉你一人。眼下没有什么比逮捕他更重要的了。无论如何，从今晚起一直到明天，即星期三中午，请务必留在家里，并安排三十个人随时待命……

然后，他来到大马路上并挑了辆出租汽车，司机看上去和善而憨厚，这使他十分中意。出租汽车径直驶向马勒泽尔布广场，并在离代斯唐热公馆五十步远的地方停了下来。

"小伙子，关好车门，"他对司机说，"天很冷，翻起毛领。请耐心等着。一个半小时后，你就发动汽车。我一回来，就得马上去佩尔戈莱兹街。"

在跨进公馆门槛时，他开始犹豫起来。亚森·罗宾正准备搬家，现在来找金发女郎是否合适呢？还是先凭手里的楼房名单，去找对手的住所？

"唔？"他想，"假如金发女郎落到了我手里，局势就被控制住了，而且是有利于我的那一面。"于是他按响了门铃。

代斯唐热先生早在书房里忙着了。他们一起干了一会儿，福尔摩斯愁着没有借口上克洛蒂尔德的房间，那年轻姑娘就进来了。她向父亲问过早安，就坐在小客厅里写起信来。

她伏在桌上，不时悬着笔，凝神思索。他等了一会儿，取下一册书，走向代斯唐热先生，对他说：

"代斯唐热小姐要这本书。她让我找到后立刻给她送去。"

他走进小客厅，找了一个能挡住代斯唐热先生视线的方位，站在克洛蒂尔德的前面，他说：

"我叫斯蒂克曼，是代斯唐热先生的新秘书。"

"唔！原来我父亲换秘书了！"她说，没有停下笔。

"是的，小姐。我有几句话想对你说。"

"请坐，先生，我马上就好。"

她在信上加了几句话，署好名，封上信封，把信纸放到边上，之后按了电话铃，打通了女裁缝的电话，交代她急需的旅行风衣得加紧做出来。最后，她转向福尔摩斯：

"先生，现在请说吧。不过，一定要背着我父亲讲吗？"

"是的，小姐，甚至我要请你小声些，好让代斯唐热先生不能听见。"

"这对你有好处？"

"是对你，小姐。"

"我并不想参加这样的谈话，假如我父亲不能听。"

"可你必须参加。"两人都站了起来，四目相视。于是她说：

"那么讲吧，先生。"

他仍旧站着，开始了叙述：

"请你原谅一些可能出错的枝节问题。我所能保证的是，接下来说的事情基本准确。"

"先生，请别絮絮叨叨了，有事就说吧。"

姑娘的突然打断，使他感到她有了戒备，便说：

"好吧，那我就直说。

"五年前，一位马克西姆·贝尔蒙先生与你的父亲偶遇，他自称是个包工头……或是建筑师，具体我也不太清楚。后来这位年轻人很讨代斯唐热先生的喜欢。由于身体不好，不能主事，他就让贝尔蒙先生来打理几个老顾客的建筑修缮工程。这位合作者似乎可以胜任。"

歇洛克停了停，发现姑娘脸色更加苍白了。不过，也更加沉着了，她说：

"先生，你说的这事，我并不清楚，更不明白这和我有什么关系。"

"小姐，有关系。因为你和我一样清楚，那个马克西姆·贝尔蒙先生其实就是亚森·罗宾。"

她哈哈大笑：

"怎么可能！亚森·罗宾？你是说马克西姆·贝尔蒙先生就是亚森·罗宾？"

"小姐，我可是十分认真。你半句话也不愿听的话，那我就再补上一句：亚森·罗宾为了达到不可告人的目的，就在这儿找了个女友，她甚至可以称得上是个同谋……动了情的忠心耿耿的盲目的同谋。"

她站起身，没有表露一丝激动的痕迹，至少看上去是不怎么激动。这种异乎常人的自制力让福尔摩斯印象深刻。她说：

"先生，我不知道也不想知道你这么说是出于什么目的。但请你别说了，出去吧！"

"赖在这里，让你不舒服，这并不是我的本意。"福尔摩斯同样沉着地回答道。

"只不过，我绝不独自一人走出这个公馆。"

"那么，先生，你要谁陪你出去呢？"

"你！"

"我？"

"是的，小姐，我们将一同走出公馆。而且你将一声不吭，乖乖地跟我出去。"

当下，两个对手都十分沉着，对峙的场面平添几分奇特。就他们的态度、声音和语气来看，这不像两个强敌在做无情的较量，而更像是两个意见不合的人，在对一个问题进行一场辩论。

大门洞敞开着，福尔摩斯因而可以看到，圆厅里的代斯唐热先生正小心地搬着藏书。克洛蒂尔德则微微耸耸肩，坐了下来。这时歇洛克掏出怀表：

"十点半了，五分钟后我们就动身。"

"要是我不走呢？"

"那代斯唐热先生就会知道……"

"什么？"

"真相。他将会知道：马克西姆·贝尔蒙伪造身份经历，他的女同谋过着两面人的生活。"

"女同谋？"

"对，人们也称为'金发女郎'，她一头金发。"

"证据呢？"

"我会带他去夏尔格兰街，给他看一条暗道，不消说，就是亚森·罗宾利用指挥施工之便，让他的手下在四十号和四十二号之间开的那条，你们二位前夜也曾走过的。"

"然后呢？"

"然后，我再带代斯唐热先生去德蒂南先生家，从便梯下楼。你大概还记得，谁从这道楼梯，躲开了戈尼玛的追捕。我和他一起寻找那条可能与邻屋相通的暗道。会发现：邻屋的出口不在克拉佩隆街，而在巴蒂尼奥尔大马路。"

"然后呢？"

"然后，他将会被带往克罗宗城堡，他弄清城堡修复工程中亚森·罗宾都干了什么，一样的暗道。他会发现这条暗道让金发女郎得以潜入伯爵夫人的房间，拿走壁炉上的蓝钻石，两星期后，潜入布莱尚领事的房间，把它塞进牙粉瓶……不得不说，这行为相当怪异，甚至有点离谱了，姑且认为是女人施加的一个报复，具体我不清楚，但这并不重要。"

"然后呢？"

"然后，"歇洛克显得更加严肃了，"他将去往昂利—马尔坦大街一百三十四号，他将清楚德·奥特莱克男爵是怎么……"

"别说了……你别说了……"年轻姑娘恐惧起来，开始结巴，"你不许再讲……你怎么敢说这是我……你怎么敢指控我……"

"我要指控你杀了德·奥特莱克男爵。"

"不！不！你这是造谣！"

"小姐，杀害德·奥特莱克男爵的就是你。你就是昂图瓦内特·布莱阿，你化名混进他家服侍他，就是为了从他手里盗走蓝钻石。就是你杀的他。"

她继续低声哀求，声音时断时续：

"先生，快别说了，我求你。既然你知道那么多事，也该知道，我并非有意杀害男爵。"

"我没有这个意思，小姐。奥居斯特嬷嬷告诉了我一个细节，她说：德·奥特莱克男爵经常发狂，只有她才能控制得住他。嬷嬷出去的那天晚上，他大概是扑到了你的身上，你们在扭打时，你为了自卫，扎了他一刀。你吓坏了，按铃叫人，没从死者手上摘下那枚钻戒就匆匆逃走了。一会儿后，你领来邻楼的仆人，也就是亚森·罗宾的另一个同伙，你们把死者放在床上，并整理好房间……但还是没有摘下钻戒，大概是出于恐惧。那天晚上的经过就是如此。综上，我得说，你并非有意杀害男爵，但他确实死在了你的手上。"

她一动不动地坐着，纤细苍白的双手捂着前额，过了很久才松开手指，露出痛苦的脸，说：

"这就是你要告诉我父亲的？"

"是的，就是这一切。热尔布瓦小姐可以做我的证人，她认得出金发女郎；奥居斯特嬷嬷可以做我的证人，她认得出昂图瓦内特·布莱阿；克罗宗伯爵夫人也可以做证，她认得出德·莱阿尔夫人。我要告诉他的就是这些。"

"可你不敢。"面临危险，她竟然恢复了冷静。

他从容站起，走向书房，刚踏出一步。

克洛蒂尔德就叫住他：

"先生，等等。"

她稳住自己，经过片刻的思考，然后十分沉着地问：

"你就是歇洛克·福尔摩斯？"

"对。"

"你到底想对我怎么样？"

"怎么样？我和亚森·罗宾约定来一场决斗。终局之前，我必须取胜。在我看来，你这样一个宝贵的人质在我手里的话，我就可以占据很大的优势了。因此，小姐，我要把你交给一个朋友照料，快跟我走吧。一旦达到目的，我就会还你自由。"

"仅此而已？"

"仅此而已，我既然不是贵国警方成员，我就没有任何裁判的权利……我这么认为。"

他就是这么想的，也必将这么做。她要求休息一会儿，就闭上了双眼。福尔摩斯发现，她突然变得那么平静，似乎在漠视身边的危险。英国人想：她会认为自己身处险境吗？不会，因为有亚森·罗宾在，他保护她，这样就不会有什么危险。他无所不能，他永远不会出错。

"小姐，"福尔摩斯说，"我本来只打算说五分钟，可是，都过半个多钟头了。"

"先生，我能上房间，拿点衣服用品吗？"

"小姐，大概我可以在蒙夏南街等你。门房让尼约是我的好朋友。"

"啊！你知道……"她说，声音中带着一丝明显的惊惧。"我还知道许多许多。"

"好吧。我按铃叫仆人去拿。"仆人拿来了她的帽子和外衣。

福尔摩斯补充道：

"你得找一个理由，告诉代斯唐热先生为什么你这几天不回来。"

"没必要，不久我就能回来。"

他们都面含讥讽和微笑互望了一眼，像是又一次的挑战。

"你是多么相信他！"福尔摩斯说。

"坚信不疑。"

"你认为他所做的都是对的，他要干的必能干成？他的一举一动，你都毫不质疑。你是要为他献出一切。"

"我爱他。"她说，激动到发颤。

"他会来救你，你大概是这么想的吧？"

她耸耸肩，走向她父亲，说："我要劫持斯蒂克曼先生一会儿。去国立图书馆。"

"午饭回来吃吗？"

"也许……不，肯定是回不来……不过，你别担心。"

随后，她对福尔摩斯说：

"先生，我跟你走。"语气十分坚定。

"没有在暗地里谋划什么吗？"

"闭上眼睛跟你走。"

"你别打逃跑的主意，不然我会喊叫，警察就会来逮捕你。你别忘了，金发女郎正被通缉。那样的话，你就得坐牢了。"

"我绝不试图逃跑，我敢用名誉担保。"

"我相信你。走吧。"

如他所愿，两个人一同离开了公馆。广场上的那辆汽车已经调过头来在原处停着。司机的背影和鸭舌帽依稀可见，翻起来的毛领子几乎遮住了帽子。福尔摩斯走近汽车，听见汽车已经发动了马达。他为克洛蒂尔德打开车门，自己坐在了她的身边。

汽车一下就开动了，沿着城外的大马路，他们过了奥什大街、大军街。歇洛克正凝神思索，谋划着行动方案。

"我把姑娘送到戈尼玛家里……交给他……不过，要告诉他她是谁吗？不。否则，他将直接把她送往监狱。这样，一切都会被搅乱。现在，我只要看一下马·贝案卷上的名单，就能开始全面的追捕。今夜或是明早，我按原计划去找戈尼玛，把亚森·罗宾那伙人一起交给他。"

他得意地直搓手，高兴地想到胜利在望，再没有什么了不起的障碍拦在前面了。所以这个脑子发热的英国人一反常态，终于忍不住了：

"小姐，原谅我这过分的得意。只因艰难战斗后的胜利使我太过惬意了。"

"先生，这胜利显然是合法的，你有权享受。"

"谢谢你！不过，这是什么鬼路呀。司机没听清我的吩咐吗？"

眼前，汽车从纳伊伊门开出了巴黎城。活见鬼！佩尔戈莱兹街是在城内啊。福尔摩斯摇下车窗玻璃气急败坏地喊道：

"喂，司机，走错了……这不是佩尔戈莱兹街！……"司机没回答。

他提高嗓子重复了一遍：

"去佩尔戈莱兹街！"

那人还是没回答。

"啊！朋友，你是聋子吗，还是你故意不答话……我来这儿做什么？……去佩尔戈莱兹街……请你往回开，快！"

那人依旧默不作声继续按原来的方向开着，英国人气得发抖。他看见旁边的克洛蒂尔德唇边浮起难以琢磨的微笑。

"你笑什么?"他低声抱怨,"……这只是个无关大局的小插曲……事情不会改变。"

"绝对无关大局。"

突然,一个可怕的念头闪过脑海,福尔摩斯弯腰站了起来,细细打量这个驾驶座上的男人,他的肩显得比原先看到的要单薄一些,动作更放松……福尔摩斯惊出了一身冷汗,双手不由得痉挛起来,他不得不接受这个可怕的事实:开车的是亚森·罗宾!

"好了,福尔摩斯先生,你对这次的兜风,感觉如何?"

"实在美妙呀,亲爱的先生,真是美妙得很。"福尔摩斯平静地答道。

也许,这份平静是他耗费了平生最大的努力才勉强得来的,声音里没有一丝颤抖,更没有流露出一点的狂怒。但他还是猛地掏出了手枪,出于一种可怕的愤怒与仇恨。他把枪对准了代斯唐热小姐:

"亚森·罗宾,马上停车,一分一秒都别拖延!否则,我要这位小姐吃枪子了!"

"你是要打太阳穴吗?瞄腮帮子会好些。"亚森·罗宾头也不回。

克洛蒂尔德也起了兴致:

"马克西姆,可别开得太快。路滑,我怕。"

她从开始到现在都在吟吟地笑着,还不住地盯着路面。前面的道路陡立蜿蜒。

"快让他停车!停车!"福尔摩斯气得像是要发疯,他对她说,"你知道,我什么事都干得出来!"

枪口已经擦上了她的发卷。她依然从容而小声地说:

"马克西姆这个冒失鬼,这样开下去,保不齐要出事。"

福尔摩斯只好收起枪把它放回衣袋,然后抓住车门把手要跳车,当然,这么做很荒谬。克洛蒂尔德不无讽刺地对他说:

"先生,可得小心着点!后边有车。"

他伸出头一看,后边果然跟着一辆身形庞大,颜色血红,车头尖尖的大车,模样狰狞可怖。四个穿毛皮大衣的汉子在上面坐着。

"好家伙!"他想,"我被围困了。只好耐下心来看看了。"

他像厄运来临时那些屈从等待的人那样交抱双臂,露出一副傲慢的神色。

汽车冲过塞纳河，风驰电掣地驶过絮莱斯纳、吕埃、夏图。在这期间，他克制着怒火，毫不叹怨，一动不动地坐着，显得十分顺从。他一心在寻思，到底是什么奇迹使亚森·罗宾替下了司机。莫非早上在大马路选的憨厚小伙子是他预先安排的同伙？这不可能。然而，可以肯定的是亚森·罗宾绝对得到了通知。不过，在福尔摩斯威胁克洛蒂尔德之前，他绝不可能得知。因为，在那之前，他的计划只有他一人知道。这就怪了，从谈话起，克洛蒂尔德没有离开他半步。

对，就是那个打给女裁缝的电话，他顿时明白了。甚至可能早在谈话前，福尔摩斯介绍自己是代斯唐热先生的新秘书时，她就嗅出了危险，猜出了对方的身份和目的。然后便冷静自然地，用事先约定的暗语向亚森·罗宾呼救，像做一件平常事一样，让人毫无察觉的可能。

这样看来，亚森·罗宾是怎么来的，这辆停在路边、发动机没关的汽车怎么引起了他的怀疑，接着他又如何收买了司机，这一切都只能算是细枝末节，无关紧要。此时福尔摩斯陡然想到：一个普通女子，一个坠入情网的普通姑娘，仅仅是相信情人有本事，就变得这样大胆、刚强。这股力量竟让她控制住自己的情绪，压下了自己的本能，不露声色地把老谋深算的歇洛克给骗了。这个突发事件中他最感兴趣的部分，让他压下了怒火。他自叹：有了这样一个助手的帮忙，我还能怎么对付他？

汽车已经驶过塞纳河，上了圣·日耳曼坡地。过了这个小镇五百多米之后，汽车便放慢了速度。后边那辆车赶了上来。两辆车就都停下了。四周一片寂静，空无一人。

"福尔摩斯先生，"亚森·罗宾说，"委屈你了，我们得换辆车。这车太慢了！"

"怎么了？"福尔摩斯叫道，处于没有选择的境地，他显得更加急切了。

"请你穿上这件为你准备的毛皮大衣，等会儿我们会开得很快，还有这两块三明治……别推，别推，收下吧，谁都不能保证你何时才能吃上晚饭哩！"

后边那四个人下了车，其中一个走过来，摘下了眼镜。原来他就是匈牙利饭店里那个穿礼服的先生。亚森·罗宾对他说：

"你开着这辆出租汽车回去,把它还给那位司机,他就等在勒让德尔街右边第一家小酒店里。我已经付给他五百法郎酬劳,你把剩下的五百一并付给他吧。啊!差点忘了,把你的眼镜给福尔摩斯先生。"

他与代斯唐热小姐进行了短暂的交谈,然后,坐到方向盘前,发动车子。福尔摩斯在他旁边坐着。后边是亚森·罗宾的一个手下。亚森·罗宾果然把车开得很快,没有一点夸张。车一开起来,快得就让人觉得地平线像是被一股神秘的力量拉着,迎面扑来,然后就像被吸进了深渊,一下就不见了。两旁的树木、房屋、平原、森林,也像喧腾的急流一样扑来,一起跌入了深渊。

福尔摩斯坐着,亚森·罗宾开着,两人没有交谈。头上,杨树叶在狂风中,像波涛一样发出哗哗巨响。树木均匀错落,涛声起伏有致。芒特、韦尔农、盖荣,这些城市一个个消失在后面。汽车经过邦塞库尔到康特勒、里昂、里昂郊外、港口以及几公里长的码头。汽车就像驶在镇上的小马路似的,一下子冲出里昂这个大城市。后来,又驶过了迪克莱尔、科德贝克、科城地区起伏的丘陵,接着又经过了利尔博纳、基尔伯夫。最后,汽车停在了塞纳河边的一个小码头尽头。他们竟在两小时里跑了将近四百里。码头边停泊着一艘线条简洁又很结实的游艇。游艇的烟囱里,一团团黑烟正不停地钻出。一个穿蓝制服、戴金边制帽的男人走了过来,行了个礼。

"很好,船长!"亚森·罗宾大声说道,"电报收到了?"

"收到了。"

"'燕子'准备了?"

"准备了。"

"这样的话,福尔摩斯?……"

英国人环视四周,发现露天咖啡座上坐着一群人,近处还有一群。他曾想喊,但理智告诉他,外人还来不及过来干预,他就会被抓住,然后被拖上船塞进舱底。他只好跟着走过舷梯,同亚森·罗宾一起进了船长室。

里面宽敞、干净,壁板擦得漆色锃亮,包铜的地方正闪闪发光。

亚森·罗宾把门带上,不带任何开场白,甚至有点粗鲁地对福尔摩斯说:

"你都知道些什么？"

"一切。"

"一切？请具体点。"

原先他一直对英国人装出的一种略带讥讽的礼貌语气，现在全都消失不见了。取而代之的是惯于发号施令，惯于让全世界俯首听命，就连歇洛克·福尔摩斯也不例外的主宰的专横口气。他们彼此打量着对方。现在他们是公开宣战、不共戴天的敌人了。亚森·罗宾接下来带着些许紧张的声音说：

"先生，之前几次你过分地挡了我的路。现在我也不愿浪费时间破你的圈套了。我得事先通知你一下，你会怎样，取决于你回答得怎样。说吧，你都知道些什么？"

"先生，你是要我重复一遍吗？是一切。"

亚森·罗宾压住怒火，语气哽塞：

"你知道的，我来说吧。你知道马克西姆·贝尔蒙，也就是我……改动了代斯唐热先生承建的房子的结构。"

"对。"

"共有十五所，你找到了其中四所。"

"对。"

"其他十一所的地址你也都知道。"

"对。"

"这大概是你昨夜从代斯唐热先生家里找到的。"

"对。"

"你推测：我留下了这十一处房子中的一处，在需要时供我和我的朋友使用。因此，你把它交给戈尼玛去查找。"

"不。"

"你说什么？"

"我是单独行动，独自查找。"

"这样，我就不必担心什么了，你已经落在我手里了。"

"只要我还在你手里，你就无可担心。"

"你是说，你不会留下？"

"不会。"

亚森·罗宾又向英国人靠近，轻拍他的肩膀：

"先生，你听着，我没有兴致跟你斗嘴皮。你最大的不幸是不可能让我失败。因此，是时候做个了结了！"

"了结吧。"

"你得保证，这条船进入英国水域之前不企图逃走。"

"我保证，我会想方设法逃走。"福尔摩斯挑衅地回答。

"可你是知道的，只要我一声令下，你就办不成事。这些人对我是绝对地服从。我只要稍稍示意，他们就会知道要怎么做，他们会毫不客气地把锁链套上你的脖子……"

"锁链会断。"

"……把你扔进离岸十海里的海里。"

"我得说，我会游泳。"

"很好！"亚森·罗宾大声笑道，"上帝原谅我，我刚才的那些只不过是气话！原谅我，大师……我来做个决断吧。你得同意我为自己和朋友采取一些必要的保安措施。你看成吗？"

"随你喜欢，不过没用。"

"我十分同意你的看法。不过我要真那样，你可不能怪我。"

"悉听尊便。"

"好。"

亚森·罗宾开了门，叫来船长和两个水手。他们抓住这个貌似无力的英国人，搜了他的全身，把他捆在了船长的铺位上。

"好的！"亚森·罗宾安慰道，"说实话，你实在够顽固，形势又特别严峻，我这才不得不冒昧……"

之后，两个水手退了出去。亚森·罗宾吩咐船长道：

"船长，你安排个船员在这儿照料福尔摩斯先生。你自己也尽可能陪陪他。他是客人，不是囚犯，大家都得尊重他。你的表现在几点了，船长？"

"两点五分。"

亚森·罗宾对了对自己的表以及舱壁上的挂钟：

"两点五分？……好吧。就算是，这样的话到南安普敦要多久？"

"不开快的话，得九个钟头。"

"那你们就用十一个钟头吧。我们得在那班邮船离开南安普敦之后靠岸。邮船午夜离开那里早上八点到勒阿弗尔。船长,你听清了,对吧?我不得不重申一遍,这位先生一旦搭上那班邮船回到法国,我们所有人就都很危险了,所以,你必须拖到子夜一点以后到南安普敦。"

"明白。"

"别了,福尔摩斯先生。我们可以猜猜明年我们会在哪儿相见。"

"明天见,亚森·罗宾先生。"

几分钟后汽车开走了,福尔摩斯听见"燕子"号的机舱里,蒸汽机发动的声音。船起锚了。

大约三点左右,船驶出塞纳河河口,进入茫茫大海。歇洛克·福尔摩斯被捆在床上,沉睡过去。

次日早晨,两大对手已满交战十天,在这最后一天里,《法兰西回声报》发表了一则有趣的花边新闻:

昨天,英国侦探歇洛克·福尔摩斯收到亚森·罗宾对他下的逐客令。命令于中午送达,即日实行。子夜一时,福尔摩斯在南安普敦下了船。

六、亚森·罗宾再次被捕

克莱沃街位于布洛涅树林大街与比若大街之间，早晨八点钟时，十二辆搬家马车把这里塞得满满的。费利克斯·达韦先生住在这里的八号五楼，他要搬走。迪布勒伊先生的房子是由同幢的六楼和邻近两座房子的五楼合为一套，他把收藏的家具搬走的时间和费利克斯·达韦先生是同一天。这些家具每天都会招来一些外国记者和通讯员来他家中参观。这一天，两人同时搬家是个巧合，因为二人彼此并不了解。

一些住在本区的人注意了这一细节，但事后才讲了出来：这十二辆马车，都没有写搬家公司的地址和名称，也没有一个搬运工在临近的小店中耽搁。他们非常卖力地干活，十一点时，东西全搬完了。房间里只剩下丢到角落里的废纸和破布。

费利克斯·达韦先生是个气质优雅的年轻人，他的衣服很讲究，精致而时髦。手里握着一根健身手杖，从手杖的重量判断他的力气一定很大。费利克斯·达韦先生悠闲地走出来，穿过布洛涅树林大街，来到与佩尔戈莱兹街相对的一条小路上。之后，他坐到了长椅上。离他不远的地方，一个妇女正在读报，穿着完全是小市民打扮。旁边，一个拿着小铲子的孩子在玩一堆沙子。

过了一会儿，费利克斯·达韦头也不回，对那女人说：

"戈尼玛呢？"

"今天早上九点钟就出门了。"

"去哪儿了？"

"警察总署。"

"一个人？"

"是的。"

"昨夜有电报吗？"

"没有。"

244

"现在，他的家人还信任你吗?"

"是的。我帮戈尼玛夫人些小忙，有关她丈夫的事她都讲给我听……我们今早还在一起。"

"好。没接到新命令时，每天的上午十一点钟，你要继续来这儿。"

他起身离开，来到了多菲纳门附近的一家中国饭馆，简单地吃了点：一点蔬菜、两个鸡蛋、水果。然后，回到克莱沃街，对看门的女人说：

"我再去楼上看一眼，回来就交给你钥匙。"

他在用作书房的房间中转了一遍，抓住一根沿着壁炉接下去拐了个弯的煤气管，去掉堵头的铜塞，对着管子举起个号角模样的东西吹起来。一声轻轻的哨音从管子里传回来。他把管子放在嘴边，低声问：

"迪布勒伊，有人吧?"

"没有。"

"我可以上来吗?"

"可以。"

他把管子放回原位，思索着：真不知会如此先进! 20 世纪充满了小发明，我们的生活因为它们，真正开始变得舒服惬意，简直是太有趣了……尤其适合像我这样喜欢在生活中大胆尝试和冒险的人!

壁炉上的一块大理石线脚被他推着，转动了起来，大理石板本身也转动了。上面的镜子滑进了一道看不见的槽子，一个大洞口露了出来。能看到建在壁炉中的楼梯的最下面几级。用生铁铸成的楼梯，精心打磨过，上面铺了白瓷砖，十分干净。他上了楼，六楼的壁炉上也有一个同样的洞口。迪布勒伊在等他。

"你的东西都搬完了吗?"

"搬完了。"

"打扫好了?"

"嗯。"

"人呢?"

"只留下三个人在望风。"

"走，一起看看去。"

他们一前一后，从同一条路来到了仆人住的阁楼间。有三个人守在那里，其中一个正从窗户里向外张望。

"有新情况吗？"

"没有发现，老板。"

"街上有动静吗？"

"非常安静。"

"十分钟后，我就出发……你们也动身吧。从此刻到那时，街上一有动静，就立即报告给我。"

"知道，老板！我的手指头从没离开警铃按钮。"

"迪布勒伊，你提醒搬运工千万别碰到警铃电线了吗？"

"我说了。警铃不会有问题。"

"那我就放心了。"

两位先生又下到费利克斯·达韦的房间。壁炉的大理石板线脚合上后，费利克斯愉快地说道：

"迪布勒伊，我真想观看一下这些巧妙机关被发现后，那群人的丑态。警铃、电线网、暗道、滑动壁板、传声筒和暗梯……真是仙境中的机关！"

"对亚森·罗宾来说，又具有多好的广告宣传效果啊！"

"用不着这个广告。真是舍不得离开这房子。一切又要从头开始，迪布勒伊……显然要采用新式样，因为不应该重复。这个可恶的福尔摩斯！"

"福尔摩斯没回来吧？"

"他怎么回来？只有一班邮船从南安普敦过来，就是半夜那班。从勒阿弗尔回巴黎的列车也只有一次，早晨八点发车，十一点十一分到站的那列。假使半夜那班船他没坐上——他一定坐不上的，因为船长得到了我的明确命令——只能坐纽黑文开往迪耶普的船，于今晚到达法国。"

"他还会回来吗？"

"福尔摩斯是个从不半途而废的人。他一定会来的，但是太迟了。我们早已远走高飞了。"

"代斯唐热小姐怎么办？"

"过一个小时我去见她。"

"去她家？"

"哦！不。她要等上几天，等风暴过后才能回家，等我抽出精力专心照料她时再说……迪布勒伊，你必须尽快，行李装船需要很多时间，你必须去码头上照应。"

"你确信我们没被监视吗？"

"谁能监视我？我只担心福尔摩斯。"

迪布勒伊离开了。最后费利克斯·达韦又仔细检查了一遍，他把散落在地上的两三封撕碎的信捡了起来；看到一个粉笔头，他拾了起来，在餐厅深色的壁纸上画了个大框，像纪念碑上写的那样，写上几个大字：

20世纪初，侠盗亚森·罗宾，在此一住五年。

这个小玩笑好像令他非常开心，他口中吹着一支欢快的曲子，端详起自己写的这段铭文，大声说道：

"既然我对得起未来的历史学家了，那我们还是离开吧！福尔摩斯先生，快一点，再有三分钟，我就从老窝出发了，你就彻底地失败了……还剩两分钟！亲爱的大师，你让我久等了！……一分钟！你为何还不来？好吧！我只好宣布你输了，而我获胜了！我可要真的离开了！永别了，我的王国！亚森·罗宾的王国！我永远见不到你了。别了，我那六套五十五间房子！别了，我的小卧室，我可爱素朴的小卧室！"

突然，一阵急促的铃声打断了他充满激情的抒情诗。铃声刺耳而又尖厉，停了又响，连着两次，最后不响了。这是警铃！

"发生什么事了？出了意想不到的危险吗？戈尼玛？不会……"

他准备从书房逃之夭夭，但当他冲进去，还是先跑向了窗户。街上没有人。难道敌人已经进了大楼？他仔细听了听，听到了嘈杂声。他不再犹豫，正当跨过门槛时，门口传来了有人将钥匙插进前厅门锁的声音。

"见鬼，"他小声骂了一句，"快走……房子可能全被包围了……便梯不能再用了！幸亏还有壁炉……"

他用尽全身的力气，去推壁炉大理石板的线脚。但线脚一动不动！他又推了一把，仍然未动。与此同时，他听到前厅的门打开了，脚步声响了起来！

　　"妈的!"他骂道,"这机关如果失灵了,我就完了……"

　　他的手指在线脚周围收缩,把全身重量压上去,仍然纹丝不动!这样不走运,令人难以置信,真是命运的捉弄。刚才还很灵的机关现在不动了。他收缩肌肉,使出吃奶的劲去推,那大理石板硬是不动。该死!难道就甘心让这笨机关挡路不成?他狂怒地用拳头捶,破口大骂……

　　"啊,有什么困难吗,亚森·罗宾先生?什么事让你如此愤怒?"

　　亚森·罗宾一回头,被吓了一大跳。歇洛克·福尔摩斯——居然站在他面前!歇洛克·福尔摩斯!亚森·罗宾眨着眼睛看着他,仿佛被强烈的光线扎痛了眼睛似的。歇洛克·福尔摩斯在巴黎!昨晚的歇洛克·福尔摩斯被他当作一件危险品送上了开往英国的轮船,现在居然又站到了他的面前。而且,他是如此自由自在、得意忘形!啊,一定是自然法则乱了章程!一定是不符合逻辑的、反常的东西占了上风,才会发生这种违背亚森·罗宾意愿、本就不可能发生的奇迹。但在他的面前,歇洛克·福尔摩斯真真切切地站在那儿!这一次,英国人也以牙还牙,用含有鄙视的礼貌讥讽道:

　　"我来告诉你,亚森·罗宾先生,从现在开始,我不会再想在德·奥特莱克男爵公馆你让我度过的那夜了,不会再想我的搭档华生遭遇的不幸,不会再想坐在汽车里的我被劫持的事了,也不会再想我被你命令绑到硬邦邦的小床上刚结束的旅行了。此刻的这一分钟,把一切都抹掉了,我不会再记起以前的任何事了。我获得了补偿,是极大极大的补偿。"

　　亚森·罗宾保持沉默。英国人又说:

　　"你不这样认为吗?"他一副执拗的神气,好像硬要亚森·罗宾同意,必须和过去的一切了结似的。

　　亚森·罗宾想了一会儿。

　　在那段日子里,英国人感到他被人看穿了,一直被看到了灵魂的深处。

　　这时,亚森·罗宾开口了:

　　"我猜想,你的此次行动一定有十分郑重的理由?"

　　"是的。"

　　"我们过招时,你在我的船长和水手的眼皮底下成功逃脱就算是小事。但是，现在的这个事实——你单枪匹马站在我面前，你听好了，单枪匹马，站在我面前这个事实，让我以为，你已尽可能地进行了全面报复。"

"对，是尽可能地全面报复。"

"那这幢楼房？……"

"已经被包围。"

"和它相邻的那两幢楼房？"

"也被包围了。"

"楼上的那套房间呢？"

"六楼迪布勒伊先生租的所有房间，都被包围了。"

"所以……"

"所以，亚森·罗宾先生——你就被抓了，不可挽回地被抓了。"

乘坐汽车兜风时福尔摩斯的内心感受，现在亚森·罗宾一一品尝到了。这种狂怒和反抗，是如此相同。但是一样的光明磊落，令亚森·罗宾钦佩而折服。两个人都毫不掩饰地承认失败，就像得了一时的疾病，必须要认一样。

"先生，我们之间两清了！"亚森·罗宾豪爽地说道。

听到这话，英国人好像很开心。两个人彼此沉默了。紧接着，控制好情绪的亚森·罗宾，笑着说道：

"先生，我并不懊恼！要知道，总赢而不输会让人厌烦的。我本可以伸直手臂，就可胸击你一剑的。这一次我就回击了。命中了，大师。"他开心地笑了。

"总之，大家都会为此开心的！亚森·罗宾也疏忽了，居然掉进陷阱了。他会怎样爬出来呢？进了陷阱！……多么有趣的奇遇！……啊！我敬爱的大师，你让我彻彻底底兴奋了一次，我欠你一份人情！生活往往如此！"

他的太阳穴被双手紧压住，似乎要把内心不断翻腾的幸福紧压住。他发疯似的大笑，像孩子一样手舞足蹈着。

最后，他走到英国人身旁：

"先生，你还等什么？"

"等什么？"

"对呀，戈尼玛带着人就在外面，为何不让他们进来呢？"

"我没让他进来。"

"戈尼玛同意了？"

"我让他帮忙，但提出了明确的条件。况且，他只是把费利克斯·达韦看作是亚森·罗宾的同谋。"

"我再换一个问题。为什么你要单枪匹马的一个人进来？"

"我想有必要和你先谈谈。"

"哈哈！你要和我谈谈！"这个想法让亚森·罗宾倍感兴奋。此情此景下，有人居然喜欢说话，而不是先动手。

"非常抱歉，大师！这里没椅子，你坐到这个破箱子上，可以吗？或者窗台上？我相信，如果有杯啤酒就太棒了……你是要黑啤还是黄啤？……你可以先坐下啊……"

"我们开始谈吧，别搞这些没用的。"

"我认真听着呢。"

"时间不会太长。我来法国的目的不是要抓捕你。为了实现我真正的目的，我只能选择被迫追缉你。"

"先生，你的目的是？"

"找回蓝钻石！"

"蓝钻石？"

"是的。你知道，在布莱尚领事的牙粉瓶中发现的那颗蓝钻石是假的。"

"的确不是真的。金发女郎早把真的寄走了。那颗是我找人仿造的，因为当时，我对伯爵夫人别的首饰还有些想法，又因为领事已受到怀疑，为使自己免遭怀疑，金发女郎只好把假钻戒塞到领事的行李中。"

"但真的你留下了。"

"非常正确。"

"这枚钻戒你应该给我。"

"非常抱歉。那是不可能的。"

"我一定要拿到它，这是我对德·克罗宗伯爵夫人的承诺。"

"你怎么拿到？它在我的手中。"

"恰恰因为在你的手中，我才能拿到。"

“我会拱手相让吗？会自愿给你吗？”

“我用钱买下它。”

亚森·罗宾听到这儿，真是太开心了：

“你不愧是英国人，谈这事就像谈生意！”

“这本来就是笔生意。”

“那你能给我什么？”

“自由，是代斯唐热小姐的自由。”

“她的自由？我真想不出来你抓捕她的理由。”

“我有必要而充足的证据会提供给戈尼玛先生。没有你的保护，她一定会被抓的。”

亚森·罗宾忽然大笑起来：

“侦探先生，你给我开的不过是张空头支票。代斯唐热小姐非常安全，不用为她担心。我需要别的东西。”

英国人有些为难，他犹豫了起来，颧骨上浮现出一些红晕。突然，他的手搭到了亚森·罗宾的肩膀上：

“如果我提出……”

“给我自由？”

“不……不过，这个问题我可以和戈尼玛商讨一下……”

“可以让我也考虑一下吗？”

“可以。”

“噢！上帝！这玩意有什么用！这个鬼机关不动了！”

壁炉的大理石板线脚被亚森·罗宾非常气恼地用力推着。

他压低一声惊叫。反复无常的事物，如此出人意料，运气居然又转了回来：这一次，大理石板在他手下动了起来。

有救了，又能逃脱了。既然如此，就没必要接受福尔摩斯的条件了！他在房间里来回踱着，似乎在思考答案。然后，他把手也搭到英国人肩膀上：

“福尔摩斯先生，我决定了，我自己的事还是喜欢自己安排。”

“但是……”

“谢谢，我不需要别人的帮助。”

“如果被戈尼玛抓住，那你就完了，他们不会放过你。”

"谁能预料结果？"

"你一定是在发疯。所有出口都被包围了。"

"不，还有一个。"

"哪一个？"

"我要选择的那个。"

"废话！你无路可逃，已经是瓮中之鳖了！"

"现在，还不是。"

"为什么？"

"因为蓝钻石在我手中。"

福尔摩斯掏出表，看了看：

"现在差十分三点，整点三点钟时我叫戈尼玛进来。"

"那就是说，我们还有十分钟的谈话时间！侦探先生，借用这段时间让我的好奇心得到满足吧。你能告诉我，关于我的地址，你是如何弄到手的，还有怎么知道费利克斯·达韦这个名字的？"

福尔摩斯一直观看着亚森·罗宾的表情。他的那份兴致令这个英国人很不安。不过，他很乐意说出来，因为从中他的虚荣心能得到很大的满足。他说：

"我是从金发女郎那里找到你的地址的。"

"克洛蒂尔德！"

"对。你一定还记得……昨天上午……当我乘汽车准备把她带走时，她打了个电话给女裁缝。"

"有这事。"

"后来，我猜到了，你就是女裁缝。昨晚在船上，我冥思苦想。我的记忆力还是值得钦佩的，我想起了你的电话号码是……73。再依靠那份你'改造'过的建筑物名单，今天上午十一点钟，我回到巴黎后，十分容易地通过电话本查到了费利克斯·达韦先生的姓名和地址。之后，我就请戈尼玛先生帮忙。"

"太佩服了！第一流的本事。我被你深深折服了。但让我不解的是，你最终登上了从勒阿弗尔开往巴黎的火车。那你从'燕子'号到底是如何逃脱的呢？"

"我没逃。"

"可是……"

"子夜一点到达南安普敦——这是你给船长下达的命令。十二点时，他们就送我上岸了。于是，我就坐上了开往勒阿弗尔的邮船。"

"船长背叛了我？绝对不可能！"

"他没有背叛你。"

"那你？"

"是他的表背叛了你。"

"他的表？"

"对，他的表。我只是轻轻拨快了一个小时。"

"你怎么拨的？"

"和其他人拨表完全一样，拧发条呗。我们在一起坐着聊天，距离很近，我讲给他一些很有趣的故事……于是我……他没有一点感觉。"

"漂亮！太漂亮了！这一招真是漂亮。我要牢记。但是，钟呢？它可是一直挂到舱壁上啊！"

"是啊！挂钟，这就比较困难了，因为我的腿被牢牢捆住。但当船长出去时，一直看守我的水手却愿意拨动时针。"

"他？他同意了？……"

"噢！但是这一行动的重要性他根本不知道。我和他说我一定要赶上去伦敦的头班车……他就信了……"

"你用什么……"

"一件小小的礼物……况且，关于这个礼物，诚实的水手是准备上交给你的。"

"什么礼物？"

"根本没有任何价值。"

"但总得有价值吧？"

"蓝钻石。"

"蓝钻石！"

"是的，那颗假的，就是你伪造的那颗，伯爵夫人把它交给我了……"

亚森·罗宾哈哈大笑起来，笑得前仰后合，眼泪都笑了出来。

"上帝呀，太有意思啦！船长的表！被拨动的挂钟指针！还有水手

253

手中的假钻戒……"

福尔摩斯第一次感受到他们之间的斗争是如此激烈。他以敏锐的观察力觉察到，在这种明显的快活之下，亚森·罗宾正全力以赴、调动所有潜能、集中精力地思考着。

亚森·罗宾慢慢走过去，英国人似乎漫不经心地向后退了几步，把手伸到了裤兜中。

"三点了，亚森·罗宾先生。"

"三点了？太可惜了！……我们度过了一段多么开心的时光！……"

"我正在等待你的答复！"

"我的答复？上帝啊！你也太苛刻了！好吧，我们的赌博该收场了。下赌注吧！我的自由！"

"蓝钻石。"

"好吧。你先来，你准备出什么？"

"我出 K！"福尔摩斯扬一扬手枪。

"那你输了！"

亚森·罗宾挥着拳头向着英国人打去。福尔摩斯见状，朝天开了一枪，向戈尼玛发出信号。他认为事情到了关键时刻，需要支援了。但这一拳却打到了福尔摩斯的胃部，打得他脸色发白，踉跄了几步。一个箭步，亚森·罗宾冲到壁炉边，启动了机关……可是，太晚了，门被打开了。

"亚森·罗宾，投降吧！不然的话……"

亚森·罗宾没想到戈尼玛距离他这么近。站在门口的戈尼玛举着枪对准他，他的身后站着一大群血气方刚的壮小伙，有二十好几个。只要稍有反抗，他们会立即把亚森·罗宾像狗一样打死。亚森·罗宾非常沉着，他很识相地做了个手势：

"不要开枪！我投降。"他把双臂交抱在胸前。

大家见状，都感到惊讶。在这间没有家具，没有帘幔的空空的房子中，亚森·罗宾的话好像回音一样，余音袅袅。"我投降！"真是让人难以置信的话！大家料想：亚森·罗宾到时候一定会从一个地洞消失，或者在他面前的堵墙坍倒，使他成功逃脱。谁曾想他却投降了！戈尼玛非常激动，他趋步向前，缓缓地把手伸向对手，以这种时刻应有的庄严，快乐无比地宣布道：

"我要逮捕你，亚森·罗宾！"

"呀！"亚森·罗宾不禁打了个寒战，"好戈尼玛，你真让我永生难忘。看你哭丧着脸的模样，就仿佛是在朋友的墓碑前讲话！好啦，别再伪装你沮丧的神气了！"

"我要逮捕你。"

"你们感到惊诧吗？我忠实的执法者——戈尼玛探长，用法律的名义把坏人亚森·罗宾逮捕起来。这真是历史性的一刻啊，这一时刻所富含的重大意义，我想你们都看出来……这事你应该是第二次干了。戈尼玛，好样的，你前程无量啊！"

他伸出双手戴上了钢手铐。这个情节有些庄严。这些警察尽管平时很粗蛮，又把亚森·罗宾恨得咬牙切齿的，但仍能克制住自己的举动，今天对这个看不见摸不着的人物，自己居然能亲手触碰到，感到非常惊愕。

"亚森·罗宾真是太可怜了！"他叹道，"你这副蒙受屈辱的模样，被那些在城郊贵族区居住的朋友看到，他们该怎么议论呢？"

他把双手分开，渐渐加力，肌肉绷得紧紧的，一直坚持着。额头上的青筋直暴，皮肉都深深勒进了链环中。

"断！"他大喝一声。链子果然断了。

"伙计，再来一条吧，这条链子屁用不顶！"

他们给他捆上两条。他赞许道：

"这样棒极了！先生们，你们太大意了。"

然后，亚森·罗宾数起警察的数量：

"朋友们，你们来了多少个？二十？三十？多了点……没事了。啊！你们假如只来了十五个就好了！……"

他有一种大演员的气质，那是一种凭借激情和本能扮演角色的气质，其中夹带着一些轻浮和放肆。福尔摩斯盯着他看，就像观众在欣赏一出好戏，剧中的细腻精彩之处，都可以品味得出来。的确，他有一种怪异的感觉，在这场决斗中，双方的数量相差悬殊，一方有三十人，而且有着强大的法律机器作为后盾，而另一方却是赤手空拳的一个人，而且还被戴上了手铐。但尽管如此，双方却势均力敌。

"喂，我的大师，"亚森·罗宾对福尔摩斯说，"现在的结果，就是你的杰作啊。多亏了你，接下来的日子亚森·罗宾要到牢中度过了，要到牢中的湿草地上发霉发烂了。请你讲实话，你的良心到底安不安，懊不懊悔？"

尽管他这么说，英国人还是耸了耸肩膀，似乎在说："你只要……"

"噢！绝不！"亚森·罗宾喊道，"把蓝钻石给你？啊！绝不！你知道，我费了多大的周折吗？我要把它留着！等我首次去伦敦拜访你时，对此我感到很荣幸！时间可能定在下个月——我会把理由讲给你听……但是，你下个月一定在伦敦吗？还是你更愿意去圣彼得堡？或者维也纳？"

说到这里，他浑身不由得一震。原来，一阵铃声突然响了起来。确切地说，不是警铃，而是电话的铃声。在书房的两个窗户间装着电话机，还没来得及拆走。电话！这张可恶的命运之网又会将谁网罗呢？不顾一切的亚森·罗宾冲向电话机，他想把电话机砸个粉碎，以便切断那要与他讲话的神秘声音。可是，戈尼玛抢先一步，他把听筒摘下来弯着腰对着话筒，讲道：

"喂！……喂！……这里是64873……对，是这儿。"

福尔摩斯见状，马上把戈尼玛推开，威严地抓过听筒。他又在话筒上蒙住手绢，这样，他的声音听起来就模糊难辨了。

此时，福尔摩斯抬起头盯着亚森·罗宾看。他们的目光相遇后，更加证明二人的想法一致性，这个可能性极大，几乎能肯定的事实，他们都预见到了：打电话来的是金发女郎。她误认为自己是在和费利克斯·达韦或者马克西姆·贝尔蒙通话，歇洛克·福尔摩斯在接听她的电话，这点她是绝不会想到的。

英国人大声喊道：

"喂！……喂！说话……"

一阵沉默过后，福尔摩斯说道：

"对，是我，我是马克西姆。"

这幕戏从开始就带有悲剧色彩。桀骜不驯、狂妄不羁的亚森·罗宾，喜欢捉弄人的亚森·罗宾，甚至不想掩饰住自己的慌乱，他急得满脸煞白，竖着耳朵仔细去倾听，去猜想。

福尔摩斯继续用神秘的声音说道：

"喂！……喂！……对，一切都结束了，我正想去找你，我们不是都讲好了吗？……在哪儿？……去你的地方……你觉得还在那……"

他迟疑着，想找出最合适的词语。很明显，他想套出更多的情况，但又不想说得过多。而且，那姑娘在什么地方他显然还不清楚。此外，戈尼玛的在场，似乎也多少有些碍事……啊！如果真有奇迹发生，把那根电话线割断就好了。拼尽全身力气的亚森·罗宾，大声呼唤着她。只听福尔摩斯说道：

"喂！……喂！……听到了吗？……我这儿也听不太清……太不清楚啦！刚刚能听清……你听到了吗？……好，是这样的……让我再想一想……你最好直接回家……危险？现在没有了……他在英国！我刚刚收到一封电报，是南安普敦发来的，确认他已到英国。"

从福尔摩斯口中说出的这席话，真是太有讽刺意味了！福尔摩斯怀着难以形容的快慰感，又补充了一句：

"我亲爱的朋友，为了不浪费时间，这样吧，我现在马上去找你。"

他挂上听筒：

"戈尼玛先生，我需要三个人。"

"抓金发女郎吗？"

"是的。"

"她到底是什么人，她在哪儿，这些你都知道吗？"

"都知道。"

"好吧！真是个完美的结局！连同亚森·罗宾……今天可是个好日子！福朗方，带上两个人，跟侦探先生同去。"

英国人和三个警察一同向外走去。

完了！福尔摩斯的手一定会抓住金发女郎的！因为他有着让人钦佩的顽强意志，因为各种事件错综盘结，他占据有利形势，战斗的结果以他的胜利而完结，亚森·罗宾将以无可挽回的失败而告终。

"福尔摩斯先生！"

英国人听到后，停住了脚步：

"亚森·罗宾先生？……"

　　这最后的一击似乎深深震撼了亚森·罗宾。他垂头丧气，条条皱纹出现在了额头上，满脸阴郁。不过，他很快又振作起来，虽然输了，但仍需奋力一搏。亚森·罗宾用欢快洒脱的语气大声说道：

　　"先生，想必你也看出来了，今天命运之神似乎不太偏爱我。刚刚它不让我从壁炉中逃走，把我交到了你手上。现在，它又利用电话把金发女郎当人情送给你。我想，我也只能认命了。"

　　"你的意思是？"

　　"我们重新谈判。"

　　戈尼玛被福尔摩斯拉到一边，他要求与亚森·罗宾重新谈判。他请求的口气，根本就像是在命令。戈尼玛只好答应。于是，福尔摩斯来到亚森·罗宾的身边，与他又开始了高级会谈！他生硬而又紧张地说道：

　　"你想要什么？"

　　"代斯唐热小姐的自由。"

　　"你明白代价？"

　　"明白。"

　　"你同意？"

　　"我同意你的所有条件。"

　　"啊！"这个意外让英国人大吃一惊，"……可是……刚才你不是拒绝了……为你……"

　　"福尔摩斯先生，刚才我拒绝是因为它只关系到我自己，现在情况不同了，它关系到一个女人……一个我爱的女人。你知道的，这类事情在我们法国有非常独特的想法。并不能因为我是亚森·罗宾就另行一套……恰恰相反！"

　　他讲这番话时沉着有力。福尔摩斯暗暗点了点头，小声问道：

　　"那蓝钻石在哪儿？"

　　"麻烦你去把我的手杖拿来，就在壁炉角上。你只需抓住球形把手，把手杖另一头的铁箍拧开就可以了。"

　　福尔摩斯拿到手杖，就开始拧铁箍。刚一拧，就看到球形把手旋开了。球里有一团油灰，油灰裹着一枚钻戒。他仔细端详着，确认是那颗蓝钻石。

　　"亚森·罗宾先生，代斯唐热小姐自由了。"

"现在和将来都自由吗？她不用再担心你什么了吧？"

"当然，也不必担心任何人了。"

"不管发生任何事？"

"是的，我不再知道她的姓名和地址。"

"谢谢。再见。福尔摩斯先生，我们会再见面的，是吗？"

"嗯，对此我不怀疑。"

福尔摩斯和戈尼玛争执了半天，英国人的情绪非常激动，最后，他有些粗暴地结束争论：

"戈尼玛先生，非常遗憾，我反对你的意见。但我没时间说服你了。一个小时后，我动身回英国。"

"可是……那金发女郎怎么办呢？"

"这个人我并不认识。"

"但是刚才你……"

"我把亚森·罗宾交给你了，要不要由你决定。这是蓝钻石……把它亲手交给德·克罗宗伯爵夫人，我想你一定很乐意。对此，你应该没有什么好抱怨的了吧？"

"可……那个金发女郎？"

"你自己去找吧！"

他戴上帽子，匆匆走出了门，就像一位行动迅速、向来不爱耽搁时间的先生。

"大师，祝你旅途快乐！"亚森·罗宾喊道，"我们之间的友好关系，我会难以忘怀的。代我向华生先生转达问候。"

福尔摩斯没有给以任何回答，他嘲笑道：

"这真是英国式的开溜啊！唉！令法国人出名的礼貌之花，这位可敬的大师先生居然没有拥有过。戈尼玛，你试想一下，如果在相同的场合，一个法国人在出门时会有什么举动呢？为了掩饰自己的胜利他会选用怎样周到而合宜的礼貌呢？……但是，上帝饶恕我啊，戈尼玛，你在那儿做什么呢？哦，搜查吗？这儿你什么也找不到的，我可怜的朋友，甚至连一张纸屑也找不到！我的档案已存放到安全的地方了！"

"谁知道呢？谁知道呢？"

亚森·罗宾听之任之。两个侦探押着他，其他的警察团团包围住，

259

耐心地看着戈尼玛的各种举动。大约二十分钟后，亚森·罗宾又感叹道：

"戈尼玛，快点吧！你搜不完了。"

"看来你有急事？"

"是很急的事，有个紧急约会。"

"在看守所吗？"

"不，在城里。"

"噢！约的几点？"

"两点钟。"

"现在已经三点多了。"

"是的，我已经迟到了。我最厌恶的事就是迟到。"

"再给我五分钟时间，好吗？"

"一分钟也不行。"

"你太好了……我尽量快点……"

"别啰唆了……还搜查壁橱？……里面都是空的……"

"可里面有很多信。"

"都是些老八辈子的信。"

"不对，有一扎缎带捆绑的。"

"是粉红色的吧？啊！戈尼玛，不要打开它，为了天上的爱。"

"应该是个女人写的？"

"完全正确。"

"是上流社会的女人吗？"

"最优秀的女人。"

"她的名字是？……"

"戈尼玛夫人。"

"胡说八道！"侦探厉声喝道。

这时，派到其他房间进行搜查的人都回来报告，说一点收获都没有。亚森·罗宾哈哈大笑起来：

"当然只能是这样的结果。你们希望看到什么……我伙伴的名单，还是德国皇帝与我交往的信函？戈尼玛，你们应该问我，有关这套房子的小秘密。瞧，这个煤气管子可不是个普通的管子，它还是个传声筒。

还有，在这个壁炉中有道楼梯。而这堵墙却是空心墙。此外，还有复杂的电铃网。噢，戈尼玛，不信，你按一按这个电钮……"

戈尼玛果真照办了，他按了一下。

"听到什么了吗？"

"没有。"

"我也没有听到。但是，我的气球场场长已接到你的通知，他会准备好飞艇，把咱们一起送到空中去。"

戈尼玛搜查完毕，说道：

"我说先生，你的废话说得够多了，开始上路吧！"

他走了几步。警察们跟在后面也走了几步。

亚森·罗宾一动也不动。他被警察们用力推着，但他始终不走。

"为什么，你怎么不走？"

"我走呀。"

"既然这样……"

"但要看情况。"

"看什么情况。"

"看你把我安排到什么地方。"

"当然是看守所啦。"

"去看守所我无事可干，我不去。"

"你疯了？"

"刚刚我不是和你说，我有个紧急约会吗？"

"亚森·罗宾！"

"戈尼玛先生，金发女郎正等着我和她见面呢！你觉得我有那么粗鲁，让她等着急吗？绅士肯定不会那样做的。"

"亚森·罗宾，请听我讲。"刚刚亚森·罗宾的这番挖苦，令戈尼玛侦探非常恼火，"到现在为止，我对你已经非常关照了。任何事都有个限度吧！快跟我走。"

"不行！我有个紧急约会。我真的得去赴约！"

"我最后再问一次，你走还是不走？"

"不行。"

戈尼玛做了个手势。两个警察见状，把亚森·罗宾架起来就走。可是，他们立刻放开了他，疼得直叫唤。原来，他们的肉里被亚森·罗宾扎进去了两根长针。

警察们都被气疯了，他们一拥而上，他们按捺不住满腔的仇恨，都要为同事、为自己曾经所遭受的屈辱报仇。他们抡起拳头，扇着巴掌，都大打出手。有一拳打到了亚森·罗宾的太阳穴上，他倒在了地上。

"你们想把他打死啊，"戈尼玛急了，怒吼道，"我饶不了你们！"

戈尼玛弯下腰，看到亚森·罗宾呼吸通畅，于是命令大家把他的头和脚抬起来，戈尼玛则自己托着他的腰。

"要轻些！……别晃了……唉！这帮臭小子们。你们会把他整死的。喂，亚森·罗宾，你觉得怎么样？"

微微睁开双眼的亚森·罗宾，讷讷地说：

"我很不好，戈尼玛……你就听任他们把我打伤。"

"妈的，这都怪你……你简直是太固执了。"戈尼玛回答，"请原谅……你还痛吗？"

大家走到了楼梯的平台上。亚森·罗宾痛苦地呻吟着：

"戈尼玛……电梯……他们这样下去，我的骨头一定会被弄断的……"

"这个主意不错。"戈尼玛赞同道，"况且，楼梯也非常窄……也没办法……"

戈尼玛命人把电梯开上来。亚森·罗宾被大家很小心地放到了位子上。他旁边站着戈尼玛，他吩咐道：

"你们都下去吧，在门房那儿等我！知道吗？"

他刚去拉电梯门。门那儿发出了一声刺耳的尖叫声，随即门关上了。忽然，电梯一跳，仿佛断线的气球一样飞了上去，里面传来了亚森·罗宾一阵讥讽的大笑。

"他妈的！"戈尼玛怒吼道，在黑暗中他乱摸下降的电钮。可是，他什么也摸不到，只好大喊道：

"六楼！守住六楼的楼门！"

警察们随即都冲上楼来。可是，怪事发生了，电梯穿过最后一层楼的天花板，在他们眼前消失了，却很快在阁楼仆人的房间中冒出来。梯门被守在上面的三个人打开，两个人制服了戈尼玛。另一个人把亚森·罗宾背了出来。戈尼玛经过这一番折腾，晕晕乎乎的，做动作都非常困难，更别说自卫了。

"戈尼玛，我跟你打过招呼了……坐飞艇的……幸亏你！下一次，别这么对我有同情心。尤其要铭记：没有特殊原因，亚森·罗宾一定不会白白挨打的。再见吧……"

电梯门又被重新关上。

戈尼玛被电梯载着又下了楼。这一切完成得非常迅速，以至在门房附近老侦探才赶上他的手下。他们二话不说，以最快的速度向院子跑去，然后上了便梯，这是登上阁楼的唯一通道。亚森·罗宾一定是从那儿逃跑的。这是一条长长的走廊，里面有好几道弯，两旁都是编了号码的小房间。走廊与一道门相通，轻轻一推就打开了。门与另一幢楼相连。又是一条弯来弯去的长走廊，两旁同样也是编了号码的小房间。走到尽头，又是一个便梯。戈尼玛走下楼梯，穿过院子和前厅，到了街上。这条街是皮科街。

这时，戈尼玛才搞清楚了：两幢房子的地基打得深，紧挨在一起，两条马路分别分布在楼面的周围。两幢大楼并非成直角，而是互相平行的，之间有六十多米的距离。

戈尼玛进到门房，拿出证件：

"有四个人刚从这儿出去吗？"

"是的，他们分别是五楼、六楼房客的两个仆人，其他两个是他们的朋友。"

"住在五楼、六楼的都是些什么人？"

"福韦尔先生，还有他的表亲普罗沃斯特……今天他们搬家，只有两个仆人留在这儿……两个仆人也刚离开。"

"唉！"戈尼玛听后，倒在了门房的沙发上，"唉！我们又丧失了一个绝好的机会！原来，这一伙人都住在这儿！"

四十分钟后，在北站有两位先生乘坐汽车赶来，他迅速跑向开往加莱的快车。后面，一个挑夫提着他们的箱子。其中一位的胳膊上吊有三角带，脸色苍白，看上去身体不太好，另一位则显得非常开心。

"华生！快一些！我们可别误了车！……啊！华生，这十天我一辈子都忘不了！"

"我也忘不了！"

"啊！多刺激的战斗！"

"简直是太漂亮了。"

"只是这里那里总遇到点小麻烦。"

"微不足道。"

"总之，最后的胜利属于我们！亚森·罗宾被抓住了！我拿回了蓝钻石！"

"但我的胳膊断了。"

"收获如此大的战果，断条胳膊不算什么！"

"尤其是断的我的，就更算不了什么了。"

"对！华生，你还记得吗？正是你像英雄似的忍着剧痛躺在药店时，我才发现了线索。"

"太幸运了！"有些车厢的门开始关上了。

"快上车吧，先生们。"挑夫登上一节空车厢，在行李架上放好箱子。

福尔摩斯扶倒霉的华生上车。

"华生，怎么了？你怎么上不来啊？……老伙计，快用点力……"

"我缺少的不是力气。"

"那是什么？"

"现在，我只有一条胳膊派得上用场。"

"怎样？"福尔摩斯高兴地说，"还郁闷呢！仿佛只有你一人如此。那些独手的残疾人，又该怎样生活呢？好啦，算了，这不算什么伤的！"

他拿出一个五十生丁的铜钱，递给了挑夫：

"谢谢你，朋友，这是你的。"

"福尔摩斯先生，也谢谢你！"

英国人抬头一看，大吃了一惊：亚森·罗宾！

"你！……你！……"他目瞪口呆，说不出话来。华生挥舞着他那只好手，好像想证实一件事，有些结巴地问道：

"你！你！怎样？不是被捕了？福尔摩斯是这样和我说的。他离开时，你正被戈尼玛和三十个警察团团围住……"

亚森·罗宾的双臂交抱在一起，气愤地说道：

"我们结下了如此深厚的友情，你们却认为我不会来送行？如果那样，就太不像话了！你们把我亚森·罗宾看成什么人了！"

火车开始拉响汽笛。

"现在，我也不计较这些了……火车上必用的东西都带了吧！火柴、烟草、面包……对了……还有晚报，我被捕的细节你一定要仔细看看。这都是你的功劳，尊敬的大师。现在，让我们再见吧！真的非常高兴与二位相识……真的，非常开心！……你们如果需要我的帮忙，我会非常乐意的……"

他跳回月台上，把车厢门关好。

"再见了！"他挥舞着手帕，继续说着，"再见了！……我会给二位写信的……你们也会写给我，是吧？华生先生，你的断臂现在好点了吗？真的很抱歉！我等着两位的好消息！……记着有时间给我寄张明信片……写巴黎亚森·罗宾收就可以了……邮票不用贴！……再见了！……不久见！……"